Endlich hat Carolin Spinnaker wieder einen guten Auftrag. Ausgerechnet sie soll die von Umweltschützern abgelehnte Ems-Überführung der *Poseidonna* mit ihrer Kamera festhalten. Warum aber wird sie dabei von der mysteriösen Werftangestellten Ebba begleitet, die jeden ihrer Schritte an Bord argwöhnisch betrachtet? Und warum verschwindet ihr Kollege Leif, als er Carolin ein Geheimnis anvertrauen wollte?

Sandra Lüpkes, geboren 1971, ist freie Autorin und Sängerin. Sie lebt mit ihrer Familie auf der Insel Juist. Als Rowohlt Taschenbücher sind bereits der Küstenkrimi «Fischer, wie tief ist das Wasser» (rororo 23416) und die Inselkrimis «Das Hagebutten-Mädchen» (rororo 23599) und «Die Sanddornkönigin» (rororo 23897) erschienen.

Sandra Lüpkes

Halbmast

Kriminalroman

Rowohlt Taschenbuch Verlag

Wichtiger Hinweis: Handlung, Personen und einige der örtlichen Gegebenheiten sind frei erfunden. Ähnlichkeiten mit tatsächlich existenten Unternehmen, Interessengruppen und Parteien sind zum Zwecke der rein fiktiven Romanhandlung leider unvermeidlich. Der Verlag weist ausdrücklich darauf hin, dass keinerlei Anzeichen für illegale Aktivitäten einer Werft, der Parteien oder sonstiger Interessengruppen vorliegen.

Originalausgabe
Veröffentlicht im Rowohlt Taschenbuch Verlag, Reinbek
bei Hamburg, Mai 2005
Copyright © 2005 by Rowohlt Verlag GmbH,
Reinbek bei Hamburg
Karte S. 4/5: Peter Palm, Berlin
Umschlaggestaltung any.way, Cathrin Günther + Jörg Schönebeck
(Foto: Ostfriesland-Bild SKN-Bildarchiv)
Satz Minion PostScript, InDesign,
bei Pinkuin Satz und Datentechnik, Berlin
Druck und Bindung Druckerei C. H. Beck, Nördlingen
Printed in Germany
ISBN 3 499 23854 3

Pieter

«Es muss ein Ende haben!»

«Und was ist, wenn jemand stirbt?»

«Gegen das, was die zerstören, ist ein Menschenleben vergleichsweise unbedeutend!»

Alle nickten. Die einen mehr, die anderen kaum merklich. Doch im Grunde wusste Pieter, dass er sie wieder einmal überzeugt hatte. Er wusste, dass sie ihm vertrauten. Die Gruppe hatte ihn im Laufe der Zeit zu einer Art Leitwolf auserkoren und setzte hohe Erwartungen in ihn.

Obwohl er zwischen den anderen auf dem Deich saß, kam es ihm doch so vor, als schauten sie zu ihm auf. Auf den ersten Blick war er wahrscheinlich ein eher unscheinbarer Typ. Sein Haar stand in dunkelblonden Rastalocken vom Kopf ab, er war schmal und ein wenig blass. Doch man sagte ihm oft, er habe etwas, von dem man sich nicht abwenden könne. Diese grünen Augen, die über alle Maßen strahlten, wenn er für eine Sache entflammt war. Man sah ihm wohl an, dass er sich über Kleidung und diese Dinge keine Gedanken machte. Und trotzdem war er für die anderen attraktiv. Das kam von innen. Die Menschen mochten ihn, auch wenn er gerade vom Töten sprach.

Oder von etwas, das tödlich enden könnte.

Sie saßen zwischen den ausgebreiteten Papieren, den

Plänen, die größtenteils Pieters Handschrift trugen, und schauten in dieselbe Richtung.

Das riesige Schiff im Leeraner Hafen sah aus wie ein Wolkenkratzer, zumindest im Kontrast zu der flachen Landschaft ringsherum. Im Frankfurter Bankenviertel wäre es nicht weiter aufgefallen, doch hier im tiefsten Ostfriesland sah es aus wie ein wahrhaftiger Wolkenkratzer. Dreizehn schneeweiße Stockwerke hoch baute sich das Kreuzfahrtschiff vor windschiefen, knorrigen Bäumen und schlichten Backsteinhäusern auf. Selbst die sonst so monströs die Arme schwingenden Windkraftanlagen wirkten wie magere Verkehrspolizisten, die dem Ozeanriesen den Weg durch das platte Grün in Richtung Meer weisen sollten.

Die Kleinstadt Leer wirkte nebensächlich, verglichen mit der stolzen *Poseidonna*, die nun so gut wie fertig gestellt war und schon bald den winzigen Binnenhafen des ostfriesischen Ortes verlassen würde.

Die Gruppe traf sich heute ein letztes Mal. Wehmut war nicht im Spiel. Im Grunde hatten sie alle nur wenig miteinander zu tun. Sie waren Lehrer und Bauern und grüne Politiker, Historiker und Biologen. Oder einfach nur welche von der Sorte, die penetrant gegen alles waren.

Pieter drehte sich eine Zigarette, der krautige Geruch des Tabaks beruhigte ihn ein wenig. Er rauchte viel, besonders in den letzten Tagen. Im Grunde war er ein Mensch, der sich nicht nervös machen ließ. Mit sich selbst im Reinen, geerdet, bescheinigten ihm die anderen. Eine von der esoterischen Fraktion hatte ihn einmal ausgependelt und über seine Ausgeglichenheit gestaunt. Er glaubte nicht an solchen Hokuspokus. Doch einige waren dadurch endgültig überzeugt, dass er genau der Richtige war, der den Plan umsetzen konnte.

Dennoch war er unruhig.

Obwohl bislang alles gut gelaufen war. Zumindest das, wofür er selbst die Verantwortung übernommen hatte. Das Kabel war montiert. Er hatte drei Nächte dafür gebraucht, es musste funktionieren. Doch konnte er sich im gleichen Maße auf die anderen verlassen? Verantwortung abzugeben hatte für ihn immer schon ein Risiko dargestellt. Doch in diesem Fall war es unmöglich gewesen, alles allein zu planen. Er musste den anderen vertrauen.

«Was ist mit dem Wagen?», fragte er, nachdem er den Tabak in die Hosentasche gesteckt und den ersten Zug der Zigarette inhaliert hatte.

«Pieter, glaub uns endlich, wir haben alles im Griff. Der Bulli ist da, wo er hingehört.»

«Die Fahrgestellnummer?» Pieter wusste, dass er den anderen vielleicht unrecht tat mit seinem Misstrauen. Doch sie kannten ihn und grinsten nachsichtig. Der eine, der sich mit Autos am besten auskannte, signalisierte mit einer Handbewegung, dass alles in Ordnung war.

«Hat euch jemand gesehen?»

«Nein, niemand. Es war nachts, nach vier Uhr. Kein Mensch ist um diese Zeit bei der Brücke.»

Das war gut. Dann war tatsächlich alles erledigt. Morgen ging es los. Nun kam es nur noch auf ihn selbst an. Und auf die Fotografin.

Umständlich standen alle auf und blickten sich an. Es war ein merkwürdiges Gefühl, sie wohl das letzte Mal zu sehen. Wenn sie sich später einmal zufällig auf der Straße begegnen würden, so müsste ein leichtes Kopfnicken als Gruß genügen. Sie hatten lange Zeit gemeinsam für dasselbe Ziel gekämpft. Ein paar Mal hatten sie sogar triumphiert, doch viel zu oft waren Rückschläge gefolgt. Pieter hatte versucht, ihnen weiterhin Mut zuzusprechen und das Durchhaltevermögen zu stärken. Sein Optimismus hatte viele von ihnen angesteckt. Trotzdem: Die Gruppe war in den letzten Monaten kleiner geworden. Und nun war es fast vorbei. Dieser Plan sollte es endlich allen zeigen. Zu viele wehrten sich noch, die Wahrheit und die Bedrohung zu erkennen. Aber in wenigen Tagen würde vielen tausend Menschen die Augen geöffnet werden. Doch bis dahin mussten er und seine Mitstreiter jeglichen Kontakt untereinander abgebrochen haben, alles andere wäre zu gefährlich.

«Wir wünschen dir Glück», sagte die eine mit den langen Haaren. Er nahm sie fest in den Arm, doch als sie ihn küssen wollte, wandte er das Gesicht ab und ließ sie los.

«Es wird ein Ende haben!», sagte er knapp und hob zum Abschied kurz den Arm.

Carolin

Erst gestern hatte Carolin den Seesack vom Dachboden geholt. Am Boden war eine Naht gerissen, doch die Stelle hatte sich mit einem handtellergroßen Stück Jeansstoff flicken lassen. Carolin war rekordverdächtig schnell im Sachenpacken. Vielleicht lag es daran, dass sie in ihrem Job mehr unterwegs war als zu Hause in ihrer Hamburger WG. In ihren Koffern fand sie mehr Platz als im schmalen Sperrholzschrank ihres Zimmers. Es war schon einmal vorgekommen, dass sie eine zwischenzeitliche Mitbewohnerin der Fünf-Zimmer-Altbauwohnung erst bei deren Auszugsparty richtig kennen gelernt hatte. Damals war sie für eine Bildreportage des Nachrichtenmagazins *Objektiv* mehr als drei Monate in der Ukraine unterwegs gewesen, um mit ihrer Kamera Hunger und Wodka und Waisenhäuser abzulichten. Anschließend hatte es diese Flüchtlingslager im Irak gegeben, dann Waldbrände in Kanada. In dieser Zeit hatte Carolin das Kofferpacken verinnerlicht.

Zwei unempfindliche Hosen mit möglichst vielen Taschen und zwei weiße Hemden. Carolin trug eigentlich immer weite weiße Hemden. Nur für alle Fälle ein knitterfreies schwarzes Kleid, dazu die passenden Schuhe. Unterwäsche und Socken, ein T-Shirt zum Schlafen, Kulturbeutel und das meiste der Fotoausrüstung passten zwar problemlos hinein, doch der Seesack wog nun sicher mehr als zehn Kilo.

Ein gewöhnlicher Rucksack wäre vielleicht praktischer gewesen, ein Rollkoffer mit Sicherheit komfortabler, aber Carolin hatte sich, wenn sie an den anstehenden Auftrag dachte, stets mit dem Marinesack ihres Vaters über der Schulter auf einem schmalen Steg an Bord gehen sehen. So wie Elvis Presley damals, als er in Bremerhaven seinen Militärdienst angetreten hatte.

Natürlich ist es immer anders, als man es sich im Voraus ausmalt.

Es gab diesen schmalen Steg gar nicht. Stattdessen lief man eine asphaltierte Brücke entlang und befand sich auf einmal auf dem Schiff, ohne dass man es gemerkt hätte. Kein Schwanken oder kurzes Tiefersacken beim ersten Schritt an Bord. Die *Poseidonna* schien Carolins Ankunft zu ignorieren. Genau wie all die gestresst aussehenden Menschen in Blaumännern, mit Helmen auf den Köpfen und ihren Funkgeräten in den Händen.

Nur Leif Minnesang stand ruhig neben seinem stabilen, chromfarbenen Samsonite und hielt sich eine Hand über die Augen, als müsse er ihre Ankunft mühsam vor gleißendem Sonnenlicht ausmachen. Dabei war hier im Inneren des Schiffes beinahe mehr Licht als draußen im grauen Aprilwetter der ostfriesischen Stadt Leer.

Baustrahler und Neonröhren schienen grell gegen die Wände. Nachdem sie durch eine schwere Stahltür getreten waren, empfing sie angenehmeres Halogenlicht.

Leif rollte nun den Koffer hinter sich her und bewegte sich durch den langen Korridor, als sei er hier zu Hause. Er hatte, wie er ihr erzählte, zwei Tage lang über den Plänen gebrütet und sich überlegt, was er sich alles anschauen musste und welche Winkel er ausleuchten wollte. Nun kannte er sich auf der *Poseidonna* aus, während es Carolin vor den Fluren grauste, die ohne Fenster waren und alle gleich auszusehen schienen. Die Wegweiser waren noch nicht montiert worden, einige heraushängende Kabel verrieten jedoch, dass in ein paar Wochen an jeder Ecke gut beleuchtet die Richtung ausgewiesen sein würde. Aber jetzt gab es nur links und rechts und Tür an Tür, zum Glück schon mit Kabinennummern versehen, und zwischendurch gläserne Zwischentüren, die wahrscheinlich als Brand-, Lärm- oder Überflutungsschutz dienten.

Leif lief vor ihr, stieß die nächste Tür auf, aber statt sie Carolin aufzuhalten, ging er weiter. Ihr schnellte das schwere Türblatt entgegen und warf sie samt Seesack beinahe um. Rücksicht war noch nie eine von Leifs herausragenden Charaktereigenschaften gewesen.

Als bei der Redaktionskonferenz bekannt gegeben wurde, wer denn nun die begehrte Reportage bei der Überführung des bislang größten und luxuriösesten in Deutschland gebauten Kreuzfahrtschiffes machen sollte, da war ihr aus dem Kollegenkreis eine Mischung aus Glückwunsch und Beileidsbekundung zuteil geworden. Klar wollte jeder nach Ostfriesland und auf das Schiff, eine solche Dokumentation steht nicht jeden Tag auf dem Programm. Vierundzwanzig Stunden mit einem Ozeanriesen auf einem schmalen Flüsschen Richtung Nordsee unterwegs sein. Doch mit Leif Minnesang? Da musste man abwägen. War das Thema reizvoll genug, dass man einen Besserwisser und Nörgler an seiner Seite ertragen konnte? Und das über mehrere Tage? Leif Minnesang war einer der älteren in der Redaktion, Mitte bis Ende vierzig, Berufserfahrung aus allen möglichen Ländern, sogar Kriegsberichterstattung. Aber dieses Wissen schmierte er gern jedem aufs Brot. Er galt zweifelsohne als einer der besten beim *Objektiv*. Zudem stammte er hier aus der Gegend, hatte seine Jugend in den siebziger Jahren in Emden verbracht. Es war klar, er war die Idealbesetzung für diese Reportage.

Sie hatte bereits eine dreistündige Autofahrt mit ihm hinter sich. Obwohl Leif Minnesang, aus welchen Gründen auch immer, keinen Führerschein besaß, musste sie sich während der ganzen Fahrt vom Redaktionsbüro in Hamburg bis nach Ostfriesland seine klugen Ratschläge über Fahrweise, Abkürzungen und optimalen Benzinverbrauch anhören. Mehrmals hätte sie am liebsten angehalten und ihn aus dem Auto geschmissen. Verdient hätte er es.

«Das Casino aus dem Blickwinkel eines Jetons», sagte Leif. Er hielt sich den Mini-Disc-Recorder vor den Mund, um seine Gedanken auf eine kleine CD zu bannen. So machte er es immer. Aus diesem Grund schien jedes seiner Worte gleich ein besonderes Gewicht zu bekommen. «Den Pool aus der Vogelperspektive, die Küche in der Flucht.» Er ließ an einer Flurkreuzung seinen Koffer stehen und schaute sich um. «Und diese Gänge als 180-Grad-Panorama.»

«Minnesang, hör mal zu: Du bist der Mann fürs Wort. Aber ich werde die Fotos machen!»

Er ließ den Recorder sinken. «Du kannst nicht irgendwelche Fotos machen. Wir müssen dieselbe Sprache sprechen, du in Bildern und ich mit meinen Worten. Und das gelingt uns nur, wenn wir uns austauschen. Rund um die Uhr!»

«Klar doch!» Carolin verdrehte die Augen. Minnesang war bekannt dafür, dass er sich gern und oft in die Arbeit anderer einmischte und das dann als *konspirativen Austausch* bezeichnete. «Wir haben aber, hoffe ich zumindest, getrennte Kabinen. Bitte klopf nicht nachts an meine Tür, weil du irgendetwas mit mir *austauschen* willst. Verstanden?» Carolins Schlagfertigkeit war eine ihrer liebsten Waffen, um sich vor Menschen wie Leif Minnesang zu behaupten.

Er schnaubte kurz. Niemand, den sie sonst kannte, machte ein solches Geräusch. Wie ein unzufriedenes Pferd ließ er beim Ausatmen die Lippen gegeneinander vibrieren. Irgendwie passte es jedoch zu ihm, zu seiner kleinen, drahtigen Gestalt. Minnesang brachte mit Sicherheit kaum siebzig Kilo auf die Waage und wirkte ständig konzentriert, wie auf der Hut, mit seinen hochgezogenen Schultern und den besonders hervorstehenden Sehnensträngen am Hals. Wäre er nicht so angespannt gewesen, dann hätte er attraktiv sein können, denn seine dunklen, nur an wenigen Stellen mit grauen Strähnchen durchsetzten Haare waren schön dicht und glänzend und seine durchdringenden hellblauen Augen von schwarzen Wimpern gesäumt. Lachfalten besaß er keine, dafür eine ausgeprägte Denkerstirn und strenge Kerben um den Mund. Noch nie hatte er blass oder ungesund ausgesehen, aber immer leicht nervös, wie im Fieber.

Er war schwer zu durchschauen. Vielleicht arbeitete deshalb niemand von der Bildredaktion gern mit ihm zusammen. Er ließ keinen an sich heran, nahm so gut wie nie an gemeinsamen Unternehmungen nach Feierabend teil, auch nicht, wenn man eine besonders gute Auflagenzahl des *Objektiv* zu begießen hatte. Vielleicht genoss er es auch, sich geheimnisvoll zu geben.

Sie gingen weiter, das hieß: Er ging weiter und hastete mit seinem Gepäck durch die Gänge. Carolin folgte ihm stolpernd und hatte keine Zweifel, dass er genau wusste, wo sie steckten und wohin sie gehen mussten. Sie konnte seinem Schritt nicht ganz folgen. Der Seesack war schwer und zog ihr die Schulter nach unten. Ständig stieß Carolin damit gegen Kanten und Ecken. Manchmal konnte sie Leif nur noch gerade eben um eine Ecke verschwinden sehen. Hätte sie ihn verloren, dann wäre sie wahrscheinlich auf der Stelle stehen geblieben und hätte sich nicht gerührt, bis er ihr Fehlen bemerkt und sie gesucht hätte.

Sie war keineswegs dumm. Sie war nur mit einer eklatanten Störung des Orientierungssinnes ausgestattet. Unter Fotografen kam das öfter vor. Bildkünstler sehen die Welt in einem Höhe-mal-Breite-Format. Sie fokussieren auf die Umwelt, aber wenn sie ohne Kamera vor dem Auge um sich blicken, fehlt ihnen der Rahmen.

Endlich fanden sie sich vor einer Treppe wieder. Nun hatte selbst Carolin eine Vorstellung, wo sie sich befanden. Dies war eine Zwischentreppe zu den Kabinen. Nicht das gewaltige Atrium, von dem sie gehört hatte, dass die gläsernen Aufzüge und frei schwebenden Marmortreppen einem den Atem verschlugen. Aber schon diese Zwischentreppe im Kabinenbereich wirkte prachtvoll, denn sie war so breit, dass problemlos zehn Männer nebeneinander die Stufen hätten hinaufsteigen können. Sie waren nun irgendwo im Herzen des riesigen Schiffes, mit dem sie morgen in aller Frühe auf eine kurze, aber eindrucksvolle Reise gehen würden. Ganz unten, also noch fünf Etagen unter ihnen, befanden sich die preiswertesten Kabinen und ein großer Teil der Schiffstechnik. Die Aufzüge links und rechts schienen noch nicht in Betrieb zu sein. Das Ende der Treppe war mit einer Tür versehen, die sich nur mit passender Chipkarte öffnen ließ. Wenn man die richtigen Zugangsdaten hatte, konnte man von hier sogar direkt zur Kapitänsbrücke gelangen. Carolin war erleichtert. Sie hatte einen Anhaltspunkt und würde sich hier vielleicht doch nicht dauernd verlaufen.

Hier lag noch kein Teppich, aber eine Rolle dunkelblauer Meterware stand bereits neben der weiß marmorierten Säule. Zwei Arbeiter klebten honigfarbenen Leim auf die Stufen. Das Geländer, das aus etwas protzigem Goldmessing bestand und wie eine blonde Locke geschwungen war, wurde von einer Asiatin abgewischt. Ein Radio spielte «Biscaya» – James Last-typische Teppichverlegermusik. «Moin», sagten die Raumausstatter, ohne aufzublicken.

Auf der obersten Treppenstufe stand eine schöne Frau. Das Alter war schwer zu schätzen. Sie konnte nicht mehr ganz jung sein. Auf den ersten Blick stand fest, dass sie sich gut gehalten hatte. Geschwungene Haare in Goldblond und schlanke, weiße Beine. Sie stand dort so selbstbewusst, als wäre dies schon immer ihr Platz gewesen und man hätte das ganze Schiff um sie herum gebaut. Die *Poseidonna* in Person. «Da sind Sie ja schon!» Sie kam ihnen nicht entgegen, sondern wartete, bis Leif und Carolin samt Gepäck die Stufen zu ihr hinaufkamen. Dann reichte sie Carolin die kühle, feingliedrige Hand.

«Ich bin Ebba John.» Sie lächelte freundlich. «Mein Zuständigkeitsbereich ist die Gesamtkoordination der mitfahrenden Personen. Ich heiße Sie herzlich willkommen und werde Sie bei Ihrem Besuch durch das Schiff begleiten. Eigentlich hatte ich Sie von der Gangway abholen wollen, aber Sie waren wohl überpünktlich.»

«Das stimmt. Ich bin Carolin Spinnaker. Die Fotografin.» Carolin betrachtete aufmerksam das makellose Gesicht ihr gegenüber. Ebba John hatte reife, aber glatte Haut, ein wenig gebräunt, ohne nach Solarium auszusehen, dazu dunkelbraune Augen und volle, vielleicht ein wenig zu volle Lippen. Carolin konnte sich nicht verkneifen, bei diesem

Gesicht an die Ente in einer Walt Disney-Produktion zu denken: Ebba John lächelte ebenso niedlich und breit.

Die Redaktion hatte nicht erwähnt, dass man ihnen eine Begleitung zugeteilt hatte. Carolin wusste auch nicht, ob ihr diese Idee gefiel. Irgendwie machte es klar, dass Leif und sie nicht das Schiff in Beschlag nehmen konnten, wie es ihnen passte. Sie würden einen Schatten haben und eventuell sogar die Motive zugeteilt bekommen. Fotografieren Sie dieses, beschreiben Sie jenes. In New York musste sie einmal so arbeiten, am Ground Zero, als Sicherheitsbeamte ständig an ihrer Seite gestanden hatten. Damals leuchtete ihr eine solche Kontrolle ein. Aber hier auf der *Poseidonna* erschien es eindeutig fehl am Platz und übertrieben. Carolin wusste, dass sie unter diesen Umständen miserable Fotos machen würde. Und sie konnte es sich nicht leisten, miserable Fotos zu machen.

Die letzten Wochen und Monate waren nicht gerade ruhmreich gewesen. Sie hatte die attraktivsten Aufträge zugeteilt bekommen und jedes Mal nur Durchschnittsware abgeliefert. Auch wenn die Chefredakteure stets anerkennend gelächelt hatten, sie selbst war mit ihren Bildern nicht hundertprozentig zufrieden gewesen. «Deine Bilder sind toll. Du hast nur zu hohe Ansprüche an dich», trösteten ihre Mitbewohnerinnen sie gern und ausgiebig, wenn sie ihren Frust bei einer WG-internen Weinprobe zu kompensieren versuchte. Aber es war schwer, den Anspruch runterzuschrauben, denn immer war sie die Fotografin, die einmal dieses eine Bild geschossen hatte. Dieses eine Foto. Perfekt, tiefgründig, ästhetisch. Die Latte lag hoch, und nun war sie nicht mehr in der Lage, die hohen Erwartungen zu erfüllen. Auch wenn es lediglich ihre eigenen Maßstäbe waren.

Die Begleiterin wandte sich ab und strahlte zu Carolins Erstaunen, als sie Leif entdeckte.

«Was machst du denn hier? Das ist ja eine Überraschung!» Es gab ein Küsschen auf jede Wange.

Carolin beobachtete zum ersten Mal, dass sich ein Mensch über die Anwesenheit des Kollegen Minnesang freute. Sie erwartete so etwas wie eine plausible Erklärung für diese Reaktion, doch Leif und Ebba John ließen sie im Unklaren. Minnesang stammte aus Ostfriesland, diese zeitlose Blondine hier vielleicht auch, zudem schienen sie ein Alter zu haben, eventuell kannten sie sich also von früher. Doch sie erläuterten nichts, ließen Carolin außen vor, standen nur strahlend voreinander und zwinkerten sich noch ein paar Mal viel sagend zu. Dann räusperte sich Ebba John: «Es ist das erste Mal, dass wir Journalisten mit an Bord nehmen. Aber es ist auch das erste Mal, dass ein Kreuzfahrtschiff von diesen Ausmaßen eine deutsche Werft verlässt. Wir sind alle sehr stolz und aufgeregt.»

«Und wie ist der Ablauf geplant?», fragte Carolin.

«Wenn das Wetter sich hält, legen wir morgen früh gegen sechs Uhr ab. Ab fünf wird am Dollartsperrwerk das Wasser gestaut, das wir brauchen, um Leda und Ems befahren zu können. Wir sind ja die allerersten Kilometer auf der Leda unterwegs, bis wir dann südwestlich von Leer in die größere Ems einschiffen. Das ist alles, was die Tiefe angeht, sehr eng bemessen, wir brauchen jeden Zentimeter unter dem Kiel.»

«Aber ich dachte, man hätte die Strecke vom Leeraner Hafen bis zur Ledamündung extra für die Überführung der Schiffe vertieft und umgestaltet.»

«Das ist wahr. Zeitgleich mit dem Bau der *Poseidonna* gab es etliche Baumaßnahmen hier in Leer. Wir haben die kleine Hafenschleuse gegen ein modernes System ausgewechselt, welches uns nun gleichzeitig als Werfttor und Zugang für den Lieferverkehr dient. Die Kurve bei Leerort wurde verbreitert, damit das Schiff wenden kann. Die alte Jann-Berghaus-Brücke ist durch die wesentlich breitere Schmidt-Katter-Brücke ersetzt worden, zusätzlich haben wir für die Lastenkräne in diesem Bereich die Straßenführung geändert und gepflasterte Wege bis ans Ufer gelegt. Nicht zu vergessen das Dollartsperrwerk kurz vor Emden. Tja, einige Stellen sind kaum wieder zu erkennen. Aber wir haben jetzt die Möglichkeit, Schiffe im Ausmaß der *Poseidonna* zu bauen und zur Nordsee zu bringen. Die erste Etappe bis zum Sperrwerk wollen wir bis zum späten Nachmittag schaffen, weil man den Fluss nicht länger als zwölf Stunden stauen sollte, sonst weichen die Deiche auf.»

«Viel Organisation, so eine Schiffsüberführung, nicht wahr?», hakte Carolin nach.

Ebba John lächelte. «Wir haben die besten Männer für diese Arbeit. Die schütteln diesen Job aus dem Handgelenk. Ach, übrigens werden wir uns alle noch vor der Abfahrt näher kennen lernen. Ich habe einen kleinen Empfang oben auf der Kommandobrücke vorbereitet. Unter anderem werden Kapitän Pasternak und Ludger Schmidt-Katter zugegen sein, eventuell auch der Vorstandsvorsitzende der amerikanischen Reederei, an die die *Poseidonna* in Eemshaven übergeben wird. Sinclair Bess, er ist ein wahres Paradebeispiel für den amerikanischen Traum – vom Ghettoboy zum Großreeder.» Ebba John geriet ins Schwärmen. Sie betonte mit jeder Geste, mit jedem Wort, dass sie eine wichtige Rolle hier an Bord spielte. Sie trug ein dunkelblaues Kostüm mit feinen weißen Nadelstreifen, darunter eine weiße Bluse, am schlanken Hals eine dezente Silberkette, im Gesicht nur wenig Make-up. Typ Chefstewardess sozusagen.

Carolin ahnte, dass sie neben dieser scheinbar vollendeten Person eine eher farblose Gestalt abgab. Immerhin war sie einen Kopf kleiner, dunkel-, glatt- und kurzhaarig. Typ

Fotografin eben: eine praktische Cordhose mit ausgebeulten Taschen und ein weißes Hemd.

«In welchem Rahmen findet dieser Empfang denn statt?», fragte sie, um überhaupt mal wieder wahrgenommen zu werden.

«Wenn Sie Champagner mögen, können Sie sich auf heute Abend freuen, und satt werden Sie auf jeden Fall werden, Frau ... Wie war doch gleich Ihr Name?»

«Carolin Spinnaker», antwortete Leif statt ihrer. «Ich würde mich an deiner Stelle gut mit ihr verstehen, Ebba. Sie macht, wenn sie will, hervorragende Bilder.»

Beide schauten Carolin an, die sich fühlte wie ein dressierter Hund, dessen Herrchen mit dem «Pfötchen geben» prahlte.

Er holte weiter aus. «Kennst du das Foto von dem kleinen Kind mit dem Schreibheft, das damals nach dem Pharmaskandal in Ostfriesland um die Welt ging? Mit dem Mädchen, das so unschuldig auf dem Bleistift herumkaut und in der anderen Hand eine Pillendose umklammert hält?»

«Natürlich kenne ich das. Es war auf allen Titelblättern!»
«Es ist von ihr!»

Nun starrten die schönen, dunklen Augen der Ebba John bewundernd zu Carolin. So ging es ihr ständig, wenn irgendjemand *das Foto* erwähnte. Carolin verlor grundsätzlich keine Silbe darüber, denn Vorschusslorbeeren waren ihr ein Gräuel. Sie wusste, sie war eine gute, wenn nicht sogar sehr gute Fotografin. Nur leider hatte sie schon ganz zu Beginn ihrer Karriere den Höhepunkt erreicht und alles, was danach kam, schien ihr irgendwie mau, auch wenn es eigentlich gut war. Es gab ein paar Fälle, in denen Fotografen durch eine einzelne Aufnahme in den Olymp der Fotografie gehievt wurden. Das Bild von dem über den Stacheldraht flüchtenden DDR-Grenzsoldaten Conrad Schumann war so ein Beispiel. Oder das Albert Einstein-Porträt mit der ausgestreckten Zunge, das ein Zufallsschnappschuss auf einer Geburtstagsparty war, nicht zu vergessen Marilyn Monroe und das Lüftungsgitter.

Dass ausgerechnet ihr ebenfalls ein solcher Erfolg zuteil würde, hatte sie damals nicht geahnt. Sie hatte doch einfach nur auf den Auslöser gedrückt, als das blonde Mädchen so traurig schaute. Man hatte bei der Neunjährigen eine Veränderung der Blutgefäße im Gehirn festgestellt und dem hochintelligenten Kind nicht mehr viel Zeit gegeben. Schuld an diesem Schicksal war die verantwortungslose Testreihe eines Medikamentenherstellers gewesen. Das Mädchen hatte einem Kollegen ihre Geschichte erzählt. Carolin hatte nur dabeigesessen und im richtigen Moment fotografiert.

Drei Wochen später war das Mädchen tot und Carolin ein Star. Die Tragik des Bildes war ihr zum glücklichen Vorteil geworden. In diesen Momenten hasste sie ihren Job.

«Wann genau ist der Empfang?», fragte Carolin, die endlich ein anderes Thema anschneiden wollte.

Ebba John schaute auf ihre silberne Uhr. «In zwei Stunden, also um sieben. Ich werde euch erst einmal eure Kabinen zeigen ... Oh, Entschuldigung, Frau Spinnaker. Ich sage einfach *euch* ...»

«Kein Problem!»

«Da ich Leif eben schon seit einer Ewigkeit kenne, rutscht mir diese vertraute Anrede einfach so über die Lippen ...»

«Wie gesagt: Kein Problem!»

«Das ist schön. Ich bin Ebba.» Wieder reichte sie ihre schlanke Hand, noch immer waren die Finger kühl.

«Carolin.» Eigentlich war diese Frau nicht der Typ, mit dem sich Carolin gern duzte. Doch die Zeit hier an Bord war absehbar kurz, und allzu oft würden sie sich ohnehin nicht über den Weg laufen, zumindest wenn es nach Carolin ging.

Sie liefen los. Carolin schulterte ihren Seesack und hoffte, sich den Weg einprägen zu können. Sie gingen nur ein Deck höher und betraten dann die Kabinengänge, die identisch mit dem Labyrinth ein Stockwerk tiefer zu sein schienen.

«Ganz schön verwirrend, nicht?», sagte Ebba lächelnd. Ihre Stimme war nun angenehm warm und passte nicht zum unterkühlten Händedruck. «Jedes Deck bekommt eine andere Farbe, sodass die Passagiere leichter erkennen, wo sie sich gerade befinden. Auch kleine Kinder können sich dann zurechtfinden. Dieses Deck 7 wird gelb.»

Noch war hier nichts gelb. Kabel hingen herunter. Die Wände waren gipsgrau und unfertig. Genau wie eben. Es ging nach links. Carolin konzentrierte sich. Merken, merken, merken, links und dann durch eine schwere Glastür, anschließend nach der dritten Tür noch einmal links. Und wenn man zurück will, alles umgekehrt. Rechts, Glastür, rechts.

«Wir sind gleich da. Im Prinzip sind alle Kabinen schon weitestgehend bezugsfähig, nur die Malerarbeiten und die Deko müssen noch gemacht werden. Die Einrichtungen sind uns bereits in einzelnen Blöcken geliefert worden. Die Duschen, Toiletten und Fenster und Türen, sogar die festmontierten Möbel wie Betten und Schränke sitzen schon in den tonnenschweren Klötzen. Diese werden von gewaltigen Kränen an die richtige Stelle manövriert und dann angeschweißt.» Ebba trug Schuhe mit Absatz und einen engen Rock, und trotzdem bewältigte sie die Unebenheiten im unfertigen Boden, als gleite sie über Parkett. Bewundernswert, dachte Carolin und spürte bei jedem Schritt den immer schwerer werdenden Seesack auf ihrer Schulter. «Einige Kabinen sind als Prototypen bereits vollständig hergerichtet worden, mit verschiedenen Stoffmustern und so. Es wird erst in den nächsten Tagen entschieden, welches Design die einzelnen Kabinentypen bekommen.»

Nach acht Türen rechts. Hier roch es nach Lösungsmitteln, dann ein langer Gang, von dem keine Abzweigung mehr abging.

«Ich kann Blau und Apricot anbieten!»

«Ich nehme Blau!», sagte Leif pfeilschnell. Carolin brauchte ein paar Sekunden länger, bis sie begriff, dass es um die Farbgebung ihres Schlafgemaches ging. Und nun musste sie in Apricot wohnen. Aber die nächsten vierundzwanzig Stunden würde sie ohnehin kaum in der Kabine hocken, und beim Schlafen machte man ja glücklicherweise die Augen zu.

«Gut, dann kommt mit mir, die Tür in der Mitte des Ganges rechts ist deine, Carolin. Leif wohnt zwei Kabinen weiter hinten. Direkt nebenan ist übrigens eine unserer Luxussuiten, die ein eigenes Sonnendeck zum Heck hinaus haben. Sinclair Bess, unser amerikanischer Reeder, ist dort untergebracht. Alles nur vom Feinsten. Leif, du hast auch einen kleinen Balkon für dich, aber ich fürchte, das Wetter wird wohl für ein Sonnenbad nicht reichen. Du kannst schon mal reingehen, Leif, hinten rechts, okay? Ich zeige deiner Kollegin das Quartier.» Ebba stieß eine schwere Tür auf. «Lärmschutz, bitte nicht die Finger dazwischenkriegen!»

Das Apricot dahinter quoll Carolin so aufdringlich entgegen, dass sie sich kurz umdrehen musste, um sich am Grau der Gänge zu erholen. Dann blickte sie wieder in den kleinen Raum, der zwar ein nicht allzu kleines, rundes Fenster nach außen, aber dafür kaum Platz zum Drehen und Wenden hatte. Ein französisches Doppelbett mit einer hellen, samtigen Tagesdecke in Orange. Ein Wulst von cremefarbenen Kissen nahm den meisten Platz darauf in Anspruch.

Über dem Bett spannte sich ein glänzender Baldachin mit dieser Art von Paisleymuster, über das man in schlaflosen Nächten ganz wunderbar sinnieren konnte: ineinander verschlungene Blumenranken und pantoffeltierförmige Ornamente, alles in Orangebraun gehalten. Zwei Korbstühle unter dem Bullauge, ein Sekretär aus Kirschholz, den man auch als Kosmetiktisch benutzen konnte. In die Bordwand war ein Schrank eingelassen. Hätte Carolin Geld für diese beengte Unterkunft zahlen müssen, so hätte sie ein anderes Zimmer verlangt. Die Farben waren unerträglich.

«Amerikanischer Stil», sagte Ebba leichthin und strich mit der Hand über das Bett. «Ich denke, der Reeder wird sich für diese Variante entscheiden. Es hat eine warme Atmosphäre.»

Carolin ließ endlich den schweren Seesack auf den Bettüberwurf fallen. Das Bundeswehrgrün lieferte sich einen erbitterten Kampf mit der pfirsichfarbenen Decke. «Herzlichen Dank! Ich komme jetzt wohl allein klar.»

Doch Ebba John blieb im Zimmer stehen, als habe sie Carolins Worte nicht verstanden. «Ich kenne Leif von früher. Wir waren mal ein Paar», erzählte sie ungefragt. «In der Schule, im Emder Gymnasium am Treckfahrtstief. Drei Jahre waren wir zusammen, bis ich meinen Job in Amerika bekam. Ich war Model. Fünf Jahre lang. Bevor ich Anfang der Achtziger in die Tourismusbranche gewechselt bin, habe ich als Mannequin die ganze Welt kennen gelernt. Für ein ostfriesisches Mädchen ist das eine große Sache. Doch Leif hat es nicht gefallen.»

Das interessiert mich nicht, dachte Carolin und begann, den Verschluss ihres Seesackes zu entknoten. Stumm natürlich, denn sie hatte keine Lust auf ein Gespräch über die ehemalige Schulliebe eines blonden Exmodels zu einem ungeliebten Kollegen. Ebba ignorierte das offensichtliche Desinteresse. «Ich habe in Köln studiert, ein bisschen bei der Lufthansa als Flugbegleiterin gejobbt und musste dann wieder in die Provinz zurück, weil ich mich um meinen kleinen Neffen zu kümmern hatte. Back to Ostfriesland, und meine Freunde von der Schule waren in alle Himmelsrichtungen verteilt. Nicht leicht, wenn man schon überall gewesen ist.» Sie seufzte. «Zum Glück habe ich den Job bei Schmidt-Katter angeboten bekommen. Ich betreue die Auftraggeber der Werft, wenn sie zu Besichtigungsterminen hier sind. Ich organisiere alle Veranstaltungen, Seminare, Tagungen und so weiter. Somit bewege ich mich doch noch ein wenig in der weiten Welt.» Ebba lächelte versonnen.

Ich habe es kapiert, dachte Carolin, du gehörst hier eigentlich gar nicht hin und hättest wirklich was Besseres verdient. Schon klar, und jetzt lass mich bitte in Ruhe auspacken.

Das schwarze Kleid war unter die schwere Fotoausrüstung gerutscht und sah dementsprechend verknittert aus. Carolin nahm es heraus und legte es über die Stuhllehne.

«Ist Leif immer noch so rechthaberisch?», wollte Ebba John wissen. Sie hatte sich halb auf den Sekretär gesetzt und zupfte sich, mit Blick in den Spiegel hinter ihr, die Haarsträhnen zurecht. Glaubte sie wirklich, dass dies hier eine Plauderstunde unter neuen besten Freundinnen werden würde?

«Er ist ein ausgezeichneter Journalist», gab Carolin sich so einsilbig wie möglich.

Doch Ebba John schien das bereits auszureichen, um selbst wieder loslegen zu können: «Weil er so rechthaberisch ist, darum ist er so gut. Er will die Dinge in der Welt immer so drehen, dass sie in das Bild passen, was er sich bereits im Kopf zurechtgelegt hat. Und wenn sich herausstellt, dass etwas anders läuft, als Leif es dirigieren möchte, dann recherchiert er so lange, bis die Wahrheit seinen Vorstellungen entspricht. Das hat er immer schon so gemacht, und keiner kommt gegen ihn an. Es würde mich nicht wundern, wenn die Sonne eines Tages um die Erde kreist, nur weil Leif Minnesang es sich so überlegt hat.»

Carolin hielt einen Moment inne. So treffend hatte noch nie jemand ihren Kollegen charakterisiert, das musste sie Ebba John lassen. Sie schaute die Frau von der Seite an. Kaum vorzustellen, dass Leif mit ihr zusammen gewesen sein sollte. Auch wenn es salopp überschlagen bereits ein Vierteljahrhundert her sein musste. Er war einen ganzen Kopf kleiner und nicht im Entferntesten auf diese augenscheinliche Art attraktiv wie Ebba John. Wenn sie tatsächlich mal ein Paar gewesen waren, dann eines von der Art, nach dem sich jeder auf der Straße umdrehte und überlegte, was sie wohl von ihm wollte.

«Ist er denn verheiratet?»

Carolin konnte sich einen verwunderten Gesichtsausdruck nicht verkneifen. «Er ist nur ein Kollege, ich habe ehrlich gesagt keine Ahnung. Und wenn ich sie hätte, ach bitte, frag ihn doch selbst!»

Endlich erhob sich Ebba vom Schreibtisch. «Ich gehe dann mal», sagte sie wieder mit dieser Samtstimme, die nicht so recht zu ihrem blonden Auftreten passte. «Wir sehen uns beim Empfang.» Dann ging sie hinaus.

Carolin ließ sich genervt auf das Bett fallen. So ein Mist, dachte sie. Sie war hier, um einen wirklich tollen Job zu machen. Spektakuläre Schiffsüberführung auf einem engen Fluss von der ostfriesischen Binnenstadt Leer bis ins niederländische Eemshaven. Und dann noch für das *Objektiv*, eines der auflagenstärksten Magazine Deutschlands. Es gab entsprechendes Honorar. Dies war eine grandiose Kulisse, um phantastische Aufnahmen zu machen. Doch Carolin fühlte sich jetzt schon komplett ausgebremst. Ein Empfang mit Kanapees und Smalltalk, wozu sollte das schon gut sein? Sie sah sich im Geist bereits kauend zwischen dem palavernden Leif und dieser Ebba John. Dies alles passte Carolin überhaupt nicht ins Konzept.

Hoffentlich ergab sich bald die Gelegenheit, auf eigene Faust loszuziehen. Sonst würde sie bald entweder Leif oder Ebba an die Kehle springen.

«Doktor Perl ist noch nicht da. Seltsam, sonst ist er doch immer am pünktlichsten.» Ebba John blieb nur kurz im Vorbeigehen stehen. Sie war für den Empfang verantwortlich und huschte überraschend nervös zwischen den herumstehenden Menschen hindurch.

«Wer ist Doktor Perl?», flüsterte Carolin in das Ohr ihres Kollegen. Sie tat sich schwer mit all diesen Männern in dunklen Anzügen, die sich in der großen, hellen Kommandobrücke an Wichtigkeit übertrumpften. Zwei Lotsen aus Emden bestaunten die moderne Technik und ein Lokalpolitiker hielt Lobeshymnen auf seine eigenen Verdienste.

Einen Wolfgang Grees hatte Carolin bereits etwas näher kennen gelernt. Er war leitender Schiffsmechaniker und trug über seinem runden Bauch einen grauen Zweireiher. Lässig lehnte er an der holzverkleideten Wand und polierte mit einem Taschentuch die Scheiben der verschiedenen Messinstrumente, die in das Mahagoniholz eingelassen waren. Man sah ihm an, dass er aus der Arbeiterschaft stammte und kein Büromensch war. Kräftige Hände, die keinen Moment ruhig in die Hosentaschen gesteckt wurden. An einem Arm trug er einen Verband, der die Beweglichkeit jedoch nicht einzuschränken schien. «Ich habe das große Los gezogen», erklärte er Leif. «Ein Jahr lang werde ich an Bord bleiben, als Garantieleistung sozusagen. Wenn in diesem Zeitraum irgendetwas nicht so läuft, wie es laufen sollte, was hier auf der Werft natürlich keiner erwartet, so mache ich die Sache wieder klar.»

«Was ist mit Ihrem Arm passiert?», fragte Leif mit gewohnter Neugierde.

Grees blickte auf die Bandage, als erinnerte er sich jetzt erst, dass er sie überhaupt trug. «Ach, das meinen Sie? Ist schon ein paar Wochen alt. Ich habe mir bei der Arbeit Verbrennungen zugezogen. Ausgerechnet am linken Arm, ich bin nämlich Linkshänder. Sah scheußlich aus und wird wahrscheinlich nicht viel besser aussehen, wenn der Verband wieder runter ist. Tut aber nicht mehr weh.»

Dann wandte er sich wieder seinen Reinigungsarbeiten zu.

Wesentlich beeindruckender war hingegen in seiner weißen Uniform der Kapitän Jelto Pasternak. Selbst Carolin, die sonst selten so etwas wie Ehrfurcht empfand – weder ihrem alten Schuldirektor noch ihrem heutigen Chefredakteur gegenüber –, fühlte sich in Gegenwart des Schiffführers klein und mädchenhaft. Pasternak hatte einen schwarzen Vollbart, einen hellblauen Weltumseglerblick und musste beinahe zwei Meter groß sein. Doch obwohl er hervorragend zu diesem imposanten Schiff zu passen schien, war er lediglich für die Überführung der *Poseidonna* zuständig. Ab Eemshaven würde ein amerikanischer Kapitän das Steuer übernehmen. Beinahe schade drum, dachte Carolin und lichtete den Bilderbuchseemann ab, als er gerade gedankenverloren aus dem Fenster schaute, obwohl vom großen, weiten Meer noch nicht viel zu sehen war.

Sinclair Bess, der Reeder aus Amerika, entpuppte sich als dicker, schwarzer Mann, der ebenso dicke, schwarze Zigarren paffte und seine freie Hand auf dem festen Hintern einer schlanken Frau platzierte. Daneben und ringsherum glänzend gekleidete Damen in hochhackigen Schuhen, doch sie waren lediglich die Begleiterinnen. Wahrscheinlich die Frau Pasternak, die Frau Grees, die Frau Perl, Frau Schmidt-Katter, vielleicht Mrs. Sinclair Bess. Sie tranken Champagner und lächelten schmallippig.

«Doktor Perl ist der Betriebsarzt», antwortete Leif, der sich gerade eine akustische Notiz im Diktiergerät gemacht hatte. Leif stand wie Carolin etwas abseits bei der Tür, durch die nun von hungrigen Augen begutachtet wurde, denn links neben dem Seekartentisch bei der Tür war ein Buffet hergerichtet, das erst wenn dieser Perl endlich durch diese Tür trat, eröffnet werden würde.

«Warum warten wir auf ihn?»

«Soweit ich informiert bin, ist er ein enger Freund vom Werftleiter Ludger Schmidt-Katter. Die Frauen der beiden sind zudem Schwestern. Alles irgendwie eine Sippe hier in der Provinz.»

«Es ist eine merkwürdige Provinz», stellte Carolin fest.

«Weshalb?»

«Weil hier mitten auf dem Land Schiffe gebaut werden, und zwar riesige Brecher. Warum ist die Werft nicht direkt an die Nordsee nach Emden oder so gegangen? Oder hat man Fördergelder für die neuen Bundesländer mitgenommen und einen Produktionszweig an die Ostsee verlegt?» Carolin schaute durch die Fenster nach draußen. Es dämmerte schon, doch sie konnte noch die Kräne und Hallen der Schmidt-Katter-Werft ausmachen, dahinter ein paar rote Wohngebäude, ein VW-Autohaus, den eckigen Turm von Leer, auf dem neben Werbung für Tee und Telekom der Schriftzug «Das Tor Ostfrieslands» prangte. Sie konnte von hier oben viel überblicken, doch vom Meer war nichts zu sehen. Sie hatte eher das Gefühl, sich auf der Büroetage eines Hochhauses als auf der Brücke eines Schiffes zu befinden. «Tradition und Arbeitsplätze.» Carolin lauschte auf Leifs Gemurmel und bemerkte, dass er ebendiese beiden Begriffe gleich zweimal hintereinander ins Mikrophon sprach. Wichtigtuer!

«Die Familie Schmidt-Katter kam bereits Mitte des 19. Jahrhunderts hier ins südliche Ostfriesland. Soweit es die Familienchronik hergibt, waren sie ganz arme Schlucker und haben aus schierer Verzweiflung begonnen, kleine Boote und Schiffe zu bauen. Ursprünglich stammen sie aus dem Ruhrgebiet und waren an der Entwicklung der ersten Dampfmaschinen zur Förderung von Erz beteiligt.»

«Danke für diesen wundervollen Vortrag», konnte sich Carolin nicht verkneifen.

Doch Leif erzählte ungerührt weiter. Er ließ sich nicht aus dem Konzept bringen, wenn er über ein Thema recherchiert hatte. «Heinrich Schmidt-Katter aus Duisburg war einer der Demonstranten, die sich im Ruhrpott als Erste für die soziale Absicherung von Arbeitern einsetzten. Soweit man es noch nachvollziehen kann, hat er damals wegen seines Engagements den Job verloren und kam mit Frau und fünf Kindern hierher in den Nordwesten. Eine Story, mit der sich die Aktiengesellschaft heute noch gern brüstet.»

«Kann ich mir vorstellen.»

«Ludger Schmidt-Katter ist in der fünften Generation hier in Leer. Einundfünfzig Prozent der Firmenaktien liegen in der Familie. Der Posten des Vorstandsvorsitzenden wird in dieser Firma anscheinend noch immer vererbt. Ebenso das Image des einfachen Arbeiters, der sich für Gerechtigkeit einsetzt. Aus diesem Grund konnte die Werft nicht einfach verlegt werden. Einige tausend Menschen hätten ihren Job verloren oder umgesiedelt werden müssen. So etwas kann ein Schmidt-Katter nicht machen.»

«Ohne seine Glaubwürdigkeit nicht völlig zu verlieren», schlussfolgerte Carolin. Leif nickte und stellte das Diktiergerät ab.

«Ich habe Schmacht!» Carolin hielt sich schon seit etlichen Minuten an einem Glas Wasser fest, dadurch war die Trockenheit in ihrem Mund noch erträglich, doch ihr Magen begann allmählich Alarm zu schlagen. «Wann kommt endlich dieser Perl?»

«Du bist hier, um zu arbeiten, und nicht wegen der Schnittchen!», sagte Leif nur. «Es gibt sicher das eine oder andere hier zu entdecken. Ich werde auch gleich auf die Jagd nach Interviews gehen.»

«Ich hasse es, wenn ich beim Fotografieren so dermaßen unpraktische Kleidung tragen muss!» Carolin blickte an sich herunter. Das schwarze Kleid war sicher elegant, aber es hatte nicht eine einzige Tasche, in die man eines der tausend Dinge hätte verstauen können, die sie sonst immer in der Hose unterbrachte. «Aber wenn du mein Handy nimmst, dann habe ich ein bisschen mehr Platz in meiner Kameratasche und kann freier hantieren.»

«Mach ich doch gern», sagte Leif und steckte ihr Telefon, welches Carolin ohnehin nur sehr selten brauchte, in die Tasche seines Jacketts.

Carolin nahm ihre Nikon und lief die Fensterwand entlang, machte Fotos von der einbrechenden Nacht, die das schon bei Tageslicht graue Werftgelände immer farbloser werden ließ. Die letzte Nacht der *Poseidonna* im sicheren Mutterleib der Schiffbauindustrie. Der Beginn ihres Lebens würde morgen gefeiert werden. Und gleich zum Anfang würde sie eine der schwierigsten Passagen zu bestehen haben. Carolin hatte sich von Leif in allen Details die Strecke erklären lassen: Erst einmal muss das dreihundert Meter lange Schiff den engen Leeraner Industriehafen verlassen. Millimeterarbeit auf dem Wasser, denn noch bevor die *Poseidonna* die mächtige Dockschleuse passiert, wird sie eine enge Drehung um sich selbst machen, ein nettes Tänzchen im eigens dafür vergrößerten und vertieften Hafenbecken, bis die schmale, aber ebenfalls ausgebaggerte Leda gerade vor ihnen liegt. Oder besser: hinter ihnen. Denn die *Poseidonna* wird die ganze Flussstrecke im Rückwärtsgang bewältigen. Das Manöver im Werfthafen macht nur einen winzigen Teil der Gesamtstrecke aus, doch es wird dem Kapitän und der Crew bereits einige Liter Schweiß kosten. Die Ems, der eigentliche Strom, der sie zur Nordsee bringt, liegt nur zwei Kilometer weiter westlich. Wo die Leda in die Ems mündet, bei Leerort, muss das Schiff wieder im spitzen Winkel wenden. Hier hatte man im Vorfeld etliche Quadratmeter des Uferlandes abgetragen, damit ein solches Manöver überhaupt durchzuführen war. Auf diesem Teil der Strecke erwartet man, neben der Abfahrt in Leer und der Ankunft in Eemshaven, die größte Zuschauermenge. Denn nur fünfhundert Meter nach Einschiffen in die Ems muss die Schmidt-Katter-Brücke passiert werden, die zu diesem Zweck von zwei Hochleistungskränen abmontiert wird. Nicht weniger spektakulär folgt der Ozeanriese danach dem Lauf der Ems, vorbei am Bingumer Sand, dessen Untiefen durch das aufgestaute Flusswasser nur schwerlich auszumachen sind. Hier müssen die Lotsen und der Kapitän die millimetergenauen Ausmaße kennen, um nicht auf Grund zu laufen. Danach überquert die Ems ein Stück der A 31. Carolin konnte sich diesen Moment nicht so recht vorstellen. Wie sollte unter dem Schiff eine Straße entlangführen? Wie Lkws und Pkws unter dem Kiel der *Poseidonna* trocken hindurchfahren? Darauf war sie ehrlich gespannt. Bis zum Dollartsperrwerk, von dem aus es nur noch wenige Kilometer bis zum offenen Meer sind, passiert das Kreuzfahrtschiff dann noch etliche

Mühlen und ostfriesische Dörfer, einige Moorgebiete und abmontierte Brücken. Eine Schiffspassage dieser Art legte für einen Tag den Verkehr der ganzen Region lahm. Aber nicht nur wegen der unbefahrbaren Brücken, sondern in erster Linie wegen der Schaulustigen. Über hunderttausend wurden erwartet. Die Verkehrsnachrichten hatten schon heute, als Leif und sie im Auto Richtung Leer unterwegs gewesen waren, vor Staus und Behinderungen gewarnt. Alles nur, weil sich die *Poseidonna* auf den Weg machte. Das war ein merkwürdiger Gedanke.

Morgen früh würde sie geboren werden, sie würde sich durch den engen, fünfzig Kilometer langen Geburtskanal zwängen, bis sie in die Nordsee gelangte und ihr Leben als Luxusliner begann. Carolin überlegte, ob sie Leif dieses Bild von der Schiffsgeburt vorschlagen sollte, als gemeinsames Arbeitsprinzip sozusagen. Hatte er nicht ständigen Austausch untereinander gewünscht? Sie schaute sich um. Er hatte den Platz neben der Tür ebenfalls verlassen und unterhielt sich mit der schlanken Frau, deren Hintern noch immer vom reichen Zigarrenmann berührt wurde. Leif hatte den Mini-Disc-Recorder wieder im Anschlag. Vielleicht war das Interview mit der Dame so etwas wie eine Annäherung an den millionenschweren Reeder Sinclair Bess, der für die Reportage ausdrücklich nicht zur Verfügung stand. Carolin knipste die Szene, auch wenn sie dieses Foto nicht an das Magazin weitergeben würde. Vielleicht ein Andenken für Leif, der dieser schönen Frau allzu gern Fragen zu stellen schien. Dann wandte sie sich wieder der Aussicht zu.

Fast nichts mehr zu erkennen da draußen. Ein Fensterputzer in einem hellgrauen Overall schob sich an der Außenseite des mannshohen Fensters entlang vor ihre Linse und grinste entschuldigend. Er war schon älter und sah südländisch aus. Also auch bei einem so deutschen Generationsunternehmen wie der Schmidt-Katter-Werft machten die anderen die Drecksarbeit, es war doch überall dasselbe. Carolin dachte an die asiatische Putzfrau, die das Treppengeländer poliert hatte. Das Schiff wurde startklar gemacht, poliert und gewienert, und die Chefs ließen es sich gut gehen.

«Wir können den Doktor nicht finden. Vielleicht ein Notfall, keine Ahnung, auf jeden Fall schlage ich vor, den kleinen Imbiss ohne Doktor Perl zu eröffnen.»

Ludger Schmidt-Katter stand in der Tür. Er war kein imposanter Mann, keine autoritäre Erscheinung. Eher klein und schmächtig, mit dünnem, leicht gelocktem rötlichem Haar und Oberlippenbart. Er sah nicht aus wie der direkte Nachkomme einer unbestechlichen Arbeiterdynastie, eher wie der Beamte eines Fundbüros. Doch seine Worte waren im Raum willkommen, man lächelte und hörte «Ahs» und «Ohs» und kurz danach das erste Klingen von Porzellan und Besteck.

Der Vorstandsvorsitzende gesellte sich kurz zu einer hübschen, aber unscheinbaren Frau in hellblauem Kleid, dann nickte er Leif und Carolin zu und rief: «Schön, dass Sie da sind. Ich komme gleich noch zu Ihnen.» Doch vorher biss er in etwas, das wie eine Hühnerkeule aussah.

«Ein sympathischer Chef, dieser Schmidt-Katter», entschied Carolin laut. Leif, der neben sie ans Fenster getreten war, sprach noch immer leise auf sein Diktiergerät ein. «Ich habe Hunger. Kommst du mit?»

Leif war kein Vegetarier. Irgendwie passte das nicht zu ihm. Dass er nun am verlockenden Buffet Entenbrust und Krabbencocktail auf den Teller häufte, statt mit Blattsalat, Vollkornbrot und Käse vorlieb zu nehmen, wirkte regelwidrig. Eigentlich war er doch kein Mensch, der es sich gut gehen lassen konnte. Dazu schien er zu verbissen.

«Ich hoffe, dass es Ihnen schmeckt. Es ist das erste Essen, abgesehen von den Pausenstullen unserer Arbeiter, welches hier auf der *Poseidonna* serviert wird.» Schmidt-Katter stellte seinen leeren Teller neben das Buffet, griff nach drei Gläsern Champagner und stellte sich zwischen Carolin und Leif, die beide gerade den Mund voll hatten, kauten und kein Wort erwidern konnten. «Wie schön, dass das *Objektiv* den Bericht bringt. Sinclair Bess hat uns auf die Idee gebracht, bei dieser ungewöhnlichen Fahrt ein Presseteam anzuheuern. Nun, bisher haben wir ja auch nur recht unattraktive Containerschiffe und Autofähren zur Nordsee gebracht, da hielt sich das Interesse der Medien in Grenzen. Ich hoffe, Frau John steht Ihnen gut zur Seite und bringt Sie in die Ecken des Schiffes, die Sie sehen wollen.»

«Das wird sie sicherlich tun», antwortete Leif förmlich.

«Sie haben das Foto mit dem Kind gemacht?», fragte Schmidt-Katter in Carolins Richtung.

«Dies und noch einige mehr, ja!» Nun gaben sie sich die Hand, alle drei artig im Kreis, doch nicht zu steif, eher freundschaftlich. Die Atmosphäre war wirklich entspannt.

«Machen Sie was Schönes mit dem Schiff, bitte! Ihr Chefredakteur hat mir versprochen, dass er mit Ihnen sein bestes Team geschickt hat, und darüber bin ich natürlich sehr froh. Die *Poseidonna* ist eine Schönheit, sie hat es verdient, dass man sie gebührend porträtiert. Sie und die fünftausend Arbeiterinnen und Arbeiter, die direkt oder indirekt an diesem Luxusliner mitgewirkt haben.»

Carolin pfiff anerkennend und verteilte ein wenig Blätterteigpastete im Raum, weil sie vergessen hatte, dass sie den Mund voll hatte.

Schmidt-Katter ignorierte den Fauxpas. «Ja, wir sind hier der Arbeitgeber Nummer eins. Zweitausend eigene Angestellte und nahezu fünfzig Zulieferbetriebe. Wir sorgen für das tägliche Brot zahlreicher ostfriesischer Familien.» Er verteilte die Gläser und hob das seine in Augenhöhe. «Wenn wir morgen auf der Ems in Richtung Nordsee schippern, dann werden Sie links und rechts die Schaulustigen auf den Deichen stehen sehen. Die Überführungen werden hier in Ostfriesland zu richtigen Partys. Wir haben sogar Fanclubs, die aus dem Umland anreisen und entlang des Flusses ihre Zelte aufschlagen.» Schmidt-Katter war enthusiastisch wie der Trainer einer erfolgreichen Fußballmannschaft, doch nun machte er eine kurze Pause und schaute nachdenklich in sein Champagnerglas. «Unsere Schiffe sind Produkte, auf die eine ganze Region stolz ist wie auf das eigene Kind. Machen Sie eine Reportage, die sich all die Familien stolz und glücklich einrahmen und neben ihre Hochzeitsfotos an die Wand hängen können.»

Marten

«Nein, um Himmels willen! Nein!», schrie er. Seine Arme und Beine waren so eng geschnürt, dass er aussah wie eine Raupe. Er lag auf dem Boden. Man meinte, seine Panik riechen zu können. Es war verdammt heiß hier. Und er stank bestialisch.

Seit drei Stunden ging das nun schon so. Er hörte nicht auf. Verdammt nochmal, warum schrie er immer noch so herum? War sein Hals nicht bald zu trocken dazu? Bei dieser Hitze ununterbrochen um Hilfe betteln, da musste man wirklich Todesangst haben, wenn man das aushielt.

Doch Marten war ungerührt. Wirklich, er wollte nicht nur den Schein erwecken, er saß tatsächlich da und sein

Puls ging gemächlich spazieren. Er schwitzte noch nicht einmal, er saß nur da und blickte den Schreienden an. Durch die stark verdunkelte Schutzbrille konnte er nicht viel erkennen. Doch die Angst des Mannes war nicht zu übersehen.

Vor einem Dreivierteljahr war Marten noch ein ganz anderer Mensch gewesen. Damals hätte er nie gedacht, dass er einmal völlig unbeteiligt die Angst eines Menschen hinnehmen könnte. Vor neun Monaten hatte er noch darüber nachgedacht, ob er mit dem anstehenden Weihnachtsgeld in die Dominikanische fliegen oder sich einen Video-Beamer für das Wohnzimmerkino leisten sollte. Vor einem Dreivierteljahr konnte er keiner Fliege etwas zuleide tun, hatte noch drei geregelte Mahlzeiten am Tag auf dem Tisch und mindestens sieben Stunden Nachtschlaf gehabt.

Und nun war er ein Peiniger. Genau das Gegenteil von dem, was er noch vor einem Dreivierteljahr gewesen war.

Wie in einem abgedroschenen Film begann es mit einem Brief. Einem harmlos aussehenden, länglichen Brief mit transparentem Adressfeld, in dem Marten seine Anschrift lesen konnte. Und schmal darüber der Absender: Schmidt-Katter-Werft AG Leer.

Er hatte den Brief erst einen Tag später aufgemacht, weil er sich eh denken konnte, dass man ihm seine Entlassung mitteilen wollte. Genau wie bei Rüdiger und Bert, bei Gertrud und Florian. Sie alle hatten einen solchen Brief bekommen, und bei allen hatte dasselbe dringestanden:

Aufgrund betrieblicher Einschränkungen, die durch die rückläufige Auftragslage unumgänglich geworden sind, bedauern wir, Ihnen mitteilen zu müssen, dass wir Ihr Arbeitsverhältnis fristgerecht zum 31.1. nächsten Jahres kündigen.

Wir wünschen Ihnen alles Gute für Ihren weiteren beruflichen Lebensweg und ...
Blablabla.

Charline hatte geheult und gefragt, ob sie denn nicht heiraten und ganz schnell ein Kind machen könnten, da junge Familienväter unter einem besonderen Kündigungsschutz stünden. Charline war zwar lieb, aber auch unglaublich naiv. Er hatte sie getröstet und gesagt, dass er, wenn überhaupt, aus Liebe heiraten wollte. Es hatte keine zwei Wochen gedauert, und sie war weg. Sie hatte die Sachen aus der gemeinsamen Wohnung geräumt, ganz akribisch: die Nagelfeile, die Spaghettizange, den bunten Überwurf für das alte Sofa. Da es nur einen Nachmittag gedauert hatte, alles in drei Jahren angesammelte Inventar auseinander zu sortieren, hatte er gemerkt, dass sie den Auszug von langer Hand geplant hatte. Wahrscheinlich, seitdem ihr der Inhalt dieses Briefes und sein Nein zu einer baldigen Heirat bekannt gewesen waren.

Charline lebte wieder bei ihrer Mutter. Marten hatte gehört, dass sie sich bereits getröstet hatte. Mit Dietmar von der freien Tankstelle am Ortseingang von Weener. Er hatte sich nicht so schnell getröstet. Im Gegenteil. Es war von Tag zu Tag schlimmer geworden. Jede Stunde, die seine Entlassung näher gerückt war, war es ihm schlechter gegangen. Vielleicht hatte er da schon begonnen, sich zu verändern.

Natürlich hatte Marten sich gleich nach Erhalt des Briefes anderswo beworben. Sowohl bei den großen Werften in Hamburg und Bremerhaven als auch bei den mittelgroßen Reparaturdocks in Emden und Wilhelmshaven, sogar bei den ganz kleinen Sportbootbastelläden in Norddeich und Neßmersiel. Doch er war natürlich nicht der Einzige, der jetzt dringend einen neuen Job suchte. Und irgendwie schien immer jemand eher da oder besser qualifiziert gewesen zu sein. Oder jünger. Dabei war Marten erst dreiundvierzig, auch wenn er älter wirkte. Zwar war er kräftig und konnte gut anpacken, doch er war nicht gerade sportlich durchtrainiert. Er war nicht der Typ, dem man in schlechten Zeiten wirklich eine Chance geben wollte.

Hundert Entlassungen. Im Herbst waren auch schon fünfzig gegangen worden. Und man sprach bereits davon, dass es im Sommer wieder einige treffen würde.

Dann war der Stichtag gewesen. Mitten im Winter. Das Wetter war eigentlich viel zu schön gewesen, Sonne und blauer Himmel. Es hatte überhaupt nicht zu seiner Stimmung gepasst. Denn als er den Spind geräumt und das letzte Mal den Kollegen «'n Feierabend» zugerufen hatte, war seine Stimmung mehr als trüb gewesen.

«Bitte, lassen Sie mich gehen. Ich habe eine Familie, verstehen Sie? Meine Älteste kommt im Sommer auf das Gymnasium, ich bin so stolz auf sie, Greta ist ihr Name, sie ist bildschön.» Jetzt weinte er ganz leise. Vielleicht hatte er gemerkt, dass sein Geschrei auf die Dauer nervtötend war. «Und mein Sohn heißt Johannes. Er ist ein Teufelskerl. Ich bewundere meine Frau, dass die bei uns zu Hause alles managt.»

Woher nahm dieser Mann die Kraft, nach vier Stunden noch immer vollständige und verständliche Sätze zu formulieren? Er lag inzwischen regungslos da und erzählte von seinen Lieben zu Hause. Natürlich wollte er damit eine persönliche Bindung aufbauen. Vielleicht hoffte er auf Mitleid. Aber Marten war nicht dumm. Und wenn dieser Mann hier zehn Jahre lang studiert hatte und Marten ein Typ war, den man als einfachen Arbeiter beschreiben konnte, er war nicht dumm. Er beschloss, ein wenig so zu tun, als ließe er sich von seinem Gefangenen aufs Glatteis führen.

«Haben Sie auch Haustiere?» Der Mann reagierte verschreckt. Bislang hatte Marten geschwiegen.

«Ja», er antwortete schnell, beinahe hastig. Wahrscheinlich witterte er seine Chance auf ein Gespräch. «Meerschweinchen. Johannes und Greta haben jeder eines zu Weihnachten bekommen. Im Zoohandel haben sie uns gesagt, es wären garantiert zwei Männchen, aber inzwischen haben wir, soweit ich weiß, sechs. Wir könnten die Tiere zum Zoohandel bringen, aber die Kinder haben eine solche Freude an den Viechern ...»

Marten blieb regungslos sitzen, den Blick auf den Gefesselten gerichtet. Dieser schien wirklich für einen Moment geglaubt zu haben, dass Marten mit ihm reden wollte und in die Falle getappt wäre.

Marten aß eine Banane. Sie war noch grünlich und das Mark so fest wie ein Apfel. Er hatte sie heute Morgen auf dem Wochenmarkt gekauft, weil er gewusst hatte, dass es heute länger gehen könnte. Nun musste es fast acht Uhr abends sein. Nachmittags hatte er seinen Plan in die Tat umgesetzt. Um vier war er schon hier drin gewesen. Im Ballasttank. Einem Ort, wo vor morgen Nachmittag keiner suchen würde.

Er würde gleich nach oben klettern und auch die Taschenlampe mitnehmen, zurücklassen würde er einen heißen, stockdunklen Raum und einen verzweifelten Mann.

Als er Svetlana kennen lernte, da war er sich sicher gewesen, dass es nun aufwärts ging in seinem Leben.

Bei der Pommesbude war sie ihm vor die Füße gelaufen, eine Bratwurst in der Hand und Senf im Mundwinkel. Sie hatte gelächelt und «Entschuldigung» gesagt. Doch dann war die Wurst auf den sandigen Boden gefallen, und er hatte seit Wochen das erste Mal wieder etwas getan, was nicht nur mit Selbstmitleid zu tun hatte: Er hatte sie zum Essen in die Pizzeria eingeladen.

Svetlana kam aus Polen, doch sie konnte relativ gut Deutsch sprechen. Ihre Mutter arbeite schon seit zehn Jahren in einem Hotel auf einer ostfriesischen Insel, sie habe auch drei Sommer mitgeputzt, dadurch hätte sie die Sprache gelernt, sagte sie. Sie hatte dabei eine ganz glockenklare Stimme und gespitzte Lippen, als wolle sie ein Lied pfeifen. Ihr dunkelblonder Pferdeschwanz sah wirklich hübsch aus, und wenn sie lachte, hüpfte der Zopf auf und ab. Das brachte ihn dazu mitzulachen. Sie hatten sich öfter getroffen. Zum Spazierengehen. Zum Essen. Zum Einkaufen. Immer tagsüber. Abends hatte sie keine Zeit.

Svetlana hatte nicht über ihre Arbeit gesprochen. Erst hatte er sich Gedanken gemacht, ob sie vielleicht anschaffen ging. Ob irgendein Zuhälterschwein sie auf den Strich schickte. Deswegen hatte er sie auch nie angefasst. Manchmal hatte sie sich an ihn geschmiegt wie ein kleines Mädchen und ihren spitzen Mund an seinen Hals gehalten, sodass er ihren warmen Atem an seiner Haut spürte. Trotzdem hatte er seine Finger von ihr gelassen. Weil er eben Angst hatte, dass sie ihren Körper auch woanders einsetzte. Aber so war es nicht gewesen. Er hatte es erst später erfahren. Zu spät.

Vielleicht hätte sie sich ihm anvertraut, wenn er ihre Zärtlichkeiten erwidert hätte. Wenn er ihr nur einen einzigen Kuss gegeben oder beim Spazierengehen ihre Hand genommen hätte. Dann hätte sie ihm von ihrer Arbeit erzählt. Und dann hätte er vielleicht ihr Leben retten können.

«Bleiben Sie hier! Sie können doch nicht gehen! Sie können mich doch hier nicht allein lassen!»

Marten antwortete nicht. Er stieg die schmale Stahlleiter nach oben.

«He! Was soll das! Sagen Sie mir doch, was ich tun soll! Was kann ich machen? Brauchen Sie einen Job? Sind Sie einer von denen, die entlassen wurden? Ich kann da was deichseln! Wirklich! Ich kenne Schmidt-Katter persönlich! Er ist mein Schwager. Sie können wieder arbeiten, wenn Sie wollen, schon morgen!»

Marten drückte den Lukendeckel nach oben. Das Licht aus dem Maschinenraum blendete ihn. Er hörte den Mann dort unten nur noch ganz leise, kaum verständlich:

«Ich glaube, Sie haben den Falschen erwischt. Ich bin doch nur der Betriebsarzt. Hören Sie nicht? Sie müssen mich verwechselt haben!»

Marten schob sich aus der Luke, der Deckel fiel schwer zurück. Er drehte die große Schraube fest zu. Noch hatte keiner gemerkt, dass er nicht auf das Schiff gehörte, da er Werkskleidung trug. Marten hatte sich einen Schweißeranzug samt Schutzhelm und Brille aus der Reinigungsabteilung genommen. Als er an Bord gegangen war, hatte sich niemand nach ihm umgeschaut. Er war für einen kurzen Moment wieder einer von ihnen gewesen, und er hätte nur zu gern mitgearbeitet. Die Stimmung so kurz vor der Überführung war immer etwas Besonderes. Alle waren dann so hektisch, aber auch so konzentriert. Bislang hatte die Werft Containerschiffe, Autofähren und so etwas in der Art gebaut. Die *Poseidonna* würde morgen alles in den Schatten stellen.

Inzwischen hatten die Arbeiter jedoch das Schiff verlassen. Es war merkwürdig still und menschenleer. Eigentlich hatte Marten vorgehabt, genau jetzt von Bord zu gehen. Er hatte seine Sache hier erledigt. Es hatte nur ein wenig länger gedauert als geplant. Er hätte sich nicht auf ein Gespräch einlassen sollen. Nun war das Portal, durch das die Arbeiter bei Feierabend die *Poseidonna* verließen, bereits geschlossen. Er hatte gehofft, mit der Masse der abziehenden Arbeiter durch die Kontrolle zu rutschen. Dies war nun nicht mehr möglich. Er musste sich einen anderen Weg suchen oder ...

Oder bleiben. Warum eigentlich nicht?

Auf einer Überführung fuhren nur wenige Ausgewählte mit. Nur die Chefs und Geldgeber mit ihren Frauen. Und ein paar Mechaniker, aber nicht die von den normalen Trupps. Nur Leute, die ohnehin schon einen Fuß in der Tür zur Chefetage hatten. Solche wie Wolfgang Grees zum Beispiel. Marten hatte diese Leute immer heimlich beneidet, und wahrscheinlich war es seinen Kumpels von der Schicht ebenso gegangen. Jeder wollte gern einmal dabei sein. An einer Überführung nach Eemshaven teilnehmen. Die meisten Schiffsbauer trafen sich bei der Abfahrt auf dem Werftgelände, um wenigstens auf diese Art mit von der Partie zu sein.

Marten wusste, wie stolz und wehmütig die Arbeiter einem solchen Schiff hinterherschauten, wenn es die Werft verließ. Er war einige Male dabei gewesen. Bei den Containerschiffen und den Autofähren. Da war es schon eine tolle Sache gewesen. Nie würde er das Gefühl vergessen, das er und seine Kollegen hatten, wenn sie mit der Belegschaft beim Werfttor Spalier standen.

Bei der *Poseidonna* wird es alles noch eine Nummer größer sein.

Wenn er sich nun von Bord schlich, würde er bei der Abfahrt allein am Deich stehen. Obwohl er doch vor einem Dreivierteljahr selbst noch an der *Poseidonna* gearbeitet hatte. Er hatte einen Anteil an diesem Schiff. Er hatte ein Recht, mit dabei zu sein.

Vielleicht war das verschlossene Portal so etwas wie ein

Zeichen oder eine Einladung, an Bord zu bleiben. Außerdem kannte er sich hier aus, er wusste, wo man im Notfall untertauchen konnte. Vielleicht würde es ihm gelingen, unentdeckt zu bleiben. Das wäre eine Genugtuung, ein kleiner Sieg.

Carolin

Bis auf die Aufregung, dass Doktor Perl nicht zum Empfang erschienen war, war das Treffen im Kapitänsrevier entspannt, beinahe nett verlaufen.

Carolin beobachtete gern Menschen, und sie spann sich in ihrem Kopf kleine Geschichten zwischen den unbekannten Personen zurecht. Dazu waren Stehempfänge besonders gut geeignet.

Warum hatte der reiche, fette Reeder aus Amerika eine solch attraktive Gattin – seine Hand hatte sich zu Beginn der Veranstaltung nicht verirrt –, turtelte dann aber vor der Kapitänstoilette mit einer nichts sagenden Blondine, die eigentlich dafür zuständig war, den Champagner nachzufüllen? Carolin knipste aus diskreter Entfernung und sagte scherzhaft zu Leif, dass sich in einer Notlage mit diesem Beweisfoto Geld machen ließe.

Weshalb konnten sich die beiden Schwestern – die eine verheiratet mit dem Firmenchef Schmidt-Katter, die andere auf der ewigen Suche nach ihrem abwesenden Gatten Perl – augenscheinlich nicht ausstehen? Sie standen in ihren langen Abendkleidern brav nebeneinander und achteten darauf, nicht zu viel zu essen, aber sie wechselten kein Wort miteinander und ignorierten sich gekonnt.

Wahrscheinlich fielen diese Details niemandem wirklich auf, aber Carolin hatte ein Auge für Dinge, die man nicht sah oder vielmehr nicht sehen sollte. Aus diesem Grund hätte sie in keinem anderen Beruf arbeiten können. Sie musste schauen und spüren und verstehen, und nur die Kamera konnte diese Dinge, die sie erkannte, auch für andere sichtbar machen. Ohne die Nikon wäre Carolin nicht nur blind, sondern irgendwie auch stumm gewesen.

Leif aß schon wieder, kleine Garnelenschwänze in knusprigem Teig. Er zog sich in eine Ecke zurück und schien die Aufnahmen seines Diktiergerätes abzuhören. Seiner Miene nach zu urteilen hatte auch er einen ergiebigen Abend erlebt.

Carolin setzte sich mit einem Seufzen neben ihn. «Meine Beine tun weh, ich leg mich aufs Ohr!»

«Ich hätte aber gern noch ein paar Außenaufnahmen ...»

«Mache ich noch, Chef.» Ein Augenrollen konnte sich Carolin nicht verkneifen. «Aber erst einmal ziehe ich mir wieder meine Hose und die bequemen Turnschuhe an. In Abendkleid und Pumps kann man schlecht mitten in der Nacht auf einem halbfertigen Schiff Fotos machen. Entweder man bricht sich alle Knochen oder man erfriert irgendwo an Deck.»

«Wenn die Aufnahmen bis dahin im Kasten sind, soll es mir recht sein ...» Leif lachte. Seine Augen wurden schmal, zogen sich in die Länge. Beinahe asiatisch sah er aus, wenn er sich über jemanden lustig machte. Er hatte so weiße Zähne, dass man meinte, sie seien unecht. Doch wahrscheinlich kam das Weiß daher, dass er nie Tee oder Kaffee trank, nie rauchte, dafür aber Sport trieb wie ein Wahnsinniger. Natürlich hatte körperliche Fitness nichts mit der Farbe der Zähne zu tun, doch die Verbissenheit, mit der er jeden Morgen zwölf Kilometer joggte, die passte dazu.

«Ich habe meine liebe alte Bekannte schon nach einer Extraflasche Schampus gefragt. Wie gut, wenn man die Stewardess persönlich kennt», flüsterte er mit einer ungewohnten Vertrautheit, die Carolin ein wenig zurückweichen ließ. «Wenn du Lust hast, treffen wir uns um Mitternacht ganz vorn am Bug und machen sie leer.»

Das passte nicht zu Leif Minnesang. Carolin beugte sich nach vorn. «Wie bitte?»

«Kein Witz! Du machst die Außenfotos, ich sortiere meine Notizen, und dann treffen wir uns um zwölf, okay?»

«Aha, hm, ja.»

«Wir haben doch nicht wirklich viel Zeit hier, in vierundzwanzig Stunden sind wir schon in Eemshaven und gehen von Bord. Und während der Fahrt haben wir wahrscheinlich kaum Zeit für so etwas. Also bleibt uns nur heute Abend.»

Carolin dachte an Leonardo di Caprio und Kate Winslet und die berühmte Szene mit dem «König der Welt». Sie vertauschte für einen kurzen Augenblick die Gesichter und sah sich und Leif Minnesang mit ausgebreiteten Armen an der Spitze der *Poseidonna* stehen, er mit seiner typisch gehetzten Miene und dem Mini-Disc-Recorder vor den Lippen, sie mit der Nikon im Anschlag in Cordhose und flatterndem Herrenhemd. Sie musste lachen. «Ich werde uns beide aber fotografieren müssen, sonst glaubt mir das keiner.»

«Was glaubt dir keiner?»

«Dass du doch ein ganz menschlicher Typ sein kannst, wenn du willst.»

«Was soll das denn jetzt?»

«Du bist doch wie ein Apparat! Sobald du in die Redaktion kommst, laufen die Sekunden schneller. Deine Stimme klingt wie das Tastenklappern eines PCs. Wenn man sich mit dir unterhält, weiß man immer, dass du ein Diktiergerät dabei laufen lässt.»

«Das ist nicht wahr!»

«Sogar deine Exliebe zeichnet ein derartiges Bild von dir.»

«Meine Exliebe?»

«Ebba John.» Carolin musste doch ein wenig zu viel Champagner nachgeschenkt bekommen haben, sonst würde sie nie so reden, wie sie es jetzt tat. Normalerweise würde sie Leif nicht derart auf die Pelle rücken.

«Ebba John? Sie sagt, ich bin eine Maschine?»

«Yes!»

Leif nickte leicht mit dem Kopf hin und her und zog die Mundwinkel nach unten. «Das muss sie gerade sagen», sagte er schließlich. «Trotzdem werde ich eben mal verschwinden. Auch Maschinen müssen mal aufs Örtchen!»

Er war irritierend komisch. Gut, sie würde mit ihm später Champagner trinken. Dann war dies jetzt für sie der richtige Moment, sich zu verabschieden. Sie schüttelte brav reihum die Hände, klaute noch einen Zweig Trauben vom Buffet und ging hinaus.

Die Treppe nach unten fand sie ohne Probleme.

Sie zählte die Stufen im Geist. Deck 7. Und die Brücke war Deck 13. Eigentlich konnte sie sich nicht verirren. Trotzdem schlug ihr Herz schneller, als es wegen der Treppenhinablauferei hätte schlagen müssen. Ihre Hand streichelte beim Hinabgehen über das Geländer. Die Handwerker fielen ihr ein. Sie hatten doch heute auf Deck 6 den Teppich verlegt. Daran würde sie das richtige Stockwerk erkennen.

Sie zählte weiter die Treppenabsätze. Die schrecklichen Schuhe. Carolins Füße rebellierten gegen die ungewohnte Enge, also zog sie sich die Pumps aus. Egal, hier war ja niemand. Lautlos stieg sie weiter die Stufen hinab.

Alles sah noch so unfertig aus. Eigentlich gab es noch genug Arbeit an Bord, es war erst halb elf, warum arbeitete kein

Mensch mehr? Vielleicht mussten schon alle sicherheitshalber von Bord gehen. Morgen früh um sechs ging die Fahrt los. Wahrscheinlich wollte man nicht das Risiko eingehen, dass sich in der Nacht noch unbefugte Personen an Bord schlichen. Als sie aufs Schiff gegangen war, hatte Carolin einen Ausweis mit Foto um den Hals gehängt bekommen. «Falls Sie mal kontrolliert werden», hatte die Dame, die eine Uniform und eine schräge rote Baskenmütze getragen hatte, beim Aushändigen gesagt. Carolin hatte sich in diesem Moment nichts dabei gedacht. Es kam häufig vor, dass man in ihrem Job Besucherausweise vorzeigen musste. Vorhin, es musste auf Deck 11 gewesen sein, hatte sie durch ein Fenster draußen an der Reling zwei Uniformierte gesehen.

Doch nun, hier in der Dunkelheit und der einzigartigen Atmosphäre kurz vor dem Aufbruch, wurde ihr deutlich, dass das doch etwas merkwürdig war. Es gab Kontrollen, es gab Sicherheitsbeauftragte, es gab abgeschirmte Empfänge auf dem Kapitänsdeck. Im Vorfeld hatte Carolin gehört, dass Schmidt-Katter sich vor Sabotageakten fürchte. Umweltschützer hatten starke Bedenken gegen die Fahrt auf der Ems geäußert, und die Diskussionen über den Bau eines gewaltigen Sperrwerkes in der Dollartmündung zogen sich schon seit einigen Jahren hin. Wohl aus diesem Grund wurde scharf kontrolliert, wer an Bord der *Poseidonna* durfte und wer nicht. Deswegen vielleicht auch die Gouvernante Ebba John. Nichts wurde dem Zufall überlassen. Noch nicht einmal der Eindruck, den sie und Leif an Bord bekommen sollten.

Endlich Deck 7. Hier musste es sein.

Den Mann im Schatten des Treppenvorsprunges hätte Carolin fast übersehen. Er war blond und schon etwas älter, fast ein wenig dick, der Arbeitsanzug spannte über dem kleinen Bauch. Er zog sich gerade eine Schweißermaske vom Gesicht, und Carolin konnte sehen, dass er schwitzte. Als er sie bemerkte, versuchte er ein wenig tiefer in den grauen Schatten zu tauchen. Er hatte ihr Kommen sicher nicht bemerkt, ohne Schuhe war sie lautlos die Treppe hinuntergehuscht. Hatte sie ihn erschreckt?

«'n Feierabend», murmelte er.

«Gleichfalls», gab Carolin zurück. Welche Tür musste sie nehmen? Waren sie heute Nachmittag mit Ebba John in den linken oder den rechten Flur gegangen? Backbord oder steuerbord hieß es doch hier. «Entschuldigen Sie, haben Sie eine Ahnung, wo es zu diesen Musterkabinen geht?»

Der Kerl blieb noch immer im Halbdunkel stehen, was Carolin nervös machte. Vielleicht hätte sie einfach ganz souverän in einem der Gänge verschwinden sollen, statt diesem unbekannten Mann ganz offensichtlich ihre Orientierungslosigkeit zu zeigen. Carolin fürchtete sich nicht vor gesichtslosen Männern in dunklen Parks oder vor finsteren Gestalten in Tiefgaragen. Doch dieses Schiff mit seinen ewig gleichen Labyrinthgängen war ein unheimlicher Ort. Sie würde nicht gern in Panik geraten, wenn dieser Mann nun ganz plötzlich auf sie zukäme.

Links, Glastür, links. Das wusste sie noch, das hatte sie sich eingeprägt. Aber welcher Gang?

Es war nicht so, dass der Mann mit seiner Antwort gezögert hätte. All diese Gedanken schossen im Bruchteil einer Sekunde durch Carolins Kopf.

«Ich glaube rechts», antwortete der Kerl nur, ohne sich zu rühren.

«Danke!»

«Keine Ursache.»

Sie stolperte in den Gang. Rechts war steuerbord. Steuerbord war in Fahrtrichtung rechts. Aber wo war eigentlich die Fahrtrichtung? Morgen früh würde sich die *Poseidon-*

na rückwärts fortbewegen. Das hatte irgendetwas mit dem Tiefgang zu tun. Wenn ein Schiff rückwärts fuhr, wo war dann steuerbord?

Carolin würde sich hier nie zurechtfinden. Vielleicht sollte sie sich Kreidepfeile auf den Boden malen, wie früher, wenn sie auf Kindergeburtstagen Schnitzeljagd spielten. Oder einen roten Faden von der vertrauten Treppe bis zu ihrer Kabinentür spannen. War das die Stelle, wo sie links abbiegen musste?

Sie schaute sich noch einmal kurz um. Der Typ stand nicht mehr da. Weder im Schatten noch im Schein der Halogenleuchten. Schon komisch, ein einzelner Schweißer, der Überstunden machen musste?

Dahinten war die Glastür. Erleichtert atmete sie auf, Carolin war sich sicher, dass sie den richtigen Weg gefunden hatte.

Sie hatte drei Filme belichtet. Aufnahmen von den Rettungsbooten, die halb über der Reling befestigt und mit roten Planen bedeckt waren. Bei Tageslicht wollte Carolin unbedingt noch einmal dorthin, die Farben müssten dann klar und kontrastreich strahlen. Fotos von den Pollern am Kai, von den einige hundert Meter entfernten, beleuchteten Werfthallen, von der fast schon einschlafenden Provinzstadt, die morgen im Mittelpunkt eines kleinen Spektakels stehen würde. Fernsehteams von allen Nachrichtensendern hatten sich einquartiert, es gab Übertragungen im Radio. Carolin wusste, dass sich einige Journalisten um einen Platz auf diesem Schiff gerissen hatten. Und ausgerechnet sie stand an Deck und konnte knipsen.

Eine gute Momentaufnahme hatte sie auch im Kasten: Schmidt-Katter von hinten, Hand in Hand mit seiner Frau.

Das Paar schlenderte über das Promenadendeck, und beide trugen wetterfeste Jacken über ihrer Abendbekleidung. Carolin kam wieder das Bild in den Sinn, das sie morgen so etwas Ähnliches wie eine Geburt miterleben würden. Ludger Schmidt-Katter war der werdende Vater. Nervös, gespannt und bemüht, bei allen Vorgängen eine gute Figur zu machen.

Durch die Personalgänge gelangte sie in den vorderen Teil des Schiffes. Leif wartete bereits vorn an der Bugspitze. Er saß etwas schief auf dem Boden, lehnte mit dem Rücken gegen die Bordwand und winkte ihr zu. Carolin schaute auf die Uhr, sie hatte sich um eine Viertelstunde verspätet. Die kühle Aprilnacht machte eher Appetit auf einen heißen Pfefferminztee, und auf der Kapitänsbrücke hatte sie eigentlich genug Alkohol getrunken, trotzdem wollte sie die unverhofft nette Geste ihres Kollegen nicht übergehen. Sie musste über eine kleine Schwelle steigen, aber dieser Ort hier war nicht für Passagiere gedacht und deswegen so unwegsam.

Leif hatte den Champagner bereits geöffnet, die Flasche war schon zur Hälfte leer. «Da bist du ja!», sagte er langsam.

«Weiß unser Schatten denn, dass wir hier sind?»

«Unser Schatten?»

«Ebba John!»

«Sie ist schon in der Koje. Seit sechs Uhr ist sie heute auf den Beinen. Sie wäre fast aus den Stöckelschuhen gekippt.» Leif lachte und schenkte das zweite Glas ein, es waren fast die letzten Tropfen aus der Flasche. Hatte er bereits so viel getrunken? «Was machen die Bilder?»

Carolin überhörte seine Frage. Es war merkwürdig, sie hatte Leif noch nie betrunken erlebt. Nun schleppten sich seine Worte merkwürdig lahm aus seinem Mund, und sein

Blick war nicht mehr in der Lage, einen Punkt zu fixieren. Carolin mochte ihn nicht anschauen, es war ihr fast peinlich, den sonst so kontrollierten Kollegen in diesem Zustand zu sehen. Sie suchte nach einem unverfänglichen Thema, dann würde sie das Glas schnell leeren und verschwinden. «Ist dieser Doktor noch aufgetaucht?»

«Ich glaube nicht. Schon komisch irgendwie.» Er schien nach Worten zu suchen. «Alles ist hier dermaßen akkurat durchgeplant, und dieser böse Perl erscheint einfach nicht zum Champagnerempfang.»

Leif stand auf, er knickte mit dem einen Bein seitlich weg und hielt sich schlaff am Geländer fest. Die Flasche rutschte aus seinen Händen und fiel auf seinen Fuß. Er jammerte kurz. Als er sich bückte, rutschte sein Diktiergerät aus der Brusttasche und traf ebenfalls die Spitze seines Schuhs. Er liebte dieses Gerät, noch nie war es ihm irgendwo herausgefallen. Jeder in der Redaktion machte sich hinter seinem Rücken lustig über die enge Beziehung, die Leif zu diesem schmalen, grauen Mini-Disc-Recorder pflegte. Carolin hob das Ding auf und reichte es ihm.

«Ach, behalt es bis morgen. Dann fällt es mir nicht noch einmal auf den Fuß.»

«Und was ist mit meinem Handy?»

«Woher soll ich das wissen?»

«Ich habe es dir vorhin gegeben, du wolltest darauf aufpassen, weil ich keine Tasche dabeihatte.»

«Komisch, ja, hab ich vergessen.» Er kramte unter seiner Wetterjacke umständlich nach dem Apparat. «Ich fühle es, aber ich komme nicht dran.»

«Vergiss es, gib es mir morgen!» Es war egal. Wann musste sie schon einmal telefonieren? Im Grunde fühlte sie sich ohne den Apparat viel freier. Der Zustand ihres Kollegen hingegen bereitete ihr Sorgen. «Was ist los mit dir?»

Er versuchte, ihrem Blick standzuhalten. «Ich habe zu viel getrunken. Merkt man das nicht?»

«Du säufst doch sonst nicht.»

«Aber heute!»

«Warum? Wir haben hier eine verdammt wichtige Reportage zu machen, und du kippst dir den Champagner hinter die Binde.»

«Morgen bin ich wieder fit!»

«Hey, wir lichten um sechs Uhr den Anker, das ist nicht viel Zeit, um einen Rausch auszuschlafen und anschließend noch gute Arbeit zu leisten.»

«Pack ich schon!» Er rieb sich fest die Augen. Seine Schultern hingen schlaff nach unten. Er hätte eine amüsante Erscheinung abgegeben, wären sie jetzt auf einem Betriebsfest gewesen. Doch hier war es unheimlich. Die Angespanntheit und alles, was Leif Minnesang für gewöhnlich ausmachte, waren verschwunden. Hier stand ein kleiner, betrunkener Mittvierziger. Und Carolin bekam es beinahe mit der Angst. Sie leerte das Glas und steckte das Diktiergerät in die Hosentasche. Vielleicht war es tatsächlich besser, wenn sie bis morgen darauf Acht gab.

«Ist es wegen dieser Ebba?»

«Nee, Quatsch!»

«Hast du dich wegen ihr so voll laufen lassen?»

«Quatsch, habe ich gesagt. Lass mich doch in Ruhe. Ich erzähle dir morgen, was los ist. Das kriege ich jetzt nicht mehr vernünftig ...», er schien sich zu sammeln und zog das nächste Wort voller Konzentration in die Länge: «... for-mu-liert!»

Carolin griff nach seinem Arm und half ihm über die Stolperstellen hinweg, bis sie ins Bootsinnere gelangt waren. Er stieß sie von sich, nicht aggressiv, eher trotzig. Dann lief er mit der Hand als Führung an der Wand entlang in die Richtung, wo man zur Treppe gelangte. Es ging relativ gut. Seinen Orientierungssinn hatte er also nicht verloren, er schien sich sogar ein wenig gefangen zu haben.

«Vielleicht hast du Recht. Es ist nicht gerade ... professionell, wie ich mich heute aufführe. Aber wenn du wüsstest, was ich weiß!»

«Schieß schon los. Vielleicht hast du es sonst morgen vergessen. Du wärst nicht der Erste, der nach ein paar Gläsern zuviel am nächsten Tag einen Blackout hat. Und dann werde ich nie erfahren, was dich heute Abend ...»

Leif blieb stehen, mit einem Ruck, ohne ein Schwanken. «Das ist alles Kulisse hier!»

Seine Stimme war fast wieder klar, nur etwas verwaschen und zu auffällig akzentuiert. «So riesig und so beeindruckend das Ganze. Es gibt Champagner zu trinken, wir schwelgen in Marmor und Goldmessing. Aber es ist nicht wirklich. Es ist eine Kulisse. Das sage ich dir! Und darüber werde ich auch schreiben!»

«Was meinst du denn jetzt damit?»

«Das ist hier alles ein ganz mieses Geschäft. Weißt du noch, als der große Boss vorhin zu uns gekommen ist und diese Sache gesagt hat?»

«Mit den Menschen hier, die alle so stolz auf dieses Schiff sind?»

«Die Leute würden sich schämen, wenn die alle wüssten ...» Er ging wieder weiter, machte eine ausholende Geste, mit der er das Schiff, die Umgebung, die ganze Welt einzufangen schien: «... wenn die alle wüssten, wie andere verarscht werden!»

Das konnte nichts Ernstes sein. Unmöglich konnte Leif von etwas Relevantem sprechen. Er war einfach betrunken. Unter Alkoholeinfluss schien eben auch der perfekteste Herr Tadellos zu einer Witzfigur zu verkommen. Es machte ihn jedoch nicht unsympathisch, im Gegenteil. Carolin fingerte möglichst unauffällig nach der Nikon.

«Die lügen sich nur alle was zusammen.»

Carolin hatte ihn im Sucher. Er hatte wieder diesen verbissenen Blick, vielleicht war er doch nicht so betrunken, wie sie zuerst geglaubt hatte. Seine Haare waren feucht von der Nachtluft, er hielt die Hände zu Fäusten geballt. Irgendetwas musste ihn in Rage versetzen.

«Auch wenn die von uns verlangen, dass wir eine Schöne-heile-Welt-Story vom Traumschiff abliefern, wir werden das nicht tun! Hast du mich verstanden? Wir werden keinen Scheiß zusammenschreiben, sondern die Wahrheit zu Papier bringen. Ich war im Krieg, einige Jahre, Afghanistan. Ich habe verdammt viel gesehen. Doch das war anders, das war Kampf. Und hier? Gehen die auch über Leichen, nur dass es keiner mitkriegt. Ich werde davon schreiben. Und dann werden hier im Nordwesten alle Kopf stehen.» Er drehte sich zu ihr und schaute sie direkt an. Leif schien nicht zu bemerken, dass sie die Kamera im Anschlag hatte. Vielleicht nahm er sie ohnehin nur so wahr. Als die Frau mit dem Objektiv vorm Gesicht.

«Erinnere mich morgen daran: Wir haben um halb neun einen wichtigen Termin. Wir werden ziemlich viel Ärger bekommen. Aber Ärger ist gut, oder nicht?» Kein Zweifel, er war doch total hinüber, seine Augen waren glasig wie Murmeln. «Ärger ist gut fürs Geschäft. Und das wollen wir doch beide, oder nicht?»

«Ärger kriegen?»

«Nein, gut im Geschäft sein. Du kannst dich nicht ewig auf deinem einen Foto ausruhen. Und diese Arschlöcher hier bieten dir genug, um dich wieder ins Gespräch zu bringen.»

In diesem Moment drückte sie ab. Das Klicken, sie liebte

das Geräusch, dieses trockene, schneidende Klicken ihrer Nikon, welches klar machte, dass sie mal wieder einen Moment eingefangen hatte.

Der Morgen begann mitten in der Nacht, um fünf piepte die Weckfunktion ihrer Armbanduhr. Carolin hatte gestern die dicken Vorhänge zugezogen, und nun war es in der Kabine so dunkel, dass selbst das Apricot noch zu schlafen schien.

Carolin fühlte den schweren Kopf, sie tastete mit den Händen über das Laken, bis sie den Lichtschalter der Nachttischlampe fand. Es gab mit Sicherheit bessere Morgen.

Sie hatte schlecht geträumt. Obwohl, gestern Nacht hatte eine steinerne Müdigkeit sie übermannt, sie hatte nicht lang wach gelegen. Doch der Schlaf war unruhig und in keiner Weise erholsam gewesen. Sie fühlte sich wie betäubt und gleichzeitig wach gehalten. Obwohl sie sonst keine Probleme mit fremden Betten hatte. In ihrem Job hatte sie schon an wesentlich unbequemeren Orten tief und fest geschlafen. Vielleicht war ihr das letzte Glas Champagner mit Leif nicht so gut bekommen. Ihr Kopf war wie umgerührt.

Heute Nacht hatte sie von Leif geträumt. Nichts Besonderes, nichts wirklich Angsteinflößendes, im Grunde hatte er sie die ganze Zeit mit seinen Weisheiten zugetextet, so wie er es in der Wirklichkeit auch tat. Doch es hatte sie nicht richtig schlafen lassen.

Gleich würde es losgehen. Noch einmal drehte Carolin sich um, schob den Zipfel der Bettdecke in den Nacken und schloss die Augen.

Noch stand die *Poseidonna* still. Carolin merkte nicht, dass ihre Gedanken wieder ins Unbewusste abglitten. Wieder stand Leif vor ihr und redete, redete, redete. Sie drehte sich erneut, doch Leif war immer noch da. Er hörte nicht auf.

Erst als die Motoren ansprangen, verstummte Leif. Carolin schoss in die Höhe, sie musste wieder eingeschlafen sein. Die Armbanduhr zeigte, dass sie eine halbe Stunde weg gewesen war. Sie stand fluchend auf. Im Marmorbad ein wenig Wasser ins Gesicht, die Klamotten vom Vortag, so musste es gehen, denn sonst würde das Ablegemanöver ohne sie geschehen, und gerade das Auslaufen aus dem heimatlichen Dock sollte neben der Ankunft in Eemshaven auf der kurzen Reise einer der Höhepunkte sein.

Fünf Minuten brauchte sie, eine gute Zeit, zumal der Blick in den Spiegel verriet, dass man ihr weder den miserablen Schlaf noch die hektische Katzenwäsche ansah. Als sie die Vorhänge aufzog, stand bereits die Morgendämmerung über den riesigen Kränen der Werft. Carolin trat in den Flur, vielleicht strahlte sie nicht wie der junge Morgen, doch wie die tiefste Nacht sah sie auch nicht mehr aus. Carolin war gespannt, wie Leif ihr heute früh begegnen würde. Er musste verkatert sein und richtig schlecht aussehen, wenn man danach ging, in welchem Zustand er vor weniger als sechs Stunden in seine Kabine gekrochen war. Aber wahrscheinlich war Leif einer der Menschen, die trotz Eskapaden am Abend schon am frühen Morgen aufstanden, joggen gingen und anschließend kalt duschten. Trotzdem klopfte sie vorsichtshalber an seiner Kabinentür.

«Kollege? Alles fit?» Sie lauschte.

«Bin gleich da, fünf Minuten. Ich war schon joggen und muss noch eben kalt duschen.»

Na also, dachte sie. Ich werde nie wieder versuchen, ihn zu wecken, er wird mir immer tausend Schritte voraus sein. «Ich gehe schon mal nach oben. Treffen wir uns auf der Brücke?»

«Ja, bis gleich. Und erinnere mich daran, ich muss dir unbedingt etwas erzählen, und wir haben um halb neun …»

«... einen wichtigen Termin, ich weiß.»

«Gut!» Richtig munter klang er definitiv nicht, na also, auch ihm steckte die kurze Nacht in den Knochen.

Carolin überprüfte, ob sie in der Eile alles eingesteckt hatte. Drei Filme, die Objektive, für alle Fälle den Blitz, die geliebte Nikon. Das Handy hatte Leif.

«Denkst du an mein Telefon?»

«Ich denke immer an dein Telefon, Tag und Nacht!» Er schien gut gelaunt zu sein.

Dann ging sie los. Links und nach acht Türen rechts, Glastür, rechts, rechts. Als sie an der Treppe angelangt war, begannen die Motoren etwas geräuschvoller zu werden, nicht wirklich laut, man merkte nur, dass etwas anders war, mehr Tiefen, mehr Vibration.

Via Lautsprecher meldete sich, angekündigt durch einen künstlichen Glockenschlag, Schmidt-Katter zu Wort: «Guten Morgen, liebe Passagiere, liebe Crew. Ich hoffe, Sie haben alle gut geschlafen. In einer Viertelstunde ist es so weit, die *Poseidonna* wird auf ihre erste Fahrt gehen. Wir wünschen uns an dieser Stelle Mast- und Schotbruch und alle Zeit eine Handbreit Wasser unter dem Kiel!»

In diesem Moment fand Carolin es schade, dass man mit der Kamera nicht auch den Ton einfangen konnte. Sie hatte ein so festliches Gefühl, dass sie weiche Knie bekam. Es war nicht Carolins Art, sich an Zeremonien zu ergötzen. Doch diese Durchsage des Werftleiters berührte sie, weil sie deutlich machte, dass er und all die anderen eine Liebe zu diesem Schiff entwickelt hatten. Und ein wenig konnte sie diese Liebe nachempfinden. Es war ein schönes Gefühl.

Marten

Der Personalgang war eng und lang. Marten schob sich dicht an der Wand entlang, immer auf der Hut, falls ihm jemand entgegenkam.

Bislang hatte ihn nur diese junge Frau gesehen. Sie war gestern spätabends die große Treppe herabgekommen, hatte sich verunsichert umgeschaut, und da hatte sie ihn im Schatten stehen sehen. Marten wusste nicht, wer sich mehr erschreckt hatte, die Frau oder er. Er kannte die Person nicht, sie hatte ein schwarzes Kleid getragen, ansonsten war sie eher ein burschikoser Typ gewesen, fast wie ein kleiner Junge. Kein Schmuck, kein Make-up, kurze Haare. Aber hübsch, soweit er es in seinem Schrecken ausmachen konnte.

Sonst war es erstaunlich einfach gewesen, unentdeckt an Bord der *Poseidonna* zu bleiben. Die Wachtrupps patrouillierten gewissenhaft, sie wanderten mit konzentriertem Blick über das Deck, durch die Flure und die Maschinenräume. Doch Marten kannte sich einfach besser aus. Er kannte die versteckten Winkel in den Klimaräumen. Es gab geheime Schächte, durch die die gewaltigen, silbernen Lüftungsrohre verliefen und das Schiff mit ideal temperierter und frischer Luft versorgten. Er selbst hatte tagelang in den engen Winkeln gearbeitet und die langen Kriechgänge miteinander verschweißt. Auf jedem dritten Deck gab es drei Klimazentralräume im Abstand von hundert Metern. Die Räume verbanden das eigene sowie das darüber und darunter liegende Deck. Zwischen den einzelnen Lüftungsschächten gab es Luken, die einem – unter enormer Kraftanstrengung – das Erklimmen des gesamten Schiffes ermöglichten. Marten hatte sich den Verlauf dieses Rohrsystems beim Schweißen verinnerlicht. Ganz unbewusst. Aber nun nutzte ihm dieses Wissen. Auf diesen Wegen konnte er sich beinahe so frei bewegen, als wäre er legal an Bord. Er musste nur den Rhythmus der Patrouillen abpassen, um vom vorderen Klimaraum in den mittleren oder den hinteren zu gelangen. Und in den Räumen selbst verliefen genügend gewaltige Rohre, hinter denen man sich notfalls schnell verstecken konnte, wenn es eng wurde.

Irgendwie hatte es Marten sogar Spaß gemacht, die anderen auszutricksen. Es war ein kleines Abenteuer. Seit zehn Minuten brummten die Schiffsmotoren, und er war noch immer an Bord. Gleich würde es losgehen, und er war dabei.

Er musste einen Weg an Deck finden. Er wollte an der Reling sein. Er wollte die Menschen am Kai stehen sehen, wie sie winkten und jubelten und den Weg des Schiffes verfolgten. Er hatte auch einen Anteil an diesem Tag. Er war dabei gewesen, als der steinreiche amerikanische Reeder Sinclair Bess vor etlichen Monaten den «Glückscent» auf die Pallungen legte, bevor der erste Vierhundert-Tonnen-Block vom riesigen Kran darauf abgesetzt wurde. Er war einer der Trauzeugen gewesen, die bei der so genannten Hochzeit, also dem Zusammentreffen von Schiffsrumpf und Motor, applaudiert hatten. Noch vor vier Monaten hatte er selbst die einzelnen Blöcke, die wie gigantische Legosteine zusammengesetzt wurden, miteinander verschweißt. Seine Arbeit steckte in diesem Schiff, sein Schweiß, und darauf war er stolz. Er hatte seinen Job wirklich gern gemacht. Auch wenn es Knochenarbeit gewesen war, er war gern Schweißer gewesen. Denn das Gefühl, etwas geleistet zu haben, war jede Anstrengung wert gewesen. Er hatte sich am richtigen Platz gefühlt, wenn er durch die Schutzbrille auf den gleißenden Strahl schaute und Nähte zusammenschweißte. Seit seiner Entlassung hatte er nur ein- oder zweimal ein vergleichbares Gefühl gehabt. Und das war mit Svetlana gewesen.

Dies war der letzte Gang. Ganz hinten konnte Marten bereits die Tür nach draußen erkennen. Er hatte nicht übel Lust, drauflos zu rennen. Die lange Nacht im Inneren des Schiffes war anstrengend gewesen, und er freute sich auf die frische Luft an Deck. Beinahe hätte er die Schritte überhört, die hinter ihm im Flur erklangen.

Marten drehte sich hektisch um. Zwei Wachmänner tauchten nur wenige Meter entfernt am Ende des Korridors auf. Zum Glück waren diese beiden damit beschäftigt, sich gegenseitig die Handys zu erklären. Neben ihm war eine Nische, in die später einmal der Feuerlöschschlauch montiert werden würde. Eng und niedrig, aber die einzige Chance. Er zwängte sich eilig in das kleine Versteck und hielt den Atem an. Erst jetzt entdeckte er, dass ihm beim Sprung in die Nische die Schweißermaske aus der Hand gefallen sein musste. Die Zeit reichte nicht, das Teil wieder aufzuheben, er konnte nur hoffen, dass er sich mit dieser Unachtsamkeit nicht selbst verraten hatte. Einer der Uniformierten stieß mit dem Fuß gegen die Maske und hob sie verwundert auf.

«Hast du 'ne Ahnung, wo das herkommt?»

Der Kollege sah eher desinteressiert auf das Fundstück. «Haben die Arbeiter bestimmt vergessen.»

«Ja, aber lag das vorhin auch schon da?»

«Jens, auch wenn die Gänge hier alle gleich aussehen, hier sind wir beide noch nicht langgelatscht. Wir haben doch eben die Schicht getauscht. Sonst wird man auch meschugge in diesem Labyrinth hier!»

«Ach, stimmt. Aber komisch ist das schon. Die Kollegen hätten das Ding doch auch aufgehoben.»

«Willst du die jetzt in die Pfanne hauen deswegen? Lass es lieber!»

Der eine Wachmann ging weiter. Der andere blieb stehen, schaute sich noch immer um, und Marten zwängte sich tiefer in die Nische. Er war sich sicher, dass sein Versteckspiel im nächsten Augenblick zu Ende sein würde. Luft anhalten brachte wahrscheinlich auch nicht viel. Gleich würden sie ihn entdecken. Er war nicht gerade schlank, seine eins neunzig Körpergröße war ebenfalls ganz schön hinderlich, vom zu engen geliehenen Schweißeranzug ganz zu schweigen. Als der Uniformierte dann doch weiterging, meinte er vor Erleichterung zu zerfließen. Er blieb noch sitzen, als die Schritte der Stiefel schon längst nicht mehr zu hören waren. Als er schließlich herauskroch, wurde ihm erst bewusst, dass er mit der Schweißermaske seine Tarnung verloren hatte. Von nun an musste er noch mehr auf der Hut sein. Er konnte auch nicht mehr unerkannt zu Perl in den Ballasttank steigen. Aber das hatte er ohnehin nicht vorgehabt.

Endlich erreichte er das Deck. Die Luft war angenehm feucht und nicht kalt. Es gab heute frischen Wind, und die Sonne tauchte allmählich über der Stadt auf. Es würde ein idealer Tag für die Überführung sein. Sicher würden der Kapitän und seine Crew die *Poseidonna* wie geplant schon heute am frühen Abend aus dem Fluss heraus bis zur Dollartmündung und der Nordseeküste gebracht haben. Und von dort war es nur noch eine kurze Reise bis nach Eemshaven. Dort würde das Schiff noch den letzten Schliff verpasst bekommen, bevor es offiziell an die amerikanische Reederei übergeben wurde.

Marten fand einen Platz neben den Rettungsbooten. Es gab dort eine Leiter, die nach oben zur Vertäuung führte, sie war links und rechts schützend verkleidet. Er schob sich in die Öffnung und gewann so einen guten Überblick auf die Werftanlage, die Innen- und Außendocks, die Kräne und Hebebühnen. Seitdem er mit sechzehn nach dem Realschulabschluss seine Lehre hier bei Schmidt-Katter begonnen hatte, war dies einer der Orte gewesen, an dem er während der Woche die meiste Zeit verbracht hatte. Von hier oben sah alles so anders aus. Die gespannten Schaulustigen strömten wie eine Ameisenkolonie in geordneten Bahnen Richtung Absperrung. Jeder wollte möglichst nah an die *Poseidonna* heran, wollte den Klang des Signalhorns vibrieren fühlen, wenn die Reise losging.

Er hörte Schritte, ein leises Atmen direkt neben sich. Nur die Verkleidung der Leiter trennte ihn von einem weiteren Geräusch: ein Klicken. Das war ein Fotoapparatklicken. Zehn- bis zwölfmal drückte diese Person neben ihm auf den Auslöser, dann sagte sie, es war also eine Frau, kaum hörbar: «Danke, das war's!» und ging davon. Er wagte einen Blick aus seinem Versteck. Es war die Frau von gestern. Sie trug nun Hose und ein langärmliges Hemd. Er sah sie nur von hinten, doch an ihrem wippenden Gang und den glatten, kurzen Haaren erkannte er die Unbekannte, die ihm gestern Nacht an der Zwischentreppe aufgefallen war. Sie ging in Richtung Kapitänsbrücke.

Dieses Mal hatte sie ihn nicht so erschreckt, vielleicht war er aber inzwischen auch einfach zu gerädert, um noch wirklich zu reagieren, wenn Gefahr drohte.

Er dachte an Doktor Perl. Wie mochte er sich jetzt fühlen? Wahrscheinlich hatte er schon mit seinem Leben abgeschlossen, rechnete nicht damit, je entdeckt zu werden. Perl hatte keine Ahnung, wie es an Bord der Schiffe zuging, er hatte keine Ahnung von der harten Arbeit, die hier geleistet wurde. Und er hatte eben auch keine Ahnung, dass die Ballasttanks vor der ersten Beflutung noch einmal kontrolliert werden würden und man ihn dann, mit Sicherheit noch vor heute Abend, befreien würde. Denn wenn die *Poseidonna* die Nordsee erreicht hatte und sich in Richtung Eemshaven aufmachte, würde man die stabilisierenden Tanks links und rechts des Schiffsrumpfes mit Wasser fluten. Und laut Plan erreichte das Schiff heute Nachmittag gegen 15 Uhr die Nordsee. Dann würde Perl vielleicht schon ohnmächtig sein, aus Angst, aus keinem anderen Grund. Sauerstoff war genügend vorhanden, von daher könnte er noch einige Stunden, wenn nicht sogar Tage länger da unten bleiben.

Marten schaute wieder auf das Werftgelände. Das Licht der mächtigen Strahler, die den Star des frühen Morgens, die *Poseidonna*, beschienen, drang in seine Augen. Vielleicht würde es jetzt besser werden. Vielleicht würde diese Fahrt für ihn einen Neuanfang bedeuten. Er konnte nicht ewig an Svetlana denken. Sie war nun seit zwei Monaten tot. Und er hatte sie nur vier Wochen gekannt. Die Zeit nach ihr war also schon mehr als doppelt so lang wie die Zeit mit ihr. Es konnte doch nicht so schwer sein, sie zu vergessen. Er war doch sonst nicht so ein Weichei. Was tat so verdammt weh? War es wirklich Svetlana? Oder die Tatsache, dass man ihn verarscht hatte. Dass man ihn abgespeist hatte mit Schwafeleien von schlechter Auftragslage und kritischen wirtschaftlichen Zeiten. Und er in Wahrheit dies alles hier hatte verlassen müssen, weil ein anderer billiger gewesen war.

Svetlana hatte ihm nichts von diesen Schmerzen erzählt. Wenn er an ihr letztes Treffen dachte, dann verwünschte er seine unsensible Art. Er war ein Klotz, wenn es um solche Sachen ging. Natürlich hatte es Anzeichen gegeben. Sie hatte nichts gegessen. Obwohl sie Pizza Calzone liebte, hatte sie keinen Bissen angerührt. Zudem war sie sehr wortkarg gewesen und hatte sich ab und zu etwas gekrümmt, nicht dramatisch, aber sie hatte sich ihre Hände auf den

Bauch gelegt und sich nach vorn gebeugt. Doch, einmal hatte er nachgehakt. «Ist was?», hatte er gefragt. Sie hatte den Kopf geschüttelt und gelächelt. Im Nachhinein überlegte er manchmal, ob dieses Lächeln verzerrt gewesen war, aber er konnte es heute nicht mehr mit Sicherheit sagen. Er war einfach kein Typ zum Rätselraten, hätte sie ihm einfach klipp und klar gesagt, dass es ihr mies ging, dann hätte er doch anders reagiert. Auffällig war an diesem Tag gewesen, dass sie ihn gebeten hatte, sie nach Hause zu bringen. Er hatte überhaupt nicht gewusst, wo und wie sie lebte, schließlich war er davon ausgegangen, dass sie irgendwo ein kleines, schäbiges Zimmer über einer Rotlicht-Bar bewohnte. Erst bei diesem letzten Treffen war ihm klar geworden, dass sein Verdacht nicht stimmte. Svetlana wohnte in einem gepflegten Mehrfamilienhaus in der Mörkenstraße. Er wusste nicht, in welchem Stockwerk, weil sie ihm, nachdem sie die Tür aufgeschlossen hatte, nur einen kurzen Abschiedskuss gab und anschließend hinter der Milchglasscheibe verschwand.

Er wusste noch genau, dass er fröhlich gewesen war. Sie war also doch keine, die es für Geld machte. Sie lebte in einem normalen Haus in einer normalen Straße in Leer. Dann ging sie vielleicht putzen oder arbeitete nachts in der Spülküche eines Restaurants. Er wusste mit einem Mal selbst nicht mehr, warum er ein solcher Idiot gewesen war und Svetlana für eine Prostituierte gehalten hatte. Marten nahm sich vor, in Zukunft nicht immer so misstrauisch zu sein. Vielleicht war es doch möglich, dass er einfach mal Glück hatte und sie die Richtige für ihn war. Das hatte er gedacht und war pfeifend nach Hause spaziert.

Umso tiefer traf es ihn, dass dies der letzte Moment gewesen war, den er in ihrer Nähe gewesen war. Seine Vorstellung von einem Leben zu zweit wäre vielleicht wahr geworden, wenn er bemerkt hätte, dass ihr Bauch schmerzte wie die Hölle. Aber er hatte es nicht bemerkt. Weil er solche Dinge eben nicht sah. Er war einfach nicht so ein sensibler Typ.

Es war komisch, von einem Geruch aus den Gedanken gerissen zu werden. Zigarettenrauch stieg ihm in die Nase, nur ganz leicht, aber Marten konnte sich nicht erklären, woher er kam. Er spähte an Deck, doch niemand war zu sehen, auch keine Sicherheitsmänner. Wahrscheinlich standen gerade alle an der Reling und erwarteten den großen Augenblick, wenn zu Beginn der Reise das Nebelhorn erschallte. Aber trotzdem roch es hier nach Rauch.

Marten schloss für einen kurzen Moment die Augen. Es kam von oben. Er schnupperte noch einmal, kein Zweifel. Da oben musste jemand sein. Im Rettungsboot? Hatte sich jemand dort versteckt, ein blinder Passagier, genau wie er? Marten wusste, dass die Beiboote noch gestern Abend gründlich kontrolliert worden waren. Schmidt-Katter fürchtete sich vor Sabotage.

Seit diese Umweltschützer ständig Alarm schlugen und heftige Auseinandersetzungen die ganze Region in Rage versetzt hatten, waren die Vertreter der Werft auf der Hut vor den Radikalen. Es gab da so eine Gruppe, die sich ständig für schlauer und besser zu halten schien. Alles studierte Idioten. Als das Dollartsperrwerk gebaut wurde, hatten die es tatsächlich geschafft, die Arbeiten für ein paar Wochen zu unterbrechen, weil so ein blöder Fisch in der Ems, der *Nordseeschnäpel*, angeblich vom Aussterben bedroht sei. Das Sperrwerk war aber wichtig gewesen, denn ohne die Möglichkeit, den Fluss zu stauen, hätte man den Auftrag aus Amerika zum Bau der *Poseidonna* gar nicht annehmen können. Auch für Marten waren die verdammten Müslifresser ein rotes Tuch gewesen, auch er war mit einem selbst gemalten Transparent auf die «Demo pro Sperrwerk» gegangen. Damals hatte er ja noch nicht im Traum daran gedacht, dass sein Kopf ohnehin rollen würde, ob mit oder ohne Sperrwerk. Die Umweltschützer waren seit diesen Wochen die Feinde der Region. Auch jetzt noch, wo Marten schon längst nicht mehr dazugehörte, hegte er einen Groll gegen die Spinner, die einem hässlichen Fisch mehr Bedeutung zumaßen als den Arbeitnehmern eines ganzen Landstriches. Der Kampf war noch nicht ausgestanden. Deswegen auch die Security, die Absperrung, die Auswahl an mitreisenden Personen. Und die messerscharfen Kontrollen der Schlupflöcher, wie ebendiese Rettungsboote mit der roten Plane. Und doch hätte er schwören können, dass der Rauch von dort oben kam.

Marten stieg ein paar Leitersprossen höher, bis er mit der Faust gegen den hängenden Rumpf klopfen konnte. Viel Lärm wollte er nicht machen, um nicht selbst entlarvt zu werden. Doch falls dort einer kauerte, ein blinder Passagier, falls dort vielleicht ein Saboteur lauern sollte, so wollte er diesen Mistkerl warnen, besser noch vertreiben. Diese nichtsnutzigen Umweltheinis hatten der Werft schon immer so viel Schaden zugefügt. Vielleicht waren sie schuld daran, dass er seinen Job los war. Durch das ewige Mäkeln über die Vertiefung von Leda und Ems und den Bau des Sperrwerks hatten die Idioten letztlich allen geschadet.

«Ist da jemand?», flüsterte Marten. Er pochte ein zweites Mal gegen das kleine Boot. «Komm raus, ich kann dir nur raten, komm raus da. Du hast da nichts zu suchen.»

Marten überlegte, die restlichen zehn Sprossen hinaufzuklettern und unter die Plane zu schauen. Und dann? Was sollte er mit einem illegalen Mitfahrer anstellen? Er konnte ihn nicht überführen, ohne sich selbst ans Messer zu liefern. Er konnte ihn vielleicht zu Perl in den Ballasttank stecken. Doch dann würde dieser Mensch sein Gesicht sehen und ihn, wenn man die beiden dort unten gefunden hätte, identifizieren können. Zudem, Marten war zwar stark, hundertfünf Kilo Lebendgewicht, doch er wusste nicht, wem er hier eventuell begegnen würde. Vielleicht einem, der an Kraft und Ausstattung ebenbürtig oder sogar überlegen war. Und dann würden sie beide auffliegen. Es war zu gefährlich.

Als Marten die Leiter wieder ganz nach unten kletterte, ertönte das Signal. Endlich ging es los.

Carolin

Tuuuut ... Es war laut, mächtig, fuhr einem direkt in den Bauch, in den Kopf, in den ganzen Körper, es dauerte lange, beinahe eine Minute!

Wo blieb Leif? Das konnte doch nicht wahr sein. Sie stand hier, hatte einen konzentrierten Kapitän vor der Linse, den angespannten Garantiemechaniker Wolfgang Grees, dann einen Werftleiter und einen Reeder, die mit ihren Frauen stolz um die Wette grinsten. Ganz weit unten winkten Tausende dem Schiff zu, mit Tüchern, mit Fahnen, auf gewaltigen Plakaten wünschten sie der *Poseidonna* eine gute Fahrt. Es war ein überwältigender Anblick. Aber wo blieb Leif?

Ebba John blickte sich nervös um. «Was hat er gesagt?»

«Fünf Minuten!»

«Und wie lange ist das jetzt her?»

«Eine Viertelstunde!»

«Das passt nicht zu ihm, habe ich nicht Recht? Leif ist immer pünktlich. Vielleicht hätte ich ihn abholen sollen. Vielleicht hat er sich in dem Gewirr aus Gängen verirrt, könnte ja sein.»

«Nein, das kann nicht sein. Leif hat sich bereits in der Redaktion so gut vorbereitet, er hätte den Weg von der Kabine zur Brücke auch mit verbundenen Augen gefunden.»

«Aber was ist dann mit ihm los?»

Carolin überlegte kurz, ob sie Ebba John erzählen sollte, dass der Kollege gestern, ganz entgegen seiner Gewohnheiten, viel zu viel getrunken hatte. Doch wahrscheinlich tauchte er gleich auf, und dann wäre es wirklich unfair von ihr, diese Peinlichkeit ausgeplaudert zu haben.

«Weißt du was? Ich frage einen von der Security, ob sie in Leifs Kabine nach dem Rechten schauen.» Sie holte aus ihrer Blazertasche ein schmales Handy und tippte mit den langen Fingernägeln eine Nummer ein. Carolin beobachtete sie dabei. Ihr kam der seltsame Auftritt gestern in der Kabine in den Sinn, als diese fast fremde und einige Jahre ältere Frau mit ihr ein vertrauliches Gespräch beginnen wollte. Auch gestern Abend auf dem Champagnerempfang hatte sie ständig Blicke in Carolins und Leifs Ecke geschickt, die nach einer engen Freundschaft, nach einer verschworenen Intimität ausgesehen hatten. «Hey, wir drei hier zusammen an Bord, das ist ein Ding», so hatten die Blicke gewirkt.

«Ebba John hier, hallo Herr Bernstein. Eine dringende Bitte: Kann einer Ihrer Männer mal bei der Kabine 247 auf Deck 7 anklopfen? Wir vermissen einen Journalisten, der eigentlich schon längst hätte hier sein sollen. Vielleicht hat er verschlafen. Ja? Herzlichen Dank, melden Sie sich bitte anschließend bei mir? Nochmals danke!»

Sie zwinkerte Carolin zu. «Nun wird der Gute von zwei wirklich harten Kerlen aus der Falle geschmissen. Roger

Bernstein, unser Fachmann für die Sicherheit an Bord, ist ein echter Typ Marke Schwarzenegger. Leif wird Augen machen ...»

«Ich glaube nicht, dass er schläft. Als ich vorhin an seine Tür geklopft habe ...»

«... hat er gesagt, dass er joggen war und noch eben kalt duschen will?»

«Ja!»

Ebba John lachte. «Das hat er früher schon immer gesagt. Wenn er abends zu viel getrunken hatte und morgens nicht aus den Federn kam, hat er gesagt, er wäre schon laufen gewesen und müsste noch kalt duschen. Das ist ein Witz von ihm. Manche Dinge ändern sich wahrscheinlich nie. Ich wette, er lag noch in den tiefsten Träumen, als du an seine Tür geklopft hast.»

Carolin sagte nichts, vielmehr versteckte sie sich hinter ihrer Kamera. Konnte sie sich so getäuscht haben? Hatte sie all die letzten Monate, in denen sie beim *Objektiv* und somit Seite an Seite mit Leif gearbeitet hatte, ein falsches Bild gehabt?

Leif Minnesang war humorlos und verbissen. Oder vielleicht doch nicht?

Endlich bewegte sich das Schiff. Sehr behutsam, sehr selbstverständlich legte es ab. Die Menschenmenge unten jubelte. Kapitän Pasternak strahlte über das ganze seemännische Gesicht. Es musste ein erhabenes Gefühl sein, einen solchen Giganten zu lenken. Auch wenn er nicht hinter einem eindrucksvollen Steuerrad stand, sondern, wesentlich unfotogener, an einem spielkonsolenähnlichen Joystick herumfingerte, musste es zu den ganz besonderen Momenten eines Seemannes gehören, wenn er mit einem Schiff dieser Größe die ersten Seemeilen zurücklegen durfte. «Das Wetter ist perfekt, mäßiger Wind mit erträglichen Böen aus

Westen, gute Sicht, es kann losgehen. Ahoi, meine Herren!», sagte Pasternak, ohne seinen Blick abzuwenden. Die beiden Lotsen klatschten Beifall.

«Ahoi sagt man hier in Deutschland, ich kenne das!», antwortete Sinclair Bess. Er saß auf dem ledernen Kapitänsstuhl und steckte sich eine dicke Zigarre an. «Es ist ein wunderbares Schiff. Sie ist mein Baby! Ein Pod-Antrieb, das Neueste vom Neuesten. Er kann sich um 360 Grad drehen. Und merken Sie die Kraft der Seitenstrahlruder? So eine Power! Schiebt die ganzen dreihundert Meter Schiffsbreite einfach so von der Spundwand weg! Ich liebe es, really, I've totally fallen in love with it.» Dann zog er wieder an der Zigarre, wandte sich an Carolin und blies ihr den Qualm direkt ins Gesicht. «Honey, mach ein Foto von mir und Pasternak.»

Er stellte sich breit grinsend neben den Kapitän, Carolin drückte lustlos auf den Auslöser.

«Die *Poseidonna* ist ein Juwel. Wissen Sie, wer sie im Juni in New York City taufen wird?»

«Ich habe keine Ahnung», antwortete Carolin höflich.

«Meine beste Freundin Naomi Campbell. Und dann geht sie auf Reisen. Also, nicht Naomi jetzt, sondern natürlich die *Poseidonna*. Nur türkisblaues Wasser, unsere Schiffe haben es wirklich gut.»

«Wohin wird sie unterwegs sein?» Eigentlich war Carolin gar nicht für das Fragenstellen zuständig, eigentlich war dies Leifs Job. Doch wenn der betuchte Reeder ein wenig über seine maritime Familie plaudern wollte, so musste man die Gelegenheit nutzen.

«Die *Poseidonna* ist unser Lieblingskind. Ich habe schon von ihr geträumt, als ich noch ein kleiner Junge war. Von dieser Fontäne im Atrium, von den Pools, really, ich habe schon vor vielen Jahren eine Vision davon gehabt. Und nun sitze ich hier und schaue einem der besten Kapitäne der Welt zu, wie er sie auf den Weg zum Meer bringt. Sie bekommt die schönste Route, die man auf diesem Planeten befahren kann. Sie wird den Pazifik erobern. Los Angeles, Galapagos, Hawaii.»

«Dann sind die Passagiere sicher einige Tage auf See unterwegs.»

«Ja, aber es wird Ihnen nicht langweilig werden. Dafür haben wir gesorgt. Ein Theater, auf dem eine eigene Musical-Company jeden Abend den Broadway an Bord holt. Ein Casino, ein Cinema, eine Shoppingmeile, you know, man bekommt dort alles, von Souvenirs bis Haute Couture. Beautyshops, Saunalandschaft, acht Pools, davon der größte oben an Deck, fünfundzwanzig mal neun Meter, beschichtet mit opalblauem Marmorkies. By the way, für alle Fälle haben wir eine Krankenstation mit kleinem OP und Röntgenapparat. Sogar zwei Kühlräume for bodys.»

«Leichenräume?»

«Passieren kann viel, wenn man auf See ist. Und die *Poseidonna* wird manchmal drei Tage ununterbrochen unterwegs sein. Mit mehreren tausend Leuten an Bord. Zweitausendfünfhundert Passagiere, siebenhundertfünfzig Mann Besatzung.»

«Und was passiert mit dem Müll?», fragte Carolin und schämte sich im gleichen Moment, weil sie so pietätlos von verstorbenen Menschen auf Entsorgungsprobleme übergeleitet hatte.

«Typisch für euch Deutsche. Ihr denkt immer an diese Sachen. So ordentlich. Aber natürlich haben Sie Recht. Wir produzieren auf einer solchen Fahrt viel Müll. Es gibt Container, in die der getrennte Abfall bis zum nächsten Hafen gelagert werden kann. Und zwei Verbrennungsanlagen. Mit der Energie können wir das Wasser erhitzen. Man merkt also, dass dieses amerikanische Schiff in Deutschland konstruiert wurde. Hey, sogar das Kondenswasser aus der Klimaanlage nutzen wir, ich glaube, in der Waschküche. Nichts geht verloren. Isn't that fantastic?»

«Sehr lobenswert!»

«Und natürlich ganz viele Restaurants. Vierzehn Stück, alle werden über Aufzüge und Gangways von einer zentralen Küche versorgt, in der die Spitzenköche Amerikas und Europas hantieren. Ich selbst lege viel Wert auf gutes Essen und auf Abwechslung. Vielleicht kann man das sehen?» Er lachte hustend und strich sich wohlgefällig über den runden Bauch. «Deshalb servieren wir Fastfood genauso wie Hummer. Ich könnte so eine Kreuzfahrt ja nur mit essen verbringen.»

«Seeluft macht ja auch hungrig», sagte Carolin, nur um irgendetwas zu sagen. «Und müde.»

«O ja, Honey, da sagst du was. Deswegen haben wir auch ganz gemütliche Betten. Wie haben Sie heute Nacht geschlafen?»

«Danke, gut!», log sie.

«Eintausendeinhundertfünf Kabinen, mehr als die Hälfte mit eigenem Balkon. Und die Innenausstattung ist ein Traum. Ich liebe das Apricot, you know, wir haben mehrere Kabinen von Designern einrichten lassen, in verschiedenen Farben, alles sehr chic, aber das apricotfarbene ist sensationell.»

«Da bin ich mir sicher.» Sie sahen beide aus dem großflächigen Fenster der Kommandobrücke. Das Schiff schob sich noch immer parallel zur Kaimauer in Richtung Hafenbecken. Von dort würde es sich in die richtige Position drehen und sich durch die geöffnete Dockschleuse in die Leda bewegen. Carolin strich mehr unbewusst mit den Fingern über die glatte Fläche des Seekartentisches. «Erst gestern habe ich mir Gedanken gemacht, womit man diesen Tag hier vergleichen kann. Ich denke, es ist für alle Beteiligten wie eine Geburt.»

Sinclair Bess setzte sich aufrecht hin. Seine Augen glänzten begeistert. «That's it!»

Carolin wandte sich an Ebba John. «Kann ich ein wenig an das Heck?»

«Ja, natürlich. Wenn Leif kommt, sage ich ihm Bescheid.»

Carolin zwinkerte Sinclair Bess zu. «Entschuldigen Sie mich, Mr. Sinclair, ich will ein wenig meiner Arbeit nachgehen.»

«Ich werde mitkommen!»

Carolin wusste, sie hätte sich den Satz mit der Geburt verkneifen sollen. Nun schien der Mann einen Narren an ihr gefressen zu haben. Er schien von seiner Idee, gemeinsam mit Carolin über die Schiffsplanken zu flanieren, begeistert zu sein und erhob sich aus dem Ledersessel.

Carolin hoffte, sich verhört zu haben, doch Ebba John reichte dem Reeder bereits einen hellen Wollmantel. Wie sollte sie mit einem übergewichtigen und redseligen Typen im Schlepptau vernünftig arbeiten? Warum stellte sich alle Welt das Fotografieren so einfach vor: bloß das Motiv finden, bloß den Auslöser drücken und fertig? Als Ebba John ihnen beim Hinausgehen zurief, sie würde gleich hinterherkommen, sobald Leif da wäre, war für Carolin klar, dass dieser Tag fürs Erste in die Hose gehen würde.

«Was werden Sie aufnehmen?», fragte Sinclair Bess atemlos. Er hetzte ihr hinterher. Carolin dachte nicht daran, sich dem lahmen Schritt des Millionärs anzupassen. Er war es schließlich gewesen, der mitwollte.

«Das weiß ich noch nicht!»

«Ich werde Ihnen das Atrium zeigen. Meine Lieblingsstelle. Die Schmidt-Katter-Werft hat mir meinen Traum erfüllt: Mitten im Raum, der so hoch ist wie zehn Decks, schießt eine Wasserfontäne fast bis zur Glaskuppel. Beleuchtet in allen Farben des Regenbogens. Und das Wasser ist leicht parfümiert, überall duftet es nach frischer Meeresluft. Es ist ...» Er seufzte. Irgendwie war er doch liebenswert. Er schwärmte für sein Schiff wie ein verliebter Kerl, was ihn sympathisch machte, trotz der Zigarren. «Es ist so wonderful, so schön. Als ich es das erste Mal gesehen habe, war ich sehr gerührt. Waren Sie schon dort?»

«Nein, wir benutzen die Zwischentreppe, um in die Kabinen zu gelangen. Gestern ergab sich noch nicht die Gelegenheit zum Rundgang ...» Hätte sie nur einmal aufgepasst, wohin die Worte sie wieder entführten. Es war klar, was jetzt kommen musste.

«Ich werde Sie persönlich durch die *Poseidonna* führen!»

«Aber ich wollte erst zum Heck. Ich wollte den Blick aufnehmen, wenn das Schiff auf den Fluss gelangt.»

«Gut, das ist gut! Ich komme mit! Und später dann das Atrium. Okay?»

«Oh, that's fantastic!»

Pieter

Das Grummeln fühlte sich wie Magenknurren an. Jetzt war es so weit.

Pieter war übel. Nicht vor Angst, weil er noch immer in diesem Rettungsboot saß und sich nicht sicher war, ob dieser Typ, der eben gegen den Bootsrumpf geklopft hatte, noch da war. Ihm war übel vor Zorn.

Sie hatten mit allen Mitteln versucht, diesen Tag zu verhindern. Doch es war ihnen nicht gelungen. Die *Poseidonna* setzte sich in Bewegung. Sie steuerte in Richtung Fluss. Und so weit hätte es nicht kommen dürfen. Pieter wusste, dass viele Menschen aus dieser Gegend anderer Meinung waren. Er konnte nicht verstehen, warum sie sich alle so ignorant benahmen. Es war doch offensichtlich. Ein so gewaltiges Schiff in einem so engen Hafen, auf einem so kleinen Fluss, jeder musste erkennen, dass es verkehrt war. Und doch war es Pieter und seinen Leuten nicht gelungen, den Menschen die Augen zu öffnen. Die hatten hier nur die andere Sache im Blick: immer weniger Arbeit, immer weniger Geld, immer mehr Geschäfte, die ihre Türen schließen mussten. Und diese Angst um die Jobs und das eigene Wohlergehen machte sie taub für das, was Pieter und seine Leute ihnen sagen wollten. Selbst die regionale Presse interessierte sich nicht mehr dafür.

Dies war nun die allerletzte Chance, wahrgenommen zu werden.

Zum Glück hatte Pieters Tante einen wichtigen Posten bei Schmidt-Katter und ihm nach langem Drängen den Job als Tischler beim Innenausstatter verschafft. Er hatte ihr versprechen müssen, sich nicht danebenzubenehmen. So drückte sie es aus: nicht danebenbenehmen. Er würde dieses Versprechen nicht halten.

Trotz der umfangreichen Sicherungsmaßnahmen war es nicht allzu schwer gewesen, nach den letzten Tischlerarbeiten, die seine Firma im Casino bis gestern ausgeführt hatte, auf dem Schiff zu bleiben. Als seine Kollegen von Bord gingen, war er mit dabei gewesen. Sie hatten alle ihre Namen abhaken lassen müssen bei der Frau, die Buch darüber führte, wer sich an Bord befand und wer nicht. Er hatte sich aus der Liste austragen lassen. Für das Protokoll hatte Pieter also wie alle anderen gestern um 16.30 Uhr die *Poseidonna* verlassen.

Er wusste, dass sie am Abend noch die Lieferung der Barhocker mit dem Radlader auf das Schiff bringen würden. Die ganzen letzten Tage hatten sie auf das zeitige Eintreffen des Mobiliars gewartet. Auf den letzten Drücker waren dann die hohen, stabilen Pakete angekommen. Das Entpacken und Montieren sollte die Ausstattungsfirma in Eemshaven erledigen, Hauptsache, die schweren Echtholzhocker mussten nicht mit einem extra Lkw nach Holland transportiert werden. Dabei ging es nicht um das Geld, sondern, wie alles hier, um die Zeit. «Just in time», war die Devise. Alles im richtigen Augenblick am richtigen Ort. Im Fall der Barhocker wäre es beinahe schief gegangen, doch für Pieter kam diese Verzögerung mehr als gelegen. Er hatte auf genau solch eine Möglichkeit gewartet. Unauffällig war er der Gruppe entwichen und hatte sich ins Lager geschlichen. Da kannte er sich aus, schließlich hatte er als Tischler mehrmals am Tag dort die Bodenleisten, Schrankeinbauten und Zierbretter kontrollieren müssen. Dem Laageristen war nicht aufgefallen, dass Pieter da war, erst recht nicht, dass er die feste Pappe an der einen Seite mit einem Messer einschnitt und sich in einen der Kartons schob. Pieter hatte sich unter den Hocker gekauert. Die Dinger waren üppig, mit barock gedrechselten Beinen aus Kirschbaum, die Sitzfläche mit Brokat bespannt. Ein wenig dekadent für Pieters Geschmack, wie so ziemlich alles, was an Bord der *Poseidonna* stand, wie es das ganze Schiff selbst war. Doch da der ausladende Sitz Platz bot, um sich darunter zu verstecken, begrüßte Pieter in diesem Fall den penetranten Größenwahnsinn der Innenarchitekten.

So war er also offiziell von Bord und inoffiziell im Inneren eines Kartons wieder zurückgekehrt. Besser ging es nicht. Und nun fuhr der Pott. Rückwärts, damit die Schrauben wühlen konnten. Pieter wusste, dass man von dem Chaos, welches unter dem Kiel herrschen musste, hier oben an Deck nichts mitbekam. Vielleicht waren sie deswegen so gleichgültig dem Schaden gegenüber. Sie merkten einfach nichts davon.

Pieter konnte sich für viele Dinge begeistern: für den Kormoran, der morgens auf dem Deich vor seinem Fenster saß und die schwarzen Flügel im Wind trocknen ließ, für den öligen Geruch der Rapsfelder hinter seinem Haus, für die verworrenen Linien der Gezeitenströme im Wattenmeer.

«Du liebst die Natur, genau wie deine Mutter es getan hat», hatte sein Großvater immer gesagt. Dieser Satz hatte Pieter geprägt. Er hatte seine Mutter nicht kennen gelernt. Sie war bei einem Autounfall gestorben, als er noch sehr klein gewesen war. Er hatte überlebt. Die Tatsache, dass er dieselben Dinge liebte wie sie, machte ihn glücklich.

Als Pieter noch ein Kind war, waren er und sein Großvater immer gemeinsam an den Fluss gegangen. Sie hatten die Angelleinen in der Strömung beobachtet und geschwiegen. Nur ganz selten hatte wirklich ein Fisch angebissen, und dann hatte sein Großvater wortlos und ohne großes Aufsehen mit einem Messer den Kopf abgetrennt. Pieter hatte nie etwas von ihrem Fang gegessen. Aber trotzdem gehörten die Angelnachmittage mit seinem Großvater zu den besten Erinnerungen seiner Kindheit. Er sah sich in Gedanken noch dort stehen, dort, wo das Dollartsperrwerk nun den Fluss einschnürte wie ein zu enger Gürtel. Das sandige, flache Ufer, an dem sie damals gestanden hatten, war inzwischen mit Beton begradigt.

Man konnte heute nicht mehr dort stehen und angeln.

Die Strömung war inzwischen viel zu stark, das Wasser viel zu tief. Alles hatte einem Zweck zu dienen und musste dementsprechend manipuliert werden. Nichts war mehr natürlich.

Und bald würde nichts Lebendiges mehr da sein.

Er schob die rote Plane nach oben. Da standen so viele Menschen und winkten. Und diese Menschen sahen glücklich aus. Waren er und seine Leute eigentlich die Einzigen, denen es widerstrebte, was hier geschah?

Er selbst hatte die Idee gehabt. Die Gruppe hatte ihn zuerst skeptisch beäugt. Zu gefährlich, hatten sie gesagt. Es wird nicht funktionieren. Direkt an Bord, direkt beim Feind. Ein hohes Risiko, das wussten sie alle. Jaja, natürlich wollten sie, dass endlich einmal deutlich wurde, worum es ging. Dass sie keine weichgespülten Anarchos waren, sondern ein klares und ein wichtiges Ziel verfolgten. Keine weiteren Eingriffe in den Lauf des Flusses. Keine weitere Manipulation der Ems zugunsten der Schiffsüberführungen. Leer war einfach nicht der richtige Ort, um riesige Schiffe zu bauen. Sie hatten lange gezweifelt, dass sein Plan funktionieren würde. Was willst du mit einer Fotografin anfangen? Sie wird uns auslachen, wie uns all die anderen auch auslachen. Lass es bleiben, das ist es nicht wert!

Doch Pieter hatte eine wunderbare Eigenschaft. Er war ein Mensch, an dem niemand so schnell vorbeikam. Ein Mensch, der seine Ideen nicht nur mit Worten und Gesten vermitteln konnte, sondern sich in die Mitte eines Raumes stellte, tief durchatmete und jedem die Sicherheit gab, dass es sich lohnen würde, mit von der Partie zu sein. Er hatte sie alle überzeugt.

Und nun saß er hier im Rettungsboot und war sich sicher,

zuerst die Fotografin auf seine Seite zu bekommen und dann auch die Menschen dort unten zu überzeugen.

Pieter schaute auf seine Uhr. Bislang lief alles reibungslos. Bis auf diesen seltsamen Mann, der gegen das Rettungsboot gebollert hatte, lief alles zickzack.

Keiner außer ihm wusste, dass in drei Minuten die Fahrt der *Poseidonna* bereits vorüber sein würde.

Carolin

Ebba John wirkte gehetzt. Sie rief schon aus einiger Entfernung Carolins Namen. «Halt, warte einen Moment!»

Carolin blieb stehen. Sinclair Bess war ohnehin einige Schritte hinter ihr zurückgeblieben und schien über eine Verschnaufpause alles andere als verärgert zu sein. Wenn sie mit ihm eine Schiffsbegehung machen sollte, so wäre die *Poseidonna* bereits in Eemshaven eingelaufen, wenn sie erst die Hälfte gesehen hätten. Seine Kondition schien nicht die beste zu sein, aber wenn man als Lieblingsbeschäftigung Schlafen und Essen angab und zudem ständig dicke Zigarren im Mundwinkel hatte, waren schließlich keine sportlichen Höchstleistungen zu erwarten.

«Die Security hat angerufen. Leif ist nicht in seinem Zimmer!» Ebba schien wirklich aufgeregt zu sein. Carolin sah die in die Höhe gezogenen Augenbrauen, die feinen Falten auf der Stirn, den halboffenen Mund.

«Dann ist er schon unterwegs.»

«Seine Kabine stand offen. Doch Leifs Wetterjacke hat noch an der Garderobe gehangen, und seine Notizblöcke lagen auf dem Tisch.»

Das war seltsam, es gab dafür keine plausible Erklärung, außer, dass Leif sich immer noch in einem Zustand geistiger Umnachtung befand und sich vielleicht verlaufen hatte. Doch so durcheinander konnte er gar nicht sein, und um nichts in der Welt würde er sich einen Moment wie diesen entgehen lassen! Das Schiff schob sich rückwärts aus dem Hafenbecken in Richtung Fluss. Ein beachtliches Schauspiel. Niemand würde gerade jetzt auf die Idee kommen, seinen Rausch an einem versteckten Ort auszukurieren. Wahrscheinlich war er nur überstürzt aus der Kabine gehetzt, ohne die Sachen mitzunehmen, weil er es eilig hatte. Und dann?

«Ich rufe ihn auf dem Handy an», kam Carolin die Idee.

«Auf diesen Gedanken bin ich schon längst gekommen. Ich habe ihn bereits angerufen. Doch sein Handy liegt ebenfalls noch in der Kabine. Als ich anrief, ging einer der Securitymänner an den Apparat.»

«Wir könnten auf meiner Nummer anrufen. Er hat sich mein Handy gestern ins Jackett gesteckt. Vielleicht ist es noch immer dort.»

Ebba reichte ihr den Apparat, und Carolin konzentrierte sich, um die eigene, ellenlange Nummer einzutippen. Ein Freizeichen ertönte. Carolin nickte Ebba zu. Sicher würde sich gleich ein zerstreuter Leif melden, vorausgesetzt, er fand den richtigen Knopf auf ihrem Telefon. Doch nichts geschah. Nach kurzer Zeit meldete sich die Mobilbox. Carolin legte schulterzuckend auf und gab Ebba den Apparat zurück.

«Das ist wirklich merkwürdig», sagte sie nur. Doch im Kopf schienen sich die Gedanken zu überholen. Leif würde sicher bald auftauchen. Hatte er nicht etwas von einem wichtigen Termin gesagt? Um halb neun, so war es, und jetzt war es Viertel vor acht. Sicher kam er bald. Und wenn nicht? Dann müsste sie ihn suchen. Dieses Schiff war unterwegs, die Verbindung zum Ufer war gekappt, er konnte sich also nur irgendwo hier an Bord aufhalten. Aber wo? Und wer machte nun seinen Job? Wer fing diesen Augenblick ein, wenn das Schiff seinen ersten Kilometer wie auf Zehenspitzen durch den Fluss fuhr? Warum auch immer er nicht auftauchte, eines stand fest: Er brachte den ganzen Auftrag in Gefahr.

Solange Leif nicht da war, musste sie selbst nach Worten und Begriffen suchen, die die Stimmung der ersten Passage einfingen. Hier lag nicht ihr Talent, wirklich nicht. Sie wusste nur wenig darüber, wie Leif und seine Kollegen arbeiteten. Doch bevor alles für die Katz war, würde sie sich einige Notizen machen.

Carolin ging weiter. Gleich würde die *Poseidonna* den letzten Schwenker aus dem Hafenbecken heraus gemacht haben. Sie drehte sich nun um die eigene Achse, um schließlich in die Gerade zu gehen. Und dann wollte sie ein Foto schießen. Wenn der Weg vor ihnen lag. Sie durfte nichts verpassen. Sobald die Aufnahme im Kasten war, würde sie mit dem Suchen beginnen.

Ebba John und Sinclair Bess blieben, wo sie waren, sie schauten Carolin nur hinterher. «Bin gleich wieder da», rief sie ihnen zu, dann rannte sie zum Heck.

Da war er, der Blick, auf den sie gewartet hatte.

Die Werft lag am südlichen Ende der Stadt. Sie hatten den Industriehafen und somit auch die letzten Gebäude hinter sich gelassen, vor ihnen lag nur das eiserne Tor, welches den Werftbereich markierte und den Wasserstand zwischen Hafen und Fluss ausglich. Die massiven Pforten, die im geschlossenen Zustand für den Lieferverkehr befahrbar waren, waren nun weit geöffnet. Und dahinter, wartend, die enge Leda. Und das flache Land. Carolin war erst einmal an der ostfriesischen Küste gewesen. Von Hamburg aus war sie schneller an der Ostsee oder auf Sylt. Nur beruflich war sie schon einmal hierher gefahren. Als sie damals das Bild von dem kranken Mädchen gemacht hatte. Natürlich war ihr zu dieser Zeit und auch gestern bei der Autofahrt die scheinbar endlose Ebene aus sattgrünem Gras aufgefallen, doch so platt wie hier aus rund vierzig Meter Höhe hatte das Land nie gewirkt. Vielleicht war die Erde doch eine Scheibe?

Diesen Spruch musste sie sich merken. Sie musste ihn für Leif aufbewahren. Die Erde ist eine Scheibe. Anscheinend war sie doch ein wenig begabt. Sie nahm die Nikon. Ganz hinten am Flusslauf standen links und rechts zwei Windmühlen, die sich nicht mehr drehten. Am Ufer lag ein gutes Dutzend Holzschiffe hintereinander, die Menschen an Deck jubelten und winkten. Eine graue Straße verlief parallel zur Leda, kilometerlange Autokorsos parkten am Rand, auf dem brachliegenden Feld dahinter hatten Hunderte Menschen ihre Zelte aufgeschlagen. Alle standen am Ufer. Alle rissen ihre Arme in die Höhe. Einige hatten Fackeln in den Händen, es war noch immer ein wenig dämmrig, und im Schein der Flammen, die den Flussweg säumten, wirkte die Leda wie eine Landebahn. Es war atemberaubend.

Alles, was ihr einfiel, waren pathetische Worte. Zu dick aufgetragen, würde Leif sicher kritisieren. Aber es war ja auch nicht ihr Job, sondern seiner! Die Kamera klickte unentwegt, und die Bilder mussten gut werden, ziemlich gut, das spürte sie. Trotzdem wollte sie auch ihre Gedanken festhalten. Ihr fiel das Diktiergerät ein. Leifs Liebling. Es lag noch immer sicher in ihrer Hosentasche. Und sie kannte sich ein wenig damit aus, ein anderer Kollege hatte ihr mal die einzelnen Tasten erklärt.

Sie zog es hervor. Oben war der Hauptschalter, sie klickte auf *On*. Eine grüne Lampe leuchtete. Auf dem mittleren

Oval stand *Record*. Sie drückte vorsichtig. «Hallo? Test, Test!» Dann die Taste mit dem Quadrat, dann Rücklauf, zwei Pfeile nach links, auf dem Display erschienen verschiedene Tracks, sieben Aufnahmen waren bislang gespeichert, sie wählte die letzte, drückte dann auf *Play*: «Hallo? Test, Test!»

Na also, es war doch gar nicht so schwer! Und sie war gar nicht so ungeschickt. Sie führte das Gerät an den Mund. Was wollte sie jetzt sagen? Die Erde ist eine Scheibe. War das gut? Das Schiff drehte sich noch immer, es lag nicht mehr parallel zum Flussufer. Wie ein Karussell fuhr die *Poseidonna* weiter im Kreis und drängte der Leda zu. Ein seltsames Manöver, dachte Carolin.

Record: «Wenn man hier oben steht und in Fahrtrichtung schaut, hat man das Gefühl ...»

Das Schiff stoppte so abrupt, dass Carolin mit voller Wucht gegen die Heckreling geschleudert wurde. Was war passiert? Alles war plötzlich lautlos, still, man konnte keine Motoren mehr hören, keinen Wind, kein Wasser. Die *Poseidonna* schien gegen ein Teil des Werfttores gefahren zu sein. Das Drehen im Hafenbecken, es war Carolin schon seltsam vorgekommen. Und nun hatte das Schiff mit der einen Seite – ob es nun Back- oder Steuerbord war, wen interessierte es, jedenfalls schien es nicht die Kurve gekriegt zu haben – das Werfttor und einen Teil des äußeren Flussdeiches gerammt. Jetzt hörte man die Motoren wieder, sie machten ein leierndes Geräusch. Nichts bewegte sich mehr.

Carolin hatte instinktiv schützend die Hand über die Kamera gehalten, doch das Diktiergerät war ihr entglitten und durch die Streben der Reling gefallen. Sie atmete aus, und erst da merkte sie, dass sie die letzten fünf oder zehn Sekunden die Luft angehalten hatte. Sie schaute ein Stück weit über die Reling, spähte nach unten, da war nur

Wasser. Man sah noch ein paar Wirbel im grauen Fluss, die eine Bewegung verrieten, die noch vor wenigen Augenblicken stattgefunden hatte. Ein Diktiergerät sah man nicht. Es musste in den Wellen verschwunden sein. Leif würde sie killen, so viel stand fest. Warum hast du mein Arbeitsgerät in die Hände genommen, würde er zornig fragen, ich lasse doch auch die Finger von deiner Kamera. Niemand sollte dem anderen ins Handwerk pfuschen, dann fallen auch keine teuren Mini-Disc-Recorder in den Flussschlamm, ganz zu schweigen von den Interviews, die mit ihm in der Leda versunken sind. Das würde er ihr vorwerfen. Und er würde Recht damit haben.

Aber was, um Himmels willen, war überhaupt passiert?

Carolin schaute nach oben. Die aufgehende Sonne wurde von den schrägen Fenstern der Kapitänsbrücke reflektiert, sie konnte nichts und niemanden erkennen. Auch dort hinten, wo Ebba John und Sinclair Bess zurückgeblieben waren, war nun kein Mensch auszumachen. Am Ufer standen die Leute sprachlos mit ihren Fackeln und Transparenten auf dem Wall. Die Fahrt der *Poseidonna* war zu Ende. Dabei hatte sie noch gar nicht richtig begonnen.

Carolin atmete durch, beinahe automatisch ging die Kamera ans Auge. Sie sah die Bewegungslosigkeit des Momentes, sie sah sie durch den Sucher. Und obwohl alle Bilder still standen, es auf Fotografien keine Bewegungen gab, wusste sie, dass man dieser Aufnahme die Atemlosigkeit und die Leere des Augenblickes ansehen würde.

«Hilf mir, Carolin! Sinclair Bess, er hat sich etwas getan. Er ist gestürzt.» Ebba John lief ihr entgegen. «Bei diesem Stopp ist er die kleine Treppe hinuntergefallen, es ist nichts Schlimmes, aber ich schaffe es nicht, ihn die restlichen Stufen hinabzuschleppen.» Sie schaute ein wenig verlegen: «Sinclair Bess ist nun mal kein Fliegengewicht.»

«Was ist überhaupt passiert?», fragte Carolin, die ihren Schritt beschleunigte.

Ebba John schaute fragend zum Himmel. «Ich habe gleich per Handy auf der Brücke nachgefragt. Sie wissen es auch nicht. Irgendwie ließen sich die Seitenstrahlruder nicht mehr steuern. Kapitän Pasternak hatte die seitlichen Rotoren für den engen Wendekreis im Werfthafen eingesetzt. Und als er dann geradeaus fahren wollte, ließen sich die Dinger nicht mehr abstellen. Aber mehr konnte man noch nicht sagen.»

«Sabotage?» Carolin hatte davon gehört. Schon gestern hatte sie erkannt, dass die Sicherheitsmaßnahmen und Kontrollen wahrscheinlich daher rührten, dass man sich vor Boykottanschlägen der Umweltgruppen fürchtete. Was lag also näher?

Ebba winkte jedoch entschieden ab. «Nein, niemals. Das glaube ich nicht.» So ganz nahm Carolin ihr diese Überzeugung nicht ab. Zu schnell war das «Niemals» gekommen. Ebba lief schneller. «Schau, dahinten liegt er. Sinclair scheint etwas wehleidig zu sein, aber das bleibt bitte unter uns.» Der Amerikaner wischte sich mit einem weißen Taschentuch über das schmerzverzerrte Gesicht. Er hielt sein rechtes Bein ausgestreckt und gab amerikanische Flüche von sich. Ebba John beugte sich zu ihm hinunter und beruhigte ihn in perfektem Amerikanisch. Sie fassten gemeinsam unter seine Arme und wuchteten ihn ein wenig höher.

«Fuck!», fluchte der Millionär.

«Ist der Arzt inzwischen wieder aufgetaucht?», fragte Carolin. Auch für zwei Frauen war der verletzte Koloss eine erhebliche Nummer zu schwer.

«Ich habe ihn angefordert. Aber oben auf der Brücke

herrschte helle Aufregung. Ich denke, sie haben gerade andere Probleme. Die Security wird gleich hier sein und uns helfen. Sie wissen von der Verletzung, wahrscheinlich haben sie Doktor Perl schon dabei. Hoffentlich!»

Sie beugte sich wieder zu Sinclair Bess hinunter und streichelte ihm tröstend über das schwarze Haar. «Just one minute, Mr. Bess.»

Doch die beiden kräftigen Männer, die nur wenige Sekunden später die Treppe heraufkamen, hatten keinen Arzt dabei. «Er ist immer noch nicht da», sagte einer von ihnen. Sie halfen Sinclair Bess in die Höhe, stützten ihn von beiden Seiten und trugen den wimmernden Mann vorsichtig die Stufen hinab.

«Aber liebe Fotografin», rief der Verletzte im Fortgehen. «Ich möchte Ihnen mein Baby zeigen. Und wenn ich im, wie heißt es auf Deutsch, Stuhl for invalides …»

«Rollstuhl», antwortete Carolin.

«Well, und wenn ich Sie im Rollstuhl begleite, ich werde Ihnen mein Schiff zeigen. Okay?»

Ebba John und Carolin tauschten Blicke aus. So schlecht konnte es dem Mann also doch nicht gehen.

«Okay, but get better first!», rief Carolin in seine Richtung. Sie freute sich, dass sie ihn zumindest fürs Erste los war.

«Carolin, sicher bist du hungrig. Sobald wir wieder in Fahrt sind, gibt es ein Frühstück oben im Ruderhaus», erinnerte Ebba, bevor sie pflichtbewusst und mit gekonnt besorgtem Gesicht Sinclair Bess' Krankentransport begleitete.

Carolin blieb stehen. Wie konnte Ebba gerade jetzt an Essen denken? Sie schien den Ernst der Lage wohl nicht ganz zu verstehen oder wollte ihn Carolin gegenüber überspielen. Carolin musste sich erst einmal einen Moment fangen, bevor sie wieder klar denken konnte. Der plötzliche Ruck hatte auch bei ihr einiges durcheinander gebracht. Was wollte sie gerade machen? Das Diktiergerät fiel ihr wieder ein. Und dass sie sich auf die Suche nach Leif machen wollte. Spätestens jetzt, nach diesem seltsamen Unfall, hätte er auf der Bildfläche erscheinen müssen. Vielleicht war er inzwischen auf die Brücke gegangen, um sich dort nach dem Grund für die heftige Kollision zu erkundigen.

Carolin ging die Treppe hinauf. Und wenn sie ihren Kollegen nicht dort oben antraf? Dann musste ihm eindeutig etwas wirklich Gravierendes dazwischengekommen sein. Sollte Leif Minnesang nicht gleich arbeitswütig neben dem Kapitän stehen, dann würde sie sich ernsthaft Sorgen machen.

Sie sollte Ebba von diesen Gedanken berichten, schließlich war sie ihr extra zur Seite gestellt worden, falls Fragen auftauchten oder Hilfe benötigt wurde. Dann sollte sie auch helfen und nicht nur Wachhund spielen. Sobald der wahrscheinlich nur leicht verletzte Sinclair Bess wieder auf den Beinen war, würde Carolin sich an Ebba John wenden. Bis dahin würde sie es auch allein schaffen. Mit der Nikon.

Und dem Diktiergerät. Mist, das Diktiergerät! Es war über Bord gegangen. Sie hätte es besser festhalten müssen. Wer weiß, was Leif am gestrigen Tag alles zu Protokoll gegeben hatte? Er würde es ihr selbst erzählen müssen. Das Gerät war jedenfalls verloren.

Sie hörte Schritte, die ihr von oben entgegenkamen. Wolfgang Grees, der Garantiemechaniker, tauchte auf der Treppe auf. Er schwitzte.

«Sagen Sie, ist mein Kollege inzwischen oben im Ruderhaus?», fragte Carolin, als er ihrem Blick begegnete.

«Ich habe ihn heute noch nicht gesehen», entgegnete Grees und eilte weiter.

«Was ist eigentlich passiert?»

«Haben wir gleich, keine Panik», antwortete er hastig, ohne stehen zu bleiben. «Es wäre uns sehr recht, wenn Sie im Moment keine Fotos machen würden!»

Das konnte sich Carolin denken. Es war ein Fauxpas erster Güte, dass die *Poseidonna*, geschaffen, die Weltmeere zu bezwingen, noch nicht einmal die erste Kurve in Richtung Fluss unbeschadet überstanden hatte. Und natürlich wäre Carolin nicht die Fotografin, die sie war, wenn sie ausgerechnet jetzt die Kamera ruhen ließe.

Sie lehnte sich über das Treppengeländer. Man konnte die Tiefe der unteren Stockwerke nicht ganz ausmachen, der Boden war ein dunkles Loch. Doch man sah Grees' linke Hand am Geländer, man konnte seinen Armverband ausmachen, erkannte, dass er sich hastig seinen Arbeitskittel überwarf, ein Funkgerät im Anschlag. «Wolfgang hier, wir sehen uns auf drei. Bitte sofort, Maschinenschaden! Und schickt drei Leute außen lang. Ich glaube nicht, dass wir gravierende Macken am Rumpf haben, aber sie sollen jeden Millimeter des Schiffsrumpfes unter die Lupe nehmen!»

Klick. Grees steckte wahrscheinlich gerade in der Stresssituation seines Lebens. Und er hatte Carolin ein wunderbares Foto beschert.

Dieser Mann kannte sich auf dem gesamten Schiff aus wie kein Zweiter. Die *Poseidonna* war riesig, hatte so viele Winkel, so viele Räume. Carolin würde sich auf keinen Fall davon abbringen lassen, ebenfalls bis in die hintersten Ecken vorzudringen. Er hatte gesagt, dass Leif nicht oben war. Also würde sie nun auf die Suche gehen. Sie wusste noch nicht, wo sie beginnen sollte. Hätte sie sich doch im Vorfeld besser informiert, hätte sie doch ein wenig von Leifs akribischem Vorbereitungseifer. Sie musste sich irgendwie orientieren.

Links an der Wand hing eine Schiffsskizze, ein Notfallplan, der die Seitenansicht der *Poseidonna* zeigte. Sie war, trotz ihrer Größe, ein schlankes Schiff. Mit einer Bugspitze, die wie eine gerade Nase aussah. Die Ingenieure hatten auf jegliche Ecken verzichtet, sodass sich die dreizehn Decks in harmonischen Rundungen aufbauten. Das Heck fiel nicht im rechten Winkel ab, sondern war stufenförmig ausgestellt. Die unteren Decks standen immer ein klein wenig weiter vor. Dort hinten, so konnte es Carolin dem Plan entnehmen, waren über fünf Etagen private Sonnendecks für die Luxuskabinen angelegt.

Als Carolin sich vorhin auf der Suche nach dem Diktiergerät für einen kurzen Moment an die Reling gelehnt und nach unten geschaut hatte, war ihr Blick nicht weit genug gewandert, um die unteren Etagen zu sehen. Vielleicht hatte sie Glück. Vielleicht war der MD-Player nicht in den Fluss gefallen, sondern auf einem der Privatdecks gelandet. Vielleicht hatte sie noch mehr Glück, und das Gerät war nicht in tausend Teile zersplittert. Und vielleicht, aber Carolin traute sich gar nicht zu hoffen, vielleicht waren auch noch die Aufnahmen zu hören, die Leif gestern protokolliert hatte. Es könnte sein, die Chance war minimal, aber es könnte sein, dass sie auf diesem Wege etwas darüber erfuhr, was er ihr gestern Abend und heute Morgen hatte mitteilen wollen. Es wäre das Beste, die Suche nach Leif mit der Fahndung nach seinem Diktiergerät zu beginnen.

Sie bräuchte jemanden, der ihr die Türen zu den Luxuskabinen aufschloss, aber sicher hatte Ebba noch immer mit dem Millionär zu tun. Vielleicht gelang es Carolin auch auf eigene Faust, den Weg auf die fremden Balkone zu finden. Später könnte sie immer noch jemanden um Hilfe bitten.

Ebba John hatte bei der Ankunft erwähnt, dass Leifs Zimmer direkt an eine dieser Nobelsuiten angrenze. Und sie hatte ihm auch einen Balkon versprochen. Vielleicht fand sich über Leifs Kabine ein Weg auf die hinteren Terrassen. Carolin war nicht zimperlich, wenn es um halsbrecherische Einsätze ging. Zudem, bei der Gelegenheit könnte sie auch einen Blick in Leifs vier Wände werfen und vielleicht einen Hinweis finden, wo er steckte. Oder sie entdeckte ihr Handy, dann könnte sie zumindest einmal in der Redaktion nachfragen, ob die Näheres wussten. Carolin nahm zwei Stufen auf einmal, um auf das vertraute Deck 7 zu gelangen.

Leifs Kabinentür war unverschlossen. Der Raum war in angenehmem Blau eingerichtet und wesentlich geräumiger als ihr Schlafzimmer. Das breite Bett war zerwühlt, Leif schien einen unruhigen Schlaf gehabt zu haben, jedenfalls waren beide Kissen zerdrückt und eine der Bettdecken lag auf dem Boden. «Leif?», fragte sie vorsichtshalber, doch wie erwartet blieb eine Antwort aus. Seine Wetterjacke hing am Haken. Sie öffnete die Schranktür, doch dort hingen keine Kleidungsstücke. Sie fand in den Fächern lediglich zwei sorgsam gebügelte Hemden, ein Paar Socken und die noch ein wenig feuchte und verschmutzte Stoffhose von gestern Abend. Das dazu passende Jackett hatte er anscheinend angezogen, es war nicht zu finden, auch nicht im zweiten Schrank oder im Badezimmer. Also musste er ihr Handy bei sich haben. So ein Mist!

Sie strich mit den Fingern über den glatten Marmor des Badewannenrandes. Dort waren Reste von Schaum im Abfluss. Er musste also gestern Abend oder heute Morgen gebadet haben. Auf der Ablage lagen seine anderen Utensilien in einem geöffneten Lederetui. Rasierzeug, Zahnbürste, Kamm und eine angebrochene Packung Kondome. Wann und wo hatte er diese Dinger zum Einsatz gebracht? Oder lagen die grundsätzlich und für alle Fälle in seinem Kulturbeutel?

Was mache ich eigentlich hier?, dachte Carolin verlegen. Leif ist erst seit ein paar Minuten weg und ich nehme mir schon das Recht heraus, seine intimsten Sachen zu inspizieren. Er nahm Medikamente. Keine gewöhnlichen Aspirin oder so etwas, es waren Tabletten, die Carolin noch nie gesehen hatte. *Convulsofin*, stand auf der Schachtel, *Wirkstoff Valproinsäure.* Kurz überlegte sie, auf dem Faltblatt nachzulesen, für oder gegen was dieses Medikament eingenommen wurde. Doch damit ging sie einen Schritt zu weit, reglementierte sie sich selbst. Dies war seine Privatsphäre.

Sie ging wieder in das Schlafzimmer zurück. Die Tür zum Balkon ließ sich leicht öffnen. Der Erker dahinter war winzig, hier würde nur ein sehr kleiner Liegestuhl Platz finden. Doch wenn man vor der Brüstung den Pazifik an sich vorbeiziehen sah, war es sicher trotzdem ein sehr angenehmes Plätzchen. In diesem Moment bestand die Aussicht jedoch nur aus einem sehr eingeschränkten Blick auf eine graue Wand, die zu einem der werfteigenen Baudocks gehörte. Sie beugte sich nach vorn und schielte um die Ecke. Tatsächlich lag dort eines dieser Privatdecks. Mit einem großen Schritt würde sie es an der Außenwand entlang schaffen. Carolin schwang sich auf die Reling und hielt sich an einem oberen Metallgestänge fest. Sie war bei solchen Einsätzen immer gut in Form. Ihr Chefredakteur hatte Carolin nach einem ähnlich akrobatischen Einsatz den schmeichelhaften Spitznamen *Catwoman* verliehen. Sie fand mit der linken Fußspitze das benachbarte Balkongitter, verlagerte das Gewicht, dann streckte sie ihren Arm und bekam eine Kante zu fassen. Mit einem Schwung hatte sie sich hinübergezogen.

Carolin sprang von der Reling und landete auf dunklen Holzdielen. Sie schaute sich um. Die Privatterrasse war riesig und hatte neben einem Sonnenpodest und einer Bar einen eigenen, kleinen Pool. Am hinteren Ende führte eine Metallleiter zu den angrenzenden Stockwerken. Sie würde viel abzusuchen haben.

Pieter

Nie hätte er gedacht, dass der plötzliche Stopp des Schiffes sich anfühlen könne, als fahre man mit voller Fahrt gegen eine Mauer. Er selbst war beim Aufprall in seinem Rettungsboot gegen einen der Sitze gepresst worden. Im Gegensatz zu dem dicken schwarzen Mann, der einige Meter unter ihm auf der Zwischentreppe gestürzt war und geheult hatte, als hätte er sich alle Knochen gebrochen, hatte er sich nicht wehgetan. Der Verletzte war der Reeder. Pieter kannte diese massige Gestalt: Sinclair Bess. Einer der bestverdienenden Schwarzen in Amerika: «Black Businessman of the Year» in Amerika im selben Jahr, in dem Pieter in Emden sein Abitur gemacht hatte. Sinclair Bess' Firma besaß eine Flotte von mehr als zwanzig Kreuzfahrtschiffen, eines luxuriöser und dekadenter als das andere. Als bekannt wurde, dass Bess seinen Neubau bei Schmidt-Katter in Auftrag geben würde, war ein Aufatmen der Erleichterung durch die Region gegangen. Diese Bestellung hatte die Werft vor dem sicheren Aus bewahrt. Wäre im letzten Jahr nicht die *Poseidonna* im riesigen Baudock entstanden, so hätte das Traditionsunternehmen die Tore schließen müssen. Und dann hätte man von Wilhelmshaven bis Emden, von Papenburg bis Norddeich auf halbmast geflaggt. Die Arbeitslosigkeit drohte wie eine Epidemie den ganzen Landstrich zu entvölkern. Der Auftrag des Amerikaners hatte gewirkt wie eine Schutzimpfung. Dass man dabei auch den Bau des Dollartsperrwerkes und die Vertiefung der Ems in Kauf nehmen musste, waren ungeliebte, aber unausweichliche Nebenwirkungen gewesen.

Für Pieter und seine Leute war es gewesen, als hätte man die Pest mit den Pocken austreiben wollen.

Er hatte vor einigen Minuten, nachdem sich das aufgeregte Rennen der Mechaniker gelegt hatte, das Rettungsboot verlassen und war durch eine abgegrenzte Kabelführungsschneise unbemerkt in den hinteren Teil des Schiffes gelangt. Über eine verdeckte Notfallleiter gelangte er nach unten. Sein Plan war, sich vorerst in der Tiefe des Schiffsrumpfes zu verstecken. Ganz weit unten kannte er sich aus. Er hatte sich dort schon einige Nächte um die Ohren geschlagen. Denn er hatte sich mehrmals illegal auf dem Schiff aufgehalten, immer auf demselben Weg war er nach Feierabend zurückgekommen. Versteckt in irgendwelchen Anlieferungen für die Tischlerei, die er selbst tagsüber hatte kontrollieren und inspizieren können, war er nachts an Bord gelangt. Dort unten fühlte er sich sicher; abgesehen von den regelmäßigen Inspektionen der Security, konnte er dort ungestört sein. Dachte er.

Und irrte sich. Ganz unten, auf dem Deck, das später einmal eine private Sonnenterrasse der Luxusklassenkabine hergeben würde, lag eine Frau im noch trockenen Whirlpool auf dem Bauch und streckte ihren schlanken, aber viel zu kurzen Arm durch ein tellergroßes Loch im gefliesten Boden. Schnell wollte er wieder eine Etage nach oben steigen, doch sie schien seine Bewegung bereits im Augenwinkel wahrgenommen zu haben und drehte den Kopf nach ihm.

«Können Sie mir helfen? Ich komme da nicht dran.» Ihre Stimme war angenehm, nicht hoch und singend. Er mochte es nicht, wenn Frauen die Bandbreite ihres Organs überstrapazierten. Sie sprach hingegen gelassen und trocken. Er blieb, wo er war. Nun hatte sie ihn ohnehin gesehen. Es war das Beste, sich ungerührt und beiläufig zu geben.

«Was suchen Sie dort?»

«Sind Sie von der Security?»

«Sehe ich so aus?»

Sie musterte ihn kurz. «Nicht wirklich.» Dann streckte sie ihren Arm wieder in das Bodenloch, die Sehnen an ihrem Hals dehnten sich, er konnte die Schlagader pulsieren sehen. Sie war schlank, die Schultern, die sich unter weißem Baumwollstoff abzeichneten, hätten auch zu einem vierzehnjährigen Jungen gepasst. Auch die Haare, glatt und dunkel, präzise kurz geschnitten, sahen nicht gerade weiblich aus. Aber trotzdem attraktiv. Pieter schaute nur selten Leute länger als einen unvermeidlichen Augenblick an. Dieses Mal aber war es ihm nicht unangenehm, die Frau ausgiebig zu betrachten, zumal sie sich wieder abgewandt hatte und mit dem Arm nach etwas angelte.

«Was ist denn nun?», fragte sie.

Er stieg in den im Boden eingelassenen Pool und hockte sich neben sie. «Wenn ich weiß, wonach ich greifen soll, dann probiere ich es gern.»

«Ach so, ein Diktiergerät. Nicht größer als eine Zigarettenschachtel. Ich glaube, es ist hier reingerutscht, vorhin, als das Schiff gestoppt ist. Da am Poolrand habe ich ein paar Splitter gefunden, die zum Gehäuse passen könnten, also stehen die Chancen recht gut, dass sich das restliche Gerät hier in diesem Abfluss befindet. Ich hoffe es, denn wenn es nicht hier drinsteckt, dann liegt es in der Leda.» Sie rückte zur Seite und ließ ihn neben sich. Nun lagen sie nebeneinander, er schob seinen Arm bis zur Schulter in das Loch und starrte ihr dabei, da er gar nicht anders konnte, in die graugrünen Augen. Er presste die Wange auf den Schiffsboden, konnte seinen Kopf kaum drehen, und sie schien nicht im Traum daran zu denken, ihr Gesicht abzuwenden oder aufzustehen.

Seine Fingerspitzen fühlten etwas Kühles, Glattes. «Ich glaube, ich hab es.»

«Wirklich? Das wäre ... Können Sie es greifen?»

Er versuchte, noch ein wenig tiefer zu gelangen, doch bis auf eine hauchdünne Berührung mit dem gesuchten Objekt konnte er sich nicht nähern. «So nicht! Ich brauche ein Hilfsmittel, ein Stück Draht oder so.»

Die Frau lachte.

«Was ist so komisch?»

«Ich überlege gerade, wie oft im Leben man ein Stück Draht braucht. Man müsste sich eigentlich immer einen einstecken, für alle Fälle, so wie man eine Packung Taschentücher einsteckt.»

Er verstand, was sie meinte, und musste ebenfalls lachen. «Ich habe schon tausendmal eine Schere vermisst, wenn es drauf ankam. Schere oder Messer.»

«Sehen Sie? Und Sie haben jetzt auch nichts dergleichen dabei, stimmt's?»

«Und? Sie mit Ihrer Lebenserfahrung finden sicher einen Draht in Ihrer Handtasche!»

«Natürlich nicht. Ich habe ja noch nicht einmal eine Handtasche.» Sie setzte sich aufrecht hin, kreuzte die Beine und schien zu überlegen. Um ihren Hals hing ein schwarzer Lederbeutel, sie griff danach. «Nur eine Fototasche!»

Die Fotografin. Das musste Carolin Spinnaker sein. Wer lief hier sonst mit einer solch riesigen Fototasche herum? Er hatte sie nicht sofort erkannt. Ein Porträt hatte Pieter ohnehin noch nie von ihr gesehen, Fotografen wurden nur selten abgelichtet. In seiner Vorstellung war sie ihm größer erschienen, breiter und kräftiger. Weil sie schon so viel erlebt und gesehen hatte, hatte er nicht mit einer so zierlichen Person gerechnet. Zudem war sein Plan anders gewesen, er hatte ihr erst wesentlich später über den Weg laufen wollen. Eigentlich erst, nachdem sie die Schmidt-Katter-Brücke bei Leerort passiert hatten. So lautete der Plan: Wenn die beiden Zwischenfälle gelaufen sind, näherst du dich Carolin Spinnaker und fädelst ein Kennenlernen ein. Aber vielleicht war dieses wirklich zufällige Zusammentreffen eine viel bessere Ausgangsposition für das, was er geplant hatte.

Pieter lächelte sie an und zwängte sich weiter in die Öffnung. «Keine Chance, es liegt flach auf dem Untergrund, wenn wir es aufstellen, könnte ich es kriegen», sagte er schließlich, nachdem er wieder nicht mehr als ein kleines Stück Kante gespürt hatte. Er setzte sich ebenfalls hin. «Was ist so wichtig an dem Teil? Können Sie keinen Mechaniker holen?»

«Ich dachte, Sie wären ein Mechaniker!»

Pieter schaute an sich herunter. Er trug ein kariertes Flanellhemd, an dem noch das feine Sägemehl seiner Tischlerarbeiten haftete, dann eine Latzhose aus Jeans. «Ich bin Tischler.»

«Als Tischler haben Sie doch sicher Schraubenzieher oder Zange oder so parat, nicht? Holen Sie es doch mal heraus, ich will es damit versuchen.»

Er tastete seine Arbeitshose ab und hoffte, dass er tatsächlich etwas in der Art mit sich führte. Sie sollte nicht skeptisch werden, wenn er als Handwerker keinerlei Arbeitszeug dabeihatte. Zum Glück fand er sein Metermaß.

«Na also, müsste gehen!» Sie klappte die Glieder des Zollstockes auseinander, legte sich erneut auf den Boden des Whirlpools, schob den rechten Arm in das Loch und führte mit der linken Hand den Zollstock. «Es liegt rechts, nicht wahr? Ach, ich bringe links und rechts sowieso immer durcheinander, aber es liegt doch mehr in Ihre Richtung, oder?»

Pieter hörte sie atmen, sie strengte sich an, immer wenn sie sich nach dem Gerät streckte, atmete sie gepresst aus. Als sie die Augen schloss, um noch konzentrierter ihrem Tastsinn zu folgen, nutzte er die Gelegenheit, ihren Körper zu betrachten. Breitbeinig lag sie auf dem Bauch, ihre Beine stießen sich leicht vom Boden ab, sie hielt die Spannung bis ins Becken. Der Po war fest und wohlgeformt.

«Wer sind Sie überhaupt?» Es lief gut an. Sie verstanden sich auf Anhieb. Warum also sollte er nicht gleich jetzt damit beginnen, sie in seinen Plan einzubauen? Sie musste ja vorerst nichts davon mitbekommen.

Doch sie ignorierte ihn, stocherte mit dem Zollstock umher. «Ich hab es!» Ein kurzer Ruck ging durch ihren Körper, dann zog sie erst das Werkzeug und schließlich ein silbernes Kästchen heraus. Lächelnd gab sie ihm den Stock zurück. «Besser als Draht!» Nun schien sie ihn erstmals bewusst zu mustern. «Ich bin Carolin, Fotografin. Und zurzeit auch Journalistin, da mein Kollege irgendwie verschwunden ist.» Sie hielt ihm das Diktiergerät vor die Nase. «Das hier ist sein Ein und Alles. Wäre es nicht aus dem Loch herausgekommen, hätte es später ein ziemliches Drama gegeben.» Kurz untersuchte sie den kleinen Recorder. Eine Ecke des Gehäuses war abgebrochen, die durchsichtige Abdeckung bis auf einen winzigen Teil zersplittert. «Ich hoffe nur, dass es noch funktioniert.» Im ersten Moment etwas unschlüssig, tippte sie auf den verschiedenen Tasten herum. «Kennen Sie sich damit aus?»

«Nein, ich glaube nicht.»

«Stimmt, als Tischler müssen Sie das auch nicht. Aber warum sind Sie überhaupt bei der Überführung dabei? Doch wohl kaum als Notfalltischler, falls mal ein Stuhl zusammenkracht.»

Es war zu spät, dieses Treffen als bloße Zufallsbegegnung abzutun. Er war Carolin bereits zu nahe gekommen. Warum sollte er nun nicht gleich mit der Wahrheit herausrücken? Es wäre falsch, ihr Kennenlernen mit einer Lüge zu beginnen, die ohnehin bald herauskommen würde. Schließlich sollte er ihr Vertrauen gewinnen. Das war der Plan.

«Ich bin ein blinder Passagier.»

Erst schaute sie erstaunt, dann lächelte sie. «Für einen Blinden haben Sie aber eben verdammt lange auf meinen Hintern geschielt.»

Sie machte ihn verlegen, sie ertappte ihn. Ohne dass er es spürte, schien sie ihn genau zu beobachten. «Geben Sie mal her.» Er streckte die Hand nach dem Gerät aus. Das Batteriegehäuse war ebenfalls defekt, zudem schien es im Abflussloch feucht gelegen zu haben. Er zog den Deckel ab, nahm die Batterien heraus und wischte mit dem kleinen Finger über die Kontakte.

«Was machen Sie denn hier auf dem Schiff?», fragte Carolin und hob die schwarze Kamera aus der Fototasche. «Darf ich Sie fotografieren?»

Pieter pustete in das Gehäuse. Einige feine Plastiksplitter hatten sich in der Batteriefeder verfangen. «Bitte, lieber nicht. Ich habe keinen Witz gemacht, ich bin wirklich inkognito hier.»

«Aber Sie sind doch Tischler!»

«Ja, bin ich auch. Doch außer mir ist kein Tischler unterwegs auf diesem Schiff. Auch kein Maler, kein Fliesenleger, kein Dekorateur, kein Schweißer. Die sind alle gestern in der Werft ausgestiegen.»

«Aber ich habe gestern Abend einen Schweißer gesehen. Er stand auf Deck 7 an der Zwischentreppe. Er war im

Schatten, riesiger Typ, ich hatte wirklich ein bisschen Panik und bin einen Schritt schneller gelaufen.»

«Das kann eigentlich nicht sein. Es wurde strengstens kontrolliert, dass alle Arbeiter der letzten Schicht die *Poseidonna* verlassen. Ich habe es lediglich einem Zufall zu verdanken, dass ich wieder draufgekommen bin.»

«Und warum sind Sie wieder an Bord gegangen?»

Sie war intelligent. Sie fragte nicht nach dem Wie, sondern nach dem Warum. Dies war die bedeutendere Frage. Trotzdem bekam sie vorerst keine Antwort.

Pieter hatte den Fehler gefunden. Das grüne Lämpchen gab ein schwaches Licht von sich, nachdem er mit seinem Taschenmesser die Kontakte ein wenig zurechtgebogen hatte. «Hier, bitte!»

«Toll, ich hätte nicht damit gerechnet, dass dieses Ding noch lebt. Danke!» Sie drückte die *Play*-Taste. Ein leierndes «Hallo … Test … Test» kam, kaum hörbar, heraus. «Neue Batterien, würde ich sagen. Diese hier scheinen ein wenig feucht geworden zu sein. Ich werde ein paar aus meiner Kabine holen.» Sie stieg auf den Poolrand und wollte gehen.

«Verpfeifen Sie mich nicht.» Er hatte diesen Satz einfach so dahingesagt, ohne sich vorher zu überlegen, welche Konsequenzen er haben könnte. Natürlich stieg sie sofort darauf ein: «Nur, wenn Sie mir erzählen, was los ist! Sie sind doch nicht einfach so zum Spaß hier aufgetaucht.»

Pieter stieg ebenfalls aus dem trockenen Bassin. Nun standen sie nebeneinander auf den Holzplanken. Er wühlte sich mit der rechten Hand durch die Rastalocken. Wie sollte er es ihr sagen? «Ich bin der Saboteur!»

Erst lachte sie laut. Ihre weißen Zähne standen vorn ein wenig schräg, die Schneidezähne waren länger als die Eckzähne. Erst als sie gewahr wurde, dass er keine Miene verzog, schien sie zu begreifen, dass er keinen Scherz gemacht hatte. «Sie waren es also, der diesen Ruck verursacht hat? Aha! Und wie haben Sie das angestellt? Eine kleine Bombe am Hauptgenerator, oder wie diese Riesenmaschinen sonst so heißen?»

«Nein, keine Bombe. Ich bin kein Feuerteufel. Ich hab es anders angestellt.»

Sie starrte ihn an. «Und warum?»

Schon wieder die richtige Frage. «Wegen des Flusses», antwortete Pieter nur.

Groß war sie nicht, vielleicht ein wenig mehr als ein Meter sechzig. Sie blickte über die Reling. Das Schiff hatte sich noch nicht wieder gerührt. Noch immer sah man aus einiger Entfernung zwei Mühlen am Ufer und die Menschenmengen auf dem kleinen Deich stehen. Er hatte mit der Manipulation des Seitenstrahlruders nicht nur die *Poseidonna* zum Stehen gebracht. Mit ihr schien der ganze Tag zum Stillstand gekommen zu sein. Er war stolz auf sich.

Er hatte das Gefühl, dass diese Frau nicht alles zunichte machen würde. Er hatte damals zu seinen Leuten gesagt, sie sei die Chance. Carolin Spinnaker. Von der er nicht mehr kannte als ihren beruflichen Werdegang und ihre Bilder. Natürlich war es ein Risiko gewesen, sie in den Plan einzubeziehen. Wenn sie sich als eine von diesen Presseleuten entpuppt hätte, die sich für nichts interessierten oder sich nur nach dem richteten, was ihre Chefredakteure für interessant hielten, dann wäre er in dem Moment aufgeflogen, in dem sie sich trafen. Doch Carolin Spinnaker machte keine Anstalten, ihn zu verpfeifen.

Sie sagte noch immer nichts. Sie wartete ruhig, das Diktiergerät in der Hand, und schaute zum Ufer. Dann nahm sie langsam die Kamera mit der linken Hand hoch und führte sie zum Auge. Er hörte ein Klicken. «Sie sind alle fassungslos!», sagte Carolin schließlich, während sie unaufhörlich die Passanten auf dem Deich fotografierte. «Du hast sie alle sprachlos gemacht! Ich würde gern wissen, warum.»

«Sie können auch anders. Was meinst du, wie laut die alle werden, wenn man die Vorgehensweisen der Schmidt-Katter-Werft hinterfragt. Ich hatte bereits wüste Drohungen in meinem Briefkasten.»

Sie duzten sich nun. Für Pieter war das ein gutes Zeichen.

«Aber jetzt hast du es ihnen allen gezeigt.»

«Ich bin nicht der Typ, der sich profilieren will. Aus diesem Grund mache ich so etwas nicht.»

«Und aus welchem sonst?»

«Ich kann es nicht ertragen, dass alle Augen und Ohren verschließen, wenn man ihnen klar machen will, dass hier ganz großer Mist verzapft wird.»

«Das hat Leif auch gesagt.» Er blickte sie fragend an, und sie fügte erläuternd hinzu: «Leif ist mein Kollege, der, dem dieses Gerät hier gehört. Ich habe doch erwähnt, dass er verschwunden ist. Noch nicht lange, genau genommen seit anderthalb Stunden, eigentlich nicht die Zeitspanne, die Anlass zur Sorge geben sollte.»

«Aber?»

«Er hat gestern Abend etwas Ähnliches erzählt. Gut, er war betrunken, aber er besaß noch den Verstand, mir von Ungereimtheiten zu berichten, die er aufdecken wollte. Heute Morgen hat er mir noch einmal angekündigt, dass er mir etwas Wichtiges zu erzählen hätte, und normalerweise hätten wir ungefähr jetzt einen Termin, aber dann ist er nicht mehr aufgetaucht.»

«Heute Morgen sind wir aber schon unterwegs gewesen», stellte Pieter fest. Er drehte sich eine Zigarette.

«Das ist wahr. Zumindest gab es bereits keine Gelegenheit mehr, von Bord zu gehen. Leif ist also noch irgendwo hier auf der *Poseidonna*. Und ich vermute, dass ihm etwas passiert ist.»

Pieter zog an seiner Zigarette. Es war besser, jetzt seine Klappe zu halten und nichts zu sagen. Carolin hatte Recht, denn ihrem Kollegen war tatsächlich etwas passiert. Er wollte es aber nicht sagen, weil sie nicht denken sollte, dass er etwas damit zu tun hatte.

«Hast du etwas damit zu tun?», fragte sie trotzdem.

Er schüttelte den Kopf.

Dieses Mal hätte sie anders fragen sollen. Er hatte nichts damit zu tun, dies entsprach der Wahrheit. Hätte sie gefragt, ob er mehr wusste als sie, dann hätte er sie belügen müssen. Doch so brauchte er lediglich etwas zu verheimlichen.

Pieter hatte den wehrlosen Journalisten heute Morgen noch gesehen.

Marten

Seit das Schiff stand, raste sein Kopf. Das konnte nicht wahr sein! Alles wurde über den Haufen geworfen. Der Zeitplan war hinüber. Marten konnte nur hoffen, dass sich der heftige Manövrierunfall bald klärte. Sonst würde die *Poseidonna* zu spät weiterfahren, zu spät das Sperrwerk passieren und zu spät an die Nordsee gelangen. Und Perl würde zu lange dort unten sitzen, zumindest zu lange, um ihm nur einen richtigen Schreck einzujagen.

Als es passiert war, hatte Marten bereits im Schacht gesessen, der das perfekte Versteck war. Es war ein überschaubarer und sicherer Raum, und eine Mulde aus Kabeln auf dem Boden bot eine verhältnismäßig bequeme Sitzgelegenheit, auf der Marten sogar ein paar Minuten eingedöst war. In wenigen Wochen würden hier die Lieferantenaufzüge auf und ab rauschen. Die meterlangen, dicken Stahlseile waren noch ganz blank und hingen bereits von oben herunter, in dreißig Meter Höhe konnte man den Boden der Kabine sehen. Als das Schiff stoppte, hatte die Aufzugmechanik geächzt. Ein unheimliches Geräusch, weil im Raum, der zwar so hoch, aber auch so verdammt eng war, ein merkwürdiges Echo ertönte. Kurz war Marten aus dem Schacht gestiegen und hatte aus einem Fenster geschielt, um herauszufinden, was geschehen war. Er befand sich im mittleren Teil des Schiffes, und genau an dieser Stelle hatte die Seite der *Poseidonna* etwas abgekriegt. Sie war gegen das Werfttor gerammt.

Jemand musste die elektrischen Leitungen von Seitenstrahl- und Pod-Antrieb miteinander gekoppelt haben. Marten wusste, dass so etwas möglich war. Damals, als es mit den Umweltschützern so heftig zur Sache gegangen war, hatten sie im Kollegenkreis spaßeshalber Sabotagepläne gesponnen. Und einer hatte dafür plädiert, die getrennten Stromkreise durch eine relativ einfach zu montierende Zwischenleitung zu koppeln. Der Effekt wäre, so hatte der Kollege prophezeit, dass sich die Motoren, sobald sie einmal gemeinsam zum Einsatz kämen, in Reihe schalten würden. Irgendwie hatte das mit dem elektrischen Widerstand zu tun. Marten war im Gegensatz zu dem fachsimpelnden Kollegen kein Elektroingenieur, sondern Schweißer, er hatte also die physikalische Gesetzmäßigkeit, die dahinter steckte, nicht wirklich begriffen. Doch die Wirkung hatte er verstanden: Der drehbare Hauptantrieb und die Seitenstrahlruder würden sich nur noch gemeinsam schalten lassen, und dies würde für das Schiff bedeuten, dass es sich entweder nur noch im Kreis drehte oder völlig zum Stillstand kam.

Marten war sich fast sicher, dass ein echter Saboteur auf

dieselbe Idee gekommen sein musste. Doch er war sich ganz sicher, dass Wolfgang Grees, der beste Mechaniker der Schmidt-Katter-Werft, sehr bald dahinter kommen würde. Drei Arbeiter an Sicherheitsleinen kontrollierten bereits die äußere Bordwand. Marten erkannte an den Gesichtern und Gesten, dass der Schaden nicht so schlimm sein konnte. Die *Poseidonna* war stabil. Die Fachleute waren kompetent. Wer immer hier sein Unwesen trieb, hatte sich mit den Falschen angelegt. So dumm waren die Werftleute nun auch nicht. Sie kannten die Schwachstellen ihrer Schiffe genauso wie die Dinge, auf die sie stolz waren. Auch Marten hatte immer gewusst, welche Schweißnähte am ehesten zerbersten würden, wenn es eine Kollision geben würde. Mit dem modernen Laserschweißer zogen sie seit einigen Jahren Nähte wie mit dem Lineal. Sah gut aus, ging wesentlich schneller, doch Marten konnte schwören, dass eine Maschine nicht in der Lage war, die Arbeit eines Schweißers in der Qualität zu ersetzen. Nur die kleinen Nischen wurden noch von einzelnen Arbeitern gemacht.

Deutsche Handarbeit. Haha, dass ich nicht lache, dachte Marten. Durch Svetlana hatte er kapiert, wie wenig Arbeit bei Schmidt-Katter wirklich noch von deutscher Hand getätigt wurde.

Svetlana hatte eine Blinddarmentzündung gehabt. Eine lächerliche Blinddarmentzündung, an der heutzutage in Deutschland eigentlich kein Mensch mehr sterben musste. Wie lange brauchen sie im Operationssaal, um das Teil zu entfernen? Zwanzig Minuten? Dann drei Tage Hafersuppe und Tee.

Wenn man versichert ist, ist eine Blinddarmentzündung nicht viel schlimmer als ein gebrochenes Bein.

Doch wenn man, wie Svetlana, illegal in Deutschland ist und keine Krankenkasse hat?

Dass Subunternehmer für Schmidt-Katter tätig waren und dass diese Firmen nicht selten Arbeiter aus Polen oder Russland beschäftigten, war Marten und seinen Leuten schon immer bekannt gewesen, und sie waren ihnen ein Dorn im Auge. Die «Pfennigschwitzer» nannten sie die Trupps, die für weit weniger als die Hälfte ans Gerät gingen. Es gab keinen Kontakt zwischen den Angestellten der Werft und den Ausländern, normalerweise arbeiteten sie an unterschiedlichen Schiffen. Die Deutschen auf den Traumschiffen, die Osteuropäer auf den Reparaturdocks oder den Frachtschiffen, die für Thailand und die Philippinen konstruiert und gefertigt wurden. Die Legalen gingen morgens durch das Tor A oder B, alle etwas zeitversetzt, weil die Schichten zwischen 6.30 Uhr und 8.30 Uhr im Abstand von je einer halben Stunde begannen, damit es bei den Massen von Arbeitern kein Chaos auf dem betriebseigenen Parkplatz gab. Die Illegalen arbeiteten nachts. Wo und wie sie das abgesicherte Werftgelände betraten, wusste so recht niemand, aber man vermutete, sie wurden durch das verdeckt im kleinen Waldstück liegende Tor E eingeschleust. Wie viele es waren, darüber konnten sie nur spekulieren. Es waren nicht wenige, das wussten alle.

Sie hatten mal aufgemuckt, damals, ein Jahr bevor der Großauftrag aus Amerika ins Haus kam und als Schmidt-Katter vierhundert Leute entlassen hatte. Das war fast ein Drittel der gesamten Belegschaft. Man hatte sich damals zusammengetan, weil man Solidarität demonstrieren wollte. «Lasst die verfluchten Subunternehmer weg, die stehlen uns die Arbeit!», hatten Marten und die anderen bei einer betriebsinternen Kundgebung gefordert.

Doch Wolfgang Grees, der damals schon nicht nur leitender Mechaniker, sondern auch Betriebsratsvorsitzender war, hatte ihnen mit ruhigen Worten erklärt, dass die Werft ohne die billigen Arbeitskräfte gleich ganz dichtmachen könnte. «Leute, wenn wir jeden Scheiß von deutschen Fachkräften machen lassen, dann können wir noch nicht einmal mehr eine Luftmatratze auf dem Weltmarkt verkaufen!» Mit hängenden Köpfen hatten die Arbeiter damals klein beigegeben. Irgendwie war sich dann doch jeder der Nächste. Und solange man die «Pfennigschwitzer» nicht sah, brauchte man nicht darüber nachzudenken.

Als Marten dann mitten unter diese Leute geriet, war er sowieso schon aus dem Rennen gewesen. Er hätte gleichgültig sein können, als er Svetlana und ihre Freunde kennen lernte. Doch das Gegenteil war geschehen. Sie hatten in ihm eine Wut ausgelöst, die sich nicht gegen die Familien Adamek, die Familie Majovic, die Familie Janowitz richtete, sondern einzig und allein gegen Schmidt-Katter. Gegen einen Betrüger und verdammten Augenwischer.

Schmidt-Katter betrachtete sich als Vater der Region und faselte in jedem Satz von Familien, Generationen und Zusammengehörigkeit. Wenn es aber drauf ankam, dann war ihm in Wirklichkeit ein Mensch nichts wert. Er hatte Svetlana sterben lassen.

In Martens Augen war Ludger Schmidt-Katter ein Mörder. Svetlana Adamek war zwei Tage lang krepiert. Ihr Vater hatte später erzählt, dass sie vor Schmerzen ohnmächtig geworden war, dass ihr Fieber auf über 42 Grad gestiegen war, bevor sie starb.

Und dass sie nach Marten gerufen hätte. Aber in der Familie und von den Freunden hätte niemand gewusst, wer er war und wo er wohnte oder wie man ihn erreichen konnte. Sie lebten alle zurückgezogen, niemand sollte wissen, dass sie hier in Deutschland waren und in den Docks arbeiteten, ohne Versicherung, ohne Arbeitserlaubnis, ohne irgendwas. Sie wussten nicht, dass Svetlana einen Deutschen kennen gelernt hatte. Vielleicht hätten sie ihr sogar den Umgang mit Marten ausgeredet, wahrscheinlich sogar verboten. Insbesondere, weil er bei Schmidt-Katter gearbeitet hatte. Er war eine Gefahr für die ganze Sippschaft gewesen. Und so hatte Svetlana vergeblich nach ihm gerufen. Erst als es schon viel zu spät war, hatte er an ihrem Bett gestanden, weil er sie besuchen wollte und weil sie nicht zur Verabredung gekommen war. Er hatte nun gewusst, wo sie wohnte, hatte im Mietshaus in der Mörkenstraße auf alle Klingelknöpfe gedrückt und über die Gegensprechanlage nach Svetlana gefragt. Schließlich hatte Robert Adamek die Tür geöffnet, seine roten Augen hatten richtig unheimlich ausgesehen. Statt zu fragen, wer Marten sei, hatte er gleich gesagt: «Sie sind Marten, aber Sie kommen zu spät.»

Der Motor lief wieder. Knapp neunzig Minuten nachdem die *Poseidonna* mit der Seite gegen das Werfttor gerammt war, liefen die Schiffsschrauben wieder ohne auffällige Geräusche. Wolfgang Grees war ein Könner auf seinem Gebiet. Wer immer sich anmaßte, der Schmidt-Katter-Werft mit Sabotage zu schaden, musste erst einmal an diesem Mann vorbeikommen. Die wenigsten wussten, dass dieser Mechaniker im Blaumann der wahre Held dieser Überfahrt war. Er war wesentlich wichtiger als der Kapitän. Sollte die *Poseidonna* sinken, was zumindest in Leda und Ems ohnehin nicht möglich wäre, aber sollte dieses Schiff eines Tages sinken, so würde Kapitän Pasternak in seinem schnieken weißen Anzug schon längst im sicheren Rettungsboot sitzen, während Grees bis zum letzten Augenblick um jede Planke kämpfen würde.

Er hatte es auch jetzt wieder in den Griff bekommen. Er musste die überbrückte Stelle gefunden und das manipulierte Kabel entfernt haben. Und nun schob sich die *Poseidonna* wieder weiter, als wenn nie etwas geschehen wäre.

Wäre Marten gläubig gewesen, so hätte er jetzt ein Dankgebet Richtung Himmel geschickt. Denn anderthalb Stunden Verspätung bedeuteten nicht, dass der Zeitplan allzu sehr ins Wanken geraten war. Perl war nicht in Gefahr.

Carolin

Erst als die *Poseidonna* in voller Länge in der Leda lag, wagte der Kapitän ein erneutes Signal. Lang und majestätisch verkündete es den Menschen auf dem Deich und in den Straßen, dass man das Problem in den Griff bekommen hatte und nun die Reise wirklich losging. Trotz des Nebelhorns konnte man das begeisterte Klatschen und Jubeln von Land her hören. Die Erleichterung stand auf den zahlreichen Gesichtern geschrieben, wie Carolin mit dem Telezoom feststellen konnte. Es wäre ja auch undenkbar gewesen, hätte die *Poseidonna* bereits hier kapitulieren müssen.

Carolin blickte in Fahrtrichtung geradeaus. Noch immer stand sie dort auf diesem unfertigen Balkon von Deck 7. Und Pieter, ein merkwürdiger Typ, ein Saboteur mit Rastazöpfen, mager und blass, aber mit leuchtenden Augen, stand neben ihr und drehte sich eine Zigarette. Carolin hätte sich an seiner Stelle wieder versteckt, aber er schien eine Seelenruhe zu haben.

Carolin verspürte Hunger. Sie wusste, dass dort oben

beim Kapitän ein Frühstück auf sie wartete. Doch sie blieb, wo sie war.

Natürlich hätte sie sich sofort an Ebba John wenden müssen, sie hätte Alarm schlagen müssen. «Hallo, hier ist der Mistkerl, der euch diese Panne beschert hat.» Sie tat es aber nicht. Bislang gab es keinen Grund, ihn ans Messer zu liefern. Das Schiff schien keinen ernsthaften Schaden genommen zu haben. Gut, Sinclair Bess hatte sich vielleicht einen blauen Fleck eingefangen. Aber war das eine Katastrophe? Außerdem war Carolin gespannt, was dieser Pieter zu berichten hatte.

Er hatte bislang nur wenig über seine Motive erzählt. Carolin wusste nur, dass es um den Fluss ging.

Vielleicht gab das, was er erzählen würde, einen Hinweis auf Leifs Verschwinden.

«Bist du jetzt enttäuscht?», fragte sie schließlich, nachdem sich Pieter umständlich die Zigarette angezündet hatte. Es war windig geworden. Zwar gab es kaum Wolken am Himmel, doch einige Böen wehten an Bord und bliesen Carolin die dunklen Haarsträhnen in die Stirn. «Dein Plan hat funktioniert, doch die Schmidt-Katter-Werft ist besser, als du gedacht hast. Ist es nicht so?»

Er lächelte mit einem Mundwinkel. «Es ist schon ein Erfolg, dass die Königin beim feierlichen Auszug gestrauchelt ist. Außerdem bin ich ja noch nicht am Ende.»

«Du hast noch mehr ...»

«Willst du das wirklich wissen?»

«Ich möchte alles wissen! Sind wir in Gefahr?»

«Ja, wir sind in Gefahr. Die ganze Region ist in Gefahr. Aber nicht, weil ich versuche, diese Fahrt zu behindern. Hast du dich über das Projekt hier informiert? Über die Werft und die Vertiefung der Flüsse und die Stauwirkung des Sperrwerkes?»

«Nur ein wenig», musste sie zugeben.

«Früher hatte die Ems eine Fließgeschwindigkeit von 2,5 Knoten und eine Flutdauer betrug sechseinhalb Stunden. Heute reißt sie uns mit vier Knoten den festen Flussboden unter den Füßen weg. Die Flut hat nur noch vier Stunden Zeit, in die Ems vorzudringen, während die Ebbe sich auf acht Stunden verlängert hat. Und der Wahnsinn nimmt kein Ende.» Wenn er sprach, bewegte er seine schlanken Hände, mit denen er die Flussströmung nachahmte. Sie schaute ihm gern dabei zu.

«Aber man hat doch jetzt das Sperrwerk gebaut, um weitere Vertiefungen zu umgehen.»

«Das ist alles Augenwischerei. Die baggern trotzdem immer weiter. Irgendeinen Grund finden sie, zumal sie von allen staatlichen Stellen unterstützt werden. Sie fangen schon Monate vor den Schiffsüberführungen an. Offiziell sind die Arbeiten als Säuberungsmaßnahme getarnt und subventioniert, und dann stauen sie noch zusätzlich. Sie machen uns die ganze Küste kaputt mit dem Mist. Und wenn es mal wieder eine Sturmflut geben sollte, wie beispielsweise in den sechziger Jahren, dann ist hier Land unter.»

Carolin beschlich ein ungutes Gefühl. War es das, was Leif ihr hatte sagen wollen? Aber wenn Pieter davon wusste, so konnte es keine streng geheime Sache sein. Eher ein vertuschtes, verschwiegenes und verdrängtes, aber offenes Geheimnis.

«Warum wendet ihr euch nicht an die regionale Presse?»

Er lachte bitter. «Du kannst dir nicht vorstellen, wie unpopulär eine Meinung ist, wenn sie den Wohlstand der Menschen gefährdet. Und die Zeitungen hier leben auch nur von den Werbeanzeigen der großen Firmen. Wirtschaftlich hängt hier alles direkt oder indirekt an der Schmidt-Katter-Werft. Wenn du sagst: Leute, wir müssen aufpassen, die

Veränderungen an der Ems können in einer Katastrophe enden, dann halten sich alle die Ohren zu.»

«Das Sperrwerk dient doch eigentlich dem Küstenschutz, oder nicht? Ist es nicht als Sturmflutbollwerk errichtet worden?»

«Kann es sein, dass ihr, dich und deinen Kollegen meine ich jetzt, im Vorfeld lediglich von Schmidt-Katter Informationen zugespielt bekommen habt? Und dass ihr euren Job nicht ganz gründlich verrichtet?»

Carolin fühlte sich ertappt. «Hey, ich bin eigentlich nur Fotografin. Und wir sollten über das Schiff berichten, nicht über den Fluss.»

«Als ob das nicht ein und dasselbe wäre!» Er schnaubte verächtlich. Dann schien er sich zu beruhigen und blickte sie von der Seite an. Seine Augen waren eindringlich und klar. Dieser ungewöhnliche Blick verriet etwas über ihn. Er lächelte, dieses Mal mit beiden Mundwinkeln. «Viele Menschen denken so, ich will euch da keinen Vorwurf machen. Aber das Dollartsperrwerk ist in meinen Augen die Verneinung einer Sturmflutsicherung. Einige der wenigen Binnenschiffer, die auf der Ems überhaupt noch fahren können, haben in der Höhe von Coldeborgersiel ein Loch von fast dreißig Meter Tiefe gemessen. So richtig schön neben dem Deichfuß. An dieser Stelle fließt der Strom in einer Art Knieform, und das Wasser trifft im rechten Winkel auf diese Schwachstelle. Und dann wird das Wasser gestaut, das Land ringsherum wird nass wie ein Schwamm, das Unterwasserloch frisst sich mühelos unter den Deich und dann ...»

«... Deichbruch», schlussfolgerte Carolin.

«So ist es. Da nutzt uns dann das modernste Sperrwerk nichts, wenn die Überflutung aus dem Landesinneren kommt. Es ist der reinste Hohn. Fördergelder in Millionenhöhe beschenken uns mit einem hässlichen und gefährlichen Betonklotz, nur damit Schmidt-Katter seine Traumschiffe verkaufen kann.»

Carolin schaffte es endlich, ihren Blick von ihm zu lösen. Doch auch, wenn sie ihm nicht beim Reden zusah und sie nicht die Energie vor Augen hatte, mit der er von seiner Sache sprach, auch dann überzeugten seine Worte.

«Willst du, dass das *Objektiv* darüber schreibt?», fragte sie. «Unser Magazin wird bundesweit gelesen, wir erreichen ein ganz anderes Publikum als die Lokalpresse. Ich habe schon an ähnlich brisanten Sachen gearbeitet.»

Er fasste sie an der Schulter an. «Was würdest du sagen, wenn ich dir erzähle, dass ich ein wenig darauf spekuliert hatte, dass du mir dieses Angebot machst?»

«Ich würde sagen, dass du ganz schön berechnend bist.» Kurz überlegte Carolin, ob diese Begegnung hier vielleicht keinesfalls so zufällig gewesen war, wie es auf den ersten Blick gewirkt hatte. «Aber an diesem Thema ist was dran. Es reizt mich, an solchen Reportagen zu arbeiten. Es reizt mich auf jeden Fall mehr als eine durchgestylte Schmidt-Katter-Hymne.»

«Also?», hakte er nach.

«Also abgemacht. Ich werde versuchen, einen Bericht über den Fluss und eure Umweltorganisation zu bringen. Allerdings brauche ich dazu meinen Kollegen. Wenn du mir versprichst, mir bei der Suche nach ihm behilflich zu sein, und wenn du mir garantierst, dass niemand ernsthaft zu Schaden kommt, werde ich dich decken.»

«Gut, ich verspreche es! Es wird nichts Schlimmes geschehen. Außer vielleicht ...»

«Vielleicht was?»

«Vielleicht ein paar tausend Euro Sachschaden. Aber glaube mir, dass können sowohl Schmidt-Katter wie auch Sinclair Bess ganz gut verkraften.»

Sie musste lachen. Er gefiel ihr. Sie war bei ihrem Job schon oft Menschen begegnet, die sich für eine Sache einsetzten. Und sie mochte diese Kämpfer gern, sie bewunderte sie sogar ein bisschen. Doch Pieter war bislang der Erste gewesen, der sie so schnell und mit so wenig Worten hatte überzeugen können. Allein mit der Kraft seiner Augen und der Bewegung seiner Hände hatte er sie für sich gewonnen. Sie würde das Risiko eingehen und sich auf seine Geschichte einlassen. «Bist du allein, oder sind noch mehr von deiner Sorte an Bord?»

«Ich bin allein.»

«Und ich kann dir vertrauen?»

Wieder fingen seine Augen ihre Aufmerksamkeit ein. «Wovor hast du Angst? Ich glaube, dass ich von dir viel mehr zu befürchten habe, als du von mir. Du könntest mich auffliegen lassen. Schmidt-Katter und die anderen würden dir einen Orden dafür verleihen. Aber ich vertraue dir, dass du es nicht tust. Also, was soll deine Frage?»

Sie schwieg. Nach einer Minute entfernte sie sich von der Reling und steckte das Diktiergerät in die Hosentasche. «Also dann ... Wir werden uns zuerst neue Batterien besorgen und dann gemeinsam die Aufnahmen meines Kollegen abhören. Vielleicht hilft uns das weiter. Wir können uns über den Balkon in die Kabine meines Kollegen hangeln. Das habe ich vorhin auch gemacht. Es ist nicht so schwer.»

«Aber vorhin stand die *Poseidonna* still, oder nicht? Inzwischen sind wir in Fahrt, da wird es nicht mehr so einfach werden, sich an der Außenwand zu halten.»

Carolin nickte. «Dann müssen wir eben vorsichtig sein. Wenn sie uns beide gemeinsam entdecken, werden wir uns eine ziemlich gute Geschichte einfallen lassen müssen.»

«Ich könnte dir noch einen anderen Weg zeigen. Nur für

den Fall, dass du dich auf deiner Suche nach deinem Kollegen mal unbemerkt fortbewegen willst ...»

«Meinst du, das wird nötig sein? Ich komme mir vor wie eine Spionin.»

«Es kann nicht schaden.»

«Also?»

«Die Lüftungsschächte!», antwortete Pieter. «Dort werden wir sicher niemandem begegnen.»

«Ich habe einen katastrophalen Orientierungssinn. Wir werden vielleicht nie wieder zurückfinden.»

Er schmunzelte. Ein bisschen erinnerte er sie an Leif, dieses überlegene Grinsen, dieser wissende Blick. Er sah nur wesentlich netter damit aus. «Mach dir keine Sorgen, ich kenne das Schiff. Ich habe mir eine Taschenlampe mit an Bord geschmuggelt, wir werden uns also bestens zurechtfinden. Kannst du klettern?»

«Mein zweiter Name ist *Catwoman*!»

«Schmidt-Katter weiß, dass sein Betrieb von der Gunst der Macht habenden Politiker abhängt. Nicht nur auf der Landesebene, sondern bundesweit. Er empfängt gern Minister, Kanzler, Präsidenten, und er nimmt dankend deren Subventionsversprechen ab. Er sucht sich auch die Presseleute aus, die er an Bord lässt, damit die Berichterstattung so ausfällt, wie er es gern hätte. Alle leitenden Angestellten sind instruiert, die Werft gezielt nur im besten Licht zu präsentieren, damit die Öffentlichkeit sich auch weiterhin mit dieser Firma identifiziert. Denn als großzügiger Arbeitgeber, der um seine Belegschaft kämpft, sich sorgt und sich für sie einsetzt, wird Schmidt-Katter zum Hoffnungssymbol für das ganze Land. Und jeder Politiker, der ihn fördert, hat ein Stein im Brett bei den Menschen, die die Angst vor der Arbeitslosigkeit kennen. Und das sind heutzutage nicht wenige, und sie sind automatisch Wähler. So einfach ist das Prinzip. Und da schließt sich der Kreis. Jeder profitiert von jedem, solange das Bild der Werft makellos ist ... solange das Bild makellos ist.» Man hörte Leifs typisches Schnauben.

Carolin drückte die *Stop*-Taste.

Pieter lag lang ausgestreckt auf der hässlichen Tagesdecke. Er schien hundemüde zu sein. Der Gang durch die Lüftungsschächte war anstrengend gewesen, zudem hatte er die letzte Nacht in einem Rettungsboot verbracht und dementsprechend wenig geschlafen. Eigentlich hatte er nur kurz mit in die Kabine gewollt, er hatte ihre Toilette benutzt und ein wenig Wasser aus der Leitung getrunken. Carolin hatte ihm angeboten, ihr Bett zu nutzen, während sie die neuen Batterien in den Recorder bastelte und die Aufnahmen anhörte. Er hatte zwar abgelehnt, war aber keine zehn Sekunden später doch in die Waagerechte gefallen.

Carolin saß am Schreibtisch und starrte dankbar auf das Diktiergerät. Die Aufnahmen waren noch drauf, Gott sei Dank. Zwar spielte das Gerät nur noch in minimaler Lautstärke und man musste sich wirklich anstrengen, alles zu verstehen, doch wenigstens konnte man Leifs Sätze, abgesehen von ein paar Sprüngen, noch komplett abspielen. Die ersten fünf Tracks hatten Leifs mündliche Notizen und einige Gespräche mit verschiedenen Personen auf dem Champagnerempfang wiedergegeben. Belangloses Honigum-den-Mund-Geschmiere von Schmidt-Katter, Wolfgang Grees, Mrs. Sinclair Bess. «Hach, wir sind alle so stolz, es wird herrlich werden, das Wetter ist optimal, das Schiff eine Pracht ...»

Und dann, bevor Carolins Testaufnahme losholperte, ein Monolog aus Leifs Mund, gut verständlich in anscheinend nüchternem Zustand aufgesprochen. Carolin spielte diese

Aufnahme bereits zum zweiten Mal ab. Er unterstellte allen Beteiligten einen Komplott aus Unehrlichkeit und Machtgier. Klang nach Carolins Geschmack etwas platt und haltlos. Zumal er es nicht auf den Punkt brachte und den Beweis für berechtigtes Misstrauen schuldig blieb. Natürlich betrieb eine Werft dieser Größe Public Relations dieser Art, daran war nichts Unmoralisches zu erkennen. Und dass hinter den Kulissen eben nicht alles eitel Sonnenschein sein konnte, würde ohnehin jeder ahnen. Sicher gab es auch hier Subunternehmer, die Billiglohnkräfte aus Osteuropa arbeiten ließen. Und dass Pieter mit seinen berechtigten Sorgen um die Natur auch nicht gerade ein gutes Licht auf die Arbeit Schmidt-Katters warf, leuchtete ebenfalls ein. Doch nichts davon war Grundlage genug, dass Leif etwas Großes, etwas Empörendes zu präsentieren gehabt hätte. Doch genau das hatte er gestern Abend angedeutet: «Im Nordwesten werden alle Kopf stehen.» Das hatte er gesagt. Leider war nichts von dem Unheil auf dem Mini-Disc-Recorder. Nichts. Frustriert ließ Carolin das Gerät sinken.

Hatte sich die Anstrengung gelohnt, nach diesem Teil hier zu fischen? Nur, damit sie sich Leifs Vermutungen und Unterstellungen anhören konnte? Nun, sie hätte ihren neuen Komplizen nicht getroffen. Sie blickte zu Pieter. Er war eingeschlafen, lag auf dem Bett und atmete tief und entspannt. Es wäre ein Leichtes, ihn nun auszuliefern. Er hatte ein ganz ruhiges Gesicht, wenn er schlief. Vorhin, als er ihr die Sache mit dem Loch im Flussbett erzählt hatte, schien seine Energie auf sie übergegangen zu sein. Carolin hielt sich für eine engagierte Fotografin. Doch es ging ihr bei der Arbeit in erster Linie darum, mit den Bildern Aufmerksamkeit zu erlangen. Es war nicht ihr Ding, sich mit den Themen auseinander zu setzen. Eigentlich ging das zu weit. Doch Pieter machte es einem schwer, gleichgültig zu bleiben.

Es klopfte an der Kabinentür. Carolin zuckte zusammen.

«Miss Spinnaker? Are you here?»

Sinclair Bess' Rufen und Pochen war dank der lärmresistenten Tür nur dumpf zu hören. Was wollte er hier? Gut, er wohnte beinahe nebenan, vielleicht hatte er sich nach dem Sturz in seiner Luxuskabine etwas erholt und wollte nun sein Versprechen wahr machen. Sightseeing with Mr. Bess.

«Ich weiß, Sie sind da, bitte, machen Sie auf. Wir wollten doch mein Baby anschauen.»

Carolin blickte sich schnell um und versuchte Pieter wachzurütteln. Keine Chance. Noch nicht einmal seine Augenlider zuckten. Sollte sie so tun, als sei sie nicht da?

Carolin dachte an die Gespräche auf dem Diktiergerät. Es war Leif gelungen, von etlichen Leuten eine Aussage zu speichern. Doch Sinclair Bess war ihm nicht vor das Mikrophon gekommen. Und vielleicht hatte gerade er eine Aussage parat, die Carolin von Nutzen sein konnte. Sie konnte sein Angebot nicht ausschlagen, gemeinsam das Schiff zu begutachten. Auf diese Weise konnte sie zudem unauffällig und doch effizient nach Leif suchen. Vielleicht ließ Sinclair Bess sogar einen Satz fallen, der ihr einen Hinweis geben würde, was mit Leif geschehen war. Wo sie ihn suchen musste. Auch wenn sie nicht wirklich glaubte, dass der Amerikaner damit etwas zu tun haben könnte.

«Just one minute, Mr. Bess!»

Sie warf die eine Seite der Tagesdecke über Pieter. Er war sehr schmal, man konnte ihn kaum ausmachen unter dem wattierten Bettüberwurf. Sie legte den Seesack daneben, er lenkte von Pieters Umrissen ab.

Obwohl er noch immer im Tiefschlaf zu sein schien, flüsterte sie ihm zu: «Ich bekomme gerade Besuch. Halt dich ruhig, ich werde ihn bald observieren. Bin dann gleich wieder da. Bleib, wo du bist, okay?» Er nickte kaum merklich, und sie schob eines der voluminösen Kissen vor sein Gesicht, sodass er in dem Wulst aus Tasche, Bett und Stoff so gut wie verschwunden war.

Dann packte sie das Diktiergerät in die Knietasche ihrer ausgebeulten Arbeiterhose und ging zur Tür. «Mr. Bess, geht es Ihnen wieder besser?» Sie öffnete nur einen Spaltbreit. Sinclair Bess stand fröhlich grinsend davor.

«Ein Indianer kennt keinen Schmerz, sagen Sie doch in Germany immer. Ein lustiger Satz, ein Indianer kennt keinen Schmerz. Sie waren nicht beim Frühstück, und da habe ich mir Sorgen gemacht, ob es Ihnen vielleicht nicht gut geht.» Er hielt ihr einen mit Schinken und Käse belegten Croissant entgegen.

«Danke, es geht mir gut!» Carolin nahm das Gebäck entgegen und biss eine Ecke ab, obwohl ihr die Aufregung auf den Magen schlug. Sie fragte sich nervös, ob der Amerikaner ihren heimlichen Gast in der Kabine bemerkte. «Ich warte noch immer auf meinen Kollegen. Er ist heute noch nicht aufgetaucht.»

«Ich habe das vorhin mit einem halben Ohr mitbekommen. Machen Sie sich Sorgen?»

Ja, Carolin machte sich Sorgen. Doch sie hielt es für besser, diese Tatsache für sich zu behalten. «Er ist ein erwachsener Mann und auf dem Schiff kann man ja nicht so schnell verloren gehen, oder? Wollen wir los? Warten Sie, ich hole meine Kamera.»

Kaum war sie aus der Tür getreten, schob er einen Fuß in die Kabine und blickte sich neugierig um. «Sweet colour!»

«Ja, ich bin auch sehr zufrieden mit meiner Kabine. Wollen wir los?»

«Die Bettdecke ist aus reiner Seide!» Er machte Anstalten, seine dicken Finger auf den zerwühlten Überwurf zu legen. Carolin nahm schnell seine Hand in die ihre, als seien sie miteinander vertraut. Gleichzeitig schob sie sich zwischen Sinclair Bess und den verräterischen Hügel der Bettdecke.

«Das fühlt man sofort, Mr. Bess. Und nun bin ich gespannt auf das Atrium!»

«O ja, das Atrium. Ich werde es Ihnen zeigen. Leider sind die Aufzüge noch nicht in Betrieb, wir müssen also laufen. Aber ich kenne eine Abkürzung. Trotzdem, ich bitte Sie, junges Fräulein, machen Sie nicht so schnelle Schritte, ich bin ein alter, dicker Mann und komme schnell aus der Puste!»

«Sie können hervorragend Deutsch, Mr. Sinclair, *aus der Puste kommen* ist wirklich gut!» Sie schob ihn sanft in den grauen Flur zurück und schaute sich um. Pieter regte sich nicht. Sie schloss die Kabinentür hinter sich zu und lief neben dem Millionär den Flur entlang.

«Mein Vater hat in Heidelberg studiert und dort meine Mutter kennen gelernt.»

«Ach, Ihre Mutter ist Deutsche?»

«Nein, sie kommt aus Togo, was zur Zeit ihrer Geburt noch deutsche Kolonie in Afrika war. Nach dem Ersten Weltkrieg gehörte es zu Frankreich. Also sprach meine Mutter französisch, als sie 1950 nach Heidelberg kam, und natürlich deutsch, aber kein Wort englisch. Sie hat mit meinem Vater nur deutsch gesprochen, mit mir französisch, und mein Vater sprach englisch mit mir. Ich bin dreisprachig aufgewachsen. Und das hat mir sehr gut getan.»

«Aber ich dachte immer, Sie seien in den Slums aufgewachsen!»

«Schöne Geschichte, nicht wahr? Stimmt aber nicht ganz. Wir haben zwar am Stadtrand gelebt und die Slums konnte man in fünf Minuten zu Fuß erreichen, aber bei uns zu Hause war immer genug zu essen, warmes Wasser und ein weiches Bett.»

«Also ist diese American-Dream-Story eine Seifenblase?»

«So funktioniert das, Mädchen. Die Leute fahren mit einem guten Gefühl auf meinen Schiffen über die Ozeane, weil sie denken: Ich kann das machen! Ich kann mir das leisten! Jeder Mensch, der nur hart genug für seine Ziele kämpft, kann sich so etwas leisten! Denn sie sehen mich und denken an mein rührendes Schicksal und haben ein gutes Gewissen, wenn sie ihr Geld auf luxuriösen Kreuzfahrten ausgeben, statt es den Bedürftigen zu geben. Sie sagen: Hey, der Sinclair Bess war auch eine arme Sau und hat es geschafft, und dabei ist er auch noch schwarz! Er hat es verdient, dass ich auf seinem Schiff fahre.»

«Das ist zynisch!»

«Yeah, das ist es. Dies ist auch einer der wichtigsten Gründe, warum Schmidt-Katter meine Schiffe baut. Er ist ein ähnlicher Typ. Er steht auch für Integrität.»

Er zwinkerte ihr zu. Sinclair Bess humpelte ein wenig, aber Carolin hatte stark den Verdacht, dass er übertrieb und gern Theater spielte. Obwohl er schon ein seltsamer Kauz war, fand sie ihn keineswegs unsympathisch. Carolin hakte sich bei ihm unter. Sie ließen die Zwischentreppe rechts liegen und gingen durch eine schwere Tür, auf der ein Durchgangsverbot in acht verschiedenen Sprachen geschrieben stand. Immerhin, die Verbotsschilder waren also schon montiert. Der Raum, den sie nun betraten, war niedrig und sehr lang gezogen. An der einen Wand waren zehn Waschbecken montiert, darüber Spiegel, die von lose herumhängenden Kabeln gesäumt waren. Gegenüber reichten die Schränke bis zur Decke. «Ist das der Umkleideraum für die Schauspieler?», fragte Carolin.

«Nicht ganz», sagte Sinclair Bess schnaufend, während er sich durch eine breite Doppeltür schleppte. Dahinter war ein merkwürdiger Raum, ebenso schmal und lang, jedoch ohne Mobiliar, zudem gab es keine Decke, stattdessen einen Blick auf ein grandioses Gewölbe über ihnen.

«Der Orchestergraben!», erkannte Carolin nun. «Und die Umkleide eben war für die Musiker.»

«Man kann den Boden hier auch nach oben fahren, dann ist die Bühne größer. Wenn Celine Dion auf der Jungfernfahrt *My heart will go on* singen wird, werden wir die Band nach hinten setzen und die Künstlerin kann diesen Platz hier nutzen. Wir haben ein komplettes Sinfonieorchester, Top-Musiker aus ganz Europa.»

Carolin bestieg, die Nikon im Anschlag, eine kleine Betontreppe, von der sie auf die Bühne gelangte. Celine Dion würde sich hier würdig untergebracht wissen. Plüschiger, flaschengrüner Samt spannte sich an den Wänden, eingerahmt von vergoldeten Zierleisten. Über den Publikumssitzen, es mussten gut zwanzig halbrunde Sesselreihen sein, schwebte ein ausladender Kronleuchter. Auch die Bühnenbeleuchtung war bereits angebracht, unzählige große und kleine Strahler hingen über der Bühne wie ein künstlicher Sternenhimmel. Sie musste an Leif denken. Er hatte während der Autofahrt von diesem Saal geschwärmt und sämtliche technische Daten aufgesagt. Es war schade, dass er bei diesem Rundgang nicht dabei war. Vielleicht hätte er auch genervt, weil er wieder versucht hätte, ihr das richtige Fotografieren zu erklären oder sonst etwas Belehrendes von sich zu geben. Aber es hätte ihm gut gefallen.

Carolin knipste Sinclair Bess, der auf der Bühne stand wie Louis Armstrong persönlich.

«Halten Sie mich für fotogen?», fragte Sinclair Bess.

«Das wissen Sie doch genau, Mr. Bess. Und auf dieser Bühne erst recht.» Sie merkte, dass ihm das Ablichten Spaß machte, und drückte noch ein paar Mal auf den Auslöser. Sinclair Bess machte eine lange Nase, schielte und setzte sich in Entertainerpose. «Und was wird, Ihre kleine Showeinlage ausgenommen, das erste Stück sein, das aufgeführt wird?»

«Sie werden lachen!»

«Warum werde ich lachen?»

«*Tod auf dem Nil* von Agatha Christie.»

«Ausgerechnet das? Ist das ein gutes Omen für die Jungfernfahrt?»

«Ich liebe Kriminalstücke, meine Frau liebt Agatha Christie. Und welches Stück würde besser an Bord eines Kreuzfahrtschiffes passen, Omen hin oder her?»

«Eine Tote und jede Menge Verdächtige, eingeengt auf einem schicken Schiff ...»

Carolin hob erneut die Kamera, aber Sinclair Bess winkte ab.

«Nun knipsen Sie nicht den ganzen Film voll. Das Beste kommt jetzt! Schauen Sie, von hier aus gelangen wir ins Atrium!» Sinclair Bess schob sich durch die Reihen. Sein massiger Körper passte kaum in den schmalen Gang des Theaters, der mit leichter Schräge nach oben Richtung Ausgang führte. Vor der verzierten Holztür blieb er stehen und griff zum Handy. «Ich muss erst dafür sorgen, dass alles perfekt ist. Ich habe alles organisiert», flüsterte er aufgeregt. Dann zischelte er Anweisungen in das Gerät und lächelte, als er das Telefon zurück in die Sakkotasche gleiten ließ. «Darf ich Ihnen die Augen zuhalten?»

«Warum?»

«Well, ich bin eben ein verrückter Amerikaner. Ich möchte Sie überraschen mit dem phantastischen Anblick, der sich Ihnen gleich bietet. Und aus diesem Grund müssen wir erst ein paar Schritte gehen, bis Sie direkt an der Brüstung stehen. Und dann dürfen Sie gucken!» Er kicherte ein wenig.

«Meinetwegen!», sagte Carolin und schloss die Augen. Die verschwitzte Hand des Amerikaners legte sich über ihren Nasenrücken. Sie gingen ein paar Schritte. Carolin hatte schon oft davon gehört, dass blinde Menschen mit den ihnen noch zur Verfügung stehenden Sinnen die Größe, die Beschaffenheit ihrer Umgebung beinahe genauso erfassen können wie Sehende. Und in diesem Moment konnte sie diese Eindrücke nachempfinden. Die Haut ihrer Arme ertastete einen offenen, riesigen Raum, ihre Ohren nahmen ein leises Plätschern und dessen tausendfaches Echo aus allen Richtungen wahr. Es roch und schmeckte nach frischer Seeluft und geschliffenem Stein.

Schließlich fühlten ihre Hände eine kühle, glatte Oberfläche, an der sie sich festhalten konnte. Sinclair Bess nahm seine Hand langsam von ihrem Gesicht. Doch Carolin ließ die Augen geschlossen, sie wollte noch ein wenig auf die andere Art und Weise sehen können.

«Voilà!», sagte Sinclair Bess.

Der Anblick war überwältigend. Sie standen auf einem ovalen Vorsprung auf halber Höhe des Atriums. Über ihnen spannte sich eine Glaskuppel, durch die man den graublauen Himmel Ostfrieslands erahnen konnte. Mitten im Raum schien eine luftige Skulptur zu schweben, weiß und leicht. Obwohl sie aus massivem Marmor war, wirkte sie schwerelos. Es war eine filigrane Frau mit endlosen Haaren und einem Fischschwanz, dessen Schuppen perlmuttfarben glänzten. Die Poseidonna, fiel es Carolin ein. Poseidon, der Gott des Meeres, und Donna, die schöne Frau, vereint zu einer makellosen Königin der Wellen. Unter ihrer Flosse reichte das Wasser der Fontäne bis auf wenige Zentimeter heran. Ein gutes Dutzend spindeldürrer Strahlen, die sich kerzengerade vom Boden bis hierherauf erhoben und farbig beleuchtet wurden. Wenn man genau hinschaute, erkannte man die durchsichtigen Röhren, durch die das Wasser lief, bis es sich, oben bei der Statue angekommen, zum geleiteten Sturz in die Tiefe beugte. Unsagbar kitschig, wenn man es genau nahm. Aber auch grandios gemacht. Kein einziger Spritzer fiel daneben und machte die weißen Säulen nass, die ringsherum standen. Die glitzernden Tropfen folgten artig dem für sie vorgesehenen Weg nach unten und landeten wieder im Brunnen am golden schimmernden Boden des Atriums.

Aber was war das für ein seltsamer Fleck in der Mitte? Eine rot umflossene Gestalt. Erst dachte Carolin, auch dieses wäre eine Skulptur, ein Kunstwerk. Aus irgendwelchen nicht nachvollziehbaren Gründen, dachte sie, hatte ein Innenarchitekt einen grausam verrenkten Körper auf den Boden des Springbrunnens platziert. Es dauerte eine ganze Weile, bis sich ihre Augen von der übertriebenen Pracht dieses Raumes losreißen konnten und erkannten, dass dort unten im Wasser ein Toter lag.

Carolins kurzer Aufschrei wurde von den vielen Stockwerken, den halbrunden Balkonen und der gläsernen Balustrade zurückgeworfen, sein Echo füllte das Atrium.

Sie schaute nicht weg. Sie führte ihre Kamera ans Auge und drückte den Auslöser. Es klackte. Immer, wenn sie in ihrem Job an die Grenzen stieß, so wie in diesem Moment, war sie dankbar für das vertraute Geräusch ihrer Nikon.

Bis Sinclair Bess dem Objektiv der Kamera folgte und ebenfalls zum Boden blickte. Sein Entsetzen war lauter. Carolin konnte nichts verstehen, kein Wort, sie war nur damit beschäftigt, das Teleobjektiv, welches noch immer auf der Nikon steckte, ganz weit auszufahren und schließlich die tote Gestalt dort unten ganz nah heranzuzoomen. Sie konnte erkennen, dass die Beine im unnatürlichen Winkel vom Körper abstanden und dass ein bandagierter Arm viel zu weit aus dem Ärmel des Hemdes ragte. Der Kopf war scheinbar unversehrt, das blutige Brunnenwasser verfärbte den Blick auf das Gesicht, eine dunkelrote Lache schwamm über die Augen, die noch geöffnet waren.

Es sah aus, als läge Wolfgang Grees dort unten und richtete den leeren Blick auf die Pracht seines Schiffes.

Marten

Wolfgang Grees war tot. Selbst im Fahrstuhlschacht, in dem Marten auf der Kabelmulde eingenickt sein musste, konnte man die Aufregung hören, die von einem Moment auf den anderen das Schiff erfüllte.

Die Tatsache, dass der Mechaniker in die Tiefe gestürzt war, machte alles anders. Marten wünschte, er wäre in Leer von Bord gegangen. Welcher Teufel hatte ihn nur geritten, dass er mit auf die Reise gegangen war. Jetzt, wo es einen Toten gegeben hatte, würde es fast unmöglich sein, unerkannt von Bord zu kommen. Die Chancen waren minimal. Man würde ihn sofort verdächtigen, Wolfgang Grees über das Geländer gestoßen zu haben. Und das zu Recht. Er hatte Perl eingesperrt und somit eine kriminelle Handlung begangen. Es würde ihnen leicht fallen, aus ihm auch einen Mörder zu machen. Wer würde ihm die Wahrheit glauben? Jetzt durfte er niemandem mehr begegnen. Sonst wäre alles vorbei.

Es gelang Marten, sich über seine geheimen Wege durch die Klimaräume bis zur Brücke vorzuwagen, ohne dass jemand seine Gegenwart zu bemerken schien. Nun hockte er, lediglich durch die Wandverkleidung von der Kommandozentrale getrennt, auf einem winzigen Fleckchen und konnte durch die schmalen Ritzen der Lüftungsanlage das

Geschehen beobachten. Sein Herz raste, und er hatte Sorge, dass er durch das Rauschen in seinen Ohren nur die Hälfte dessen verstehen konnte, was sich die Herrschaften dort zu erzählen hatten.

«Wir können unmöglich Halt machen. Die Wettermeldungen haben bis heute Abend einen heftigen Sturm vorausgesagt.» Es war Kapitän Pasternak, der diesen Satz sagte.

Schmidt-Katter reagierte sofort. «Einen Sturm? Das kann nicht sein!»

«Sie haben das Unwetter eigentlich für Nordfriesland angekündigt, wir sind selbst ziemlich überrascht. Aber das konnte kein Mensch ahnen!»

«Pasternak, die Sonne scheint, schauen Sie selbst!»

«Ich weiß. Wenn man jetzt aus dem Fenster blickt, will man es kaum glauben, aber der Wind hat in den letzten neunzig Minuten um zwei Stärken aufgefrischt. Kein gutes Zeichen. Bis heute Abend haben wir vielleicht das Jüngste Gericht hier an der Küste. Wenn wir bis dahin nicht das Sperrwerk passiert haben, wird ein Unglück geschehen!»

Der Kapitän war ein Mann, der immer einen klaren Kopf behielt, sich in Sekundenschnelle alle Gegebenheiten vor Augen führte und dann abwägen musste, wie man eine verfahrene Situation in den Griff bekam, ohne dabei zu viel Schaden anzurichten. Doch was er hier in diesem Augenblick vorschlug, war an Abgebrühtheit nicht zu überbieten.

Schmidt-Katter hingegen saß vornübergebeugt auf einem Ledersessel und sah noch kleiner aus, als er ohnehin schon war. «Entschuldigen Sie, Pasternak, aber unser Erster Mechaniker ist ums Leben gekommen. Wir müssen die Polizei verständigen. Wie stellen Sie sich das denn vor? Sollen wir erst in Eemshaven Bescheid geben, dass wir einen Todesfall haben?»

«Ja, so stelle ich mir das vor!», sagte der Kapitän unbeirrt.

Marten hatte den Mann in der schneeweißen Uniform genau im Blickfeld. Pasternak wich nicht von seiner Fahrtroute ab, er verlangsamte noch nicht einmal das Tempo.

«Aber ...»

«Wir legen Grees in die Kühlräume, und kurz vor dem Ziel legen wir ihn wieder genauso hin, wie er gefunden wurde. Dann kann die Polizei ihre Untersuchungen aufnehmen.»

Nun sprang Schmidt-Katter auf. «Sie sind verrückt! Das können wir nicht machen.»

Kurz blickte der Kapitän ihn an. «Entschuldigen Sie, aber in diesem Moment sind wir in Fahrt, und aus diesem Grund treffe ich als Kapitän hier die Entscheidungen. Es liegt in meiner Verantwortung, das Schiff unbeschadet an sein Ziel zu bringen. Schlimm genug, dass wir die kleine Unfallmacke an der Seite haben. Aber wenn wir jetzt einen Stopp machen und die Polizei an Bord kommt, werden wir mit der *Poseidonna* in dieses verdammte Unwetter geraten. Und das wird sie nicht nur mit einer kleinen Macke überstehen!»

Man konnte Schmidt-Katter sogar durch das Lüftungsgitter ansehen, wie sehr es in seinem Hirn arbeitete. Natürlich hatte Jelto Pasternak auf seine Weise Recht. Eine Sturmflut bei gestautem Flusswasser, heftige Winde aus Westen, wahrscheinlich noch Niederschlag, der einem jegliche Sicht nahm ... Selbst ein geübter und erfahrener Kapitän wie Pasternak würde kaum eine Chance haben, ein Schiff in dieser Größe noch manövrierfähig zu halten. Und die *Poseidonna* konnte nicht wenden, konnte nicht zurück in den Hafen fahren, weil sich das Flussbett bei der Durchfahrt des Ozeanriesen mit Schlick voll saugt und nicht mehr genügend Tiefgang hat. Es ging also nur noch Richtung Meer, und wenn seine Prognosen stimmten, blieb dafür wenig Zeit.

«Können wir nicht einfach hier liegen bleiben, bis der Sturm vorbei ist?», fragte Schmidt-Katter kleinlaut. Er kannte mit Sicherheit selbst die Antwort. Eine zu lange Stauung des Flusses würde die Deiche aufweichen, man riskierte eine Überflutung des Umlandes, wenn man die Fahrt verzögerte. Das Sperrwerk aus diesem Grund jetzt schon zu öffnen und erst nach Beruhigung des Wetters erneut zu stauen wäre ebenfalls nicht machbar. Ohne genügend Wasser unter dem Kiel würde die *Poseidonna* zur Seite kippen und vielleicht sogar kentern. Es ging nicht, und niemand machte sich die Mühe, dem verzweifelten Werftleiter diese Tatsache zu erläutern. Er wusste es selbst.

«Diese verrückte Panne eben am Werfttor hat uns bereits wertvolle Stunden gekostet. Wenn wir nun noch mehr Zeit verlieren …» Pasternak fuhr demonstrativ die Geschwindigkeit ein wenig hoch. «Erinnern Sie sich an das gekenterte Schiff in Bremerhaven? Es wurde bei einem Orkan in Schräglage gedrückt und hatte keine Chance. Drei Monate haben die Kollegen zur Bergung gebraucht, ein ganzes Jahr zum Beheben der dabei entstandenen Schäden. Die Werft, die diesen Unfall verbockt hat, konnte gleich Insolvenz anmelden. Wollen Sie das auch, lieber Schmidt-Katter?»

Dieser gab keine Antwort, stattdessen hielt er seinen Kopf in den Händen und brütete vor sich hin.

«Wohl kaum», antwortete Pasternak selbst. Danach schwiegen beide Männer einige Minuten.

Marten wusste, dass noch andere Personen im Raum waren, doch er konnte von seinem Posten aus nur einen eingeschränkten Winkel überblicken.

«Und was ist mit diesen Journalisten?», fragte eine Stimme, die Marten unbekannt war.

«Momentan ist diese Fotografin unter Ebba Johns Fittichen», sagte Schmidt-Katter.

Eine weitere unbekannte Stimme meldete sich zu Wort. «Genau wie Sinclair Bess. Die beiden hatten einen Schock. Zwar hat diese Frau Spinnaker ein paar Minuten wie irre geknipst. Doch dann begannen ihre Hände zu zittern, wir haben ihr die Kamera abgenommen und sie und den Alten auf die Station bringen lassen.»

«Ist Doktor Perl wieder aufgetaucht?», hakte Schmidt-Katter nach.

«Nein, ist er nicht. Wir haben ihn schon überall gesucht. Meine Männer hatten die Anweisungen, die Augen offen zu halten. Doch wir vermuten, er ist gar nicht erst an Bord gegangen. Unsere Mitarbeiterin hatte gestern, als die Belegschaft von Bord gegangen war, alle Ankommenden kontrolliert und die Besucherausweise ausgegeben. Laut ihrer Aussage war Herr Perl nicht dabei.»

«Es war aber abgemacht, dass der Arzt an Bord sein würde! Wer kümmert sich nun um Sinclair Bess? Ein Schock ist keine harmlose Sache.»

«Frau John hat als Stewardess auch einige Kurse in erster Hilfe belegt. Sie ist eine zuverlässige Frau, sicher wird sie in der Bordapotheke das Richtige finden, um die beiden wieder hochzupäppeln.»

«Und die Fotos?»

«Wir haben den Film vernichtet.»

«Und was wollen wir ihr sagen?»

«Wir werden ihr sagen, dass sie die Kamera fallen gelassen hat. Ich glaube nicht, dass sie sich noch an alles erinnern kann!»

«Und wenn doch?»

«Ebba John sagte, sie würde ihr etwas zur Beruhigung geben.» Einige Sekunden schwiegen die Männer im Raum, dann fügte die Stimme, die anscheinend einem der Sicherheitsmänner zuzuordnen war, an: «Wir können uns auf

Frau John verlassen. Die Fotografin wird uns die Story mit dem fallen gelassenen Fotoapparat abnehmen!»

«Sehr gut!», sagte Schmidt-Katter. Er schien sich wieder zu fangen und stand auf, ging ein paar Schritte weiter nach rechts und war aus Martens Blickfeld verschwunden. Stattdessen trat der Mann mit der unbekannten Stimme nach vorn. Leider stand er mit dem Rücken zur Wand, doch an seiner Kleidung konnte Marten zumindest erkennen, dass es sich um einen Mann von der Security handeln musste.

«Was ist mit dem Schreiberling?», fragte der Kapitän.

«Der ist schon gar nicht mehr mit von der Partie», antwortete der Sicherheitsmann.

«Was heißt das?»

«Es heißt, was es heißt. Wir haben ihn ruhig gestellt.»

Jelto Pasternak schaute nur kurz verwundert zu dem Unbekannten hinüber und verzog das Gesicht. «Ich habe gleich gesagt, dass wir keine Presse an Bord nehmen sollen. Das haben wir nie getan, und wir sollten auch in Zukunft darauf verzichten. Das hier ist keine Vergnügungsfahrt.» Dann konzentrierte sich der Kapitän wieder hundertprozentig auf die Strecke.

Marten schaute auf seine Uhr. Es war kurz vor zehn. Wenn man die Verspätung, die durch die Karambolage verursacht worden war, in den bekannten Zeitplan einrechnete, so müsste nun die Stelle kommen, an der die Leda in die Ems mündete. Ein spitzer Winkel mit tückischem Fahrwasser lag vor dem Schiff. Obwohl der Flusslauf an dieser Stelle im Vorfeld bereits an die Größe der *Poseidonna* angepasst worden war und man den Wendekreis plus Tiefgang vergrößert hatte, würde Jelto Pasternak die nächste Dreiviertelstunde seine ganze Aufmerksamkeit dem Manöver schenken müssen. Er hantierte konzentriert am Joystick, und jedem auf der Brücke musste klar sein, dass zumindest zu diesem Zeitpunkt jegliche Diskussion als beendet anzusehen war.

Der Erste Maschinist und langjährige Betriebsratsvorsitzende war tot. Allem Anschein nach aus mehreren Stockwerken Höhe auf den steinernen Brunnenboden geknallt. Aus welchem Grund auch immer.

Und trotzdem fuhr die *Poseidonna* weiter, unbeirrt, beinahe stur.

Am Freitagnachmittag gegen halb drei war Svetlana Adamek gestorben.

Am Abend gegen halb acht zog sich Robert Adamek den hellgrauen Overall über und wartete auf den Kleinbus, der ihn und seine Kollegen zum Tor E der Schmidt-Katter-Werft bringen würde. Fünf Stunden Zeit, um sich die Augen aus dem Kopf zu heulen, die Welt zu verfluchen und Rache zu schwören. Und dann musste es weitergehen.

Marten hatte fassungslos mit angesehen, wie sich Svetlanas Vater schweigend ein Brot mit Wurst und einen Apfel in die Plastikdose gepackt und die Thermoskanne mit Pfefferminztee gefüllt hatte. Er war ein schwarzhaariger Mann mit buschigen Augenbrauen und dunklem Teint. Man sah ihm an, dass er in seinem Leben schon viel hatte aushalten müssen.

«*Kto pracuje, ten se nie zaluje. Jaka praca, taka píaca*», hatte er auf Polnisch gesagt und dann gleich in seinem falsch betontem Deutsch übersetzt. «Dies ist eine polnische Redensart: Nur für gute Arbeit bekommen gutes Geld. Und hier ist gute Arbeit. Meine Frau ist auf Insel und putzt in Hotel. Wenn ich sie nach drei Monaten wieder sehe, sind ihre Hände rau und kaputt vom vielen Waschwasser. Und ich haben Schmerzen an alle Stellen von Körper wegen

Fenster- und Fassadenputzen. Aber wir können das Haus bezahlen, in dem unsere drei kleineren Kinder und meine Mutter wohnen. Svetlana wollte studieren, sie war kluge junge Frau, dafür musste auch Geld da sein. Wir arbeiten und arbeiten, Svetlana auch ein halbes Jahr hier in die Werft Räume geputzt. Sie war so fleißig, aber sie wusste, wenn wir alle mithelfen, dann es geht uns gut das ganze Jahr. Verstehst du das nicht?»

«Aber was ist mit Svetlana passiert?»

«Ich will nicht darüber reden.»

Robert Adamek war ein stolzer und verzweifelter Mann, der nicht wusste, wie er seiner Frau erklären sollte, dass die älteste Tochter unter seinen Händen gestorben war. Aus diesem Grund verdrängte er alles, packte seine Tasche und ging zur Arbeit. Vielleicht hätte Marten es an seiner Stelle nicht viel anders gemacht.

Doch im Gegensatz zu Robert Adamek hatte Marten nichts mehr zu verlieren. Und er hatte so viel Wut im Bauch.

«Ich werde diese Sache melden», hatte Marten gesagt. «Es kann nicht sein, dass Svetlana sterben musste, weil sie nicht gemeldet und versichert war. Das kann nicht sein und das darf nicht sein. Ich werde zur Zeitung gehen, zum Fernsehen, was auch immer. Schmidt-Katter und seine Leute werden dafür büßen müssen!»

«Warum willst du das tun?», hatte Robert Adamek gefragt. «Was hast du zu tun mit meine Tochter? Wenn einer die Menschen bestrafen muss, weil sie ist tot, dann bin ich das. Und du nur ein Fremder. Lass uns in Frieden! Wenn das rauskommt, dann wir verlieren alle unsere Arbeit.»

Marten hatte auf den Mann gehört. Zumindest an diesem Tag.

Zweimal noch hatte er in der Mörkenstraße geklingelt. Zweimal wollte er seine Hilfe anbieten und hatte gehofft, mehr über die Umstände zu erfahren, unter denen Svetlana gestorben war. Doch Robert Adamek hatte ihn nie eingelassen.

Erst als er das erste Mal wieder eine Pizza essen war, hatte es für Marten Klick gemacht. Wahrscheinlich war es reine Selbstquälerei, dass er sich in ihrem Restaurant an genau den Tisch setzte, an dem er immer mit Svetlana gesessen hatte. Als der Kellner kam und fragte: «Soll ich für die junge Frau gleich eine Pizza Calzone machen, sie hat sich doch sicher nur verspätet», da war ihm klar geworden, dass er sehr wohl ein Recht darauf hatte, sich in diese Geschichte einzumischen. Er war kein Fremder. Svetlana hatte viel Zeit mit ihm verbracht und sie hatte nach ihm gerufen, als es ihr schlecht ging.

Darum hatte er begonnen, auf eigene Faust herauszufinden, was geschehen war.

Und drei Tage später hatte er zum ersten Mal vor Perls Haus gestanden und durch das Fenster beobachtet, wie dieser bei seinen Lieben am Abendbrottisch saß.

Marten versuchte, die Gedanken an damals zu verdrängen. Er war kein Mann, der sich gern selbst bemitleidete. Gut, in letzter Zeit war sehr viel schief gelaufen in seinem Leben, und irgendwie war immer die Schmidt-Katter-Werft an seiner Misere schuld. Doch er hatte ja sein Möglichstes getan. Er hatte aufgeklärt, was wirklich passiert war, und den Schuldigen ließ er nun stundenlang in einem dunklen Loch vor sich hin brüten. Wenn er sich in Eemshaven von Bord schlich, würde es ihm besser gehen. Vielleicht war dann die Zeit gekommen, etwas Neues zu beginnen.

Er saß noch immer dort hinter dem Lüftungsgitter der Kapitänsbrücke und versuchte, das Gespräch der Männer zu belauschen. Sie machten sich Gedanken, wie sie den Vorfall weitestgehend vertuschen könnten.

Es würde schwierig werden, Grees war ein bedeutender Mann gewesen. Als er noch Betriebsratsvorsitzender gewesen war, oblag es seiner Zustimmung, welche Subunternehmer auf den Schiffen mitarbeiten konnten, und welche nicht. Aus diesem Grund hatte Grees auch direkten Einfluss auf die Entwicklung der Arbeitsplätze gehabt. Wenn der Betriebsrat sein «Ja» für einen neuen Schwung osteuropäischer Arbeiter verwehrte, blieben fünfzig Leute mehr bei Schmidt-Katter. Doch zu Grees' Amtszeit wurden auffällig viele Schiffbauer entlassen, und Grees konnte sich in dieser Zeit ein neues Haus, ausgedehnte Urlaube am anderen Ende der Welt und ein sündhaft teures Mercedes Coupé leisten. Natürlich wurde gemunkelt, dass Grees seine Stimme gern gegen Geld zur Verfügung stellte. Tägliches Werftgespräch war zudem die Tatsache, dass Grees' Ehe scheiterte und die Frau über alle gesunden Maße ausbezahlt wurde, wahrscheinlich um ihre Klappe zu halten. Kurz darauf war Grees sehr plötzlich von seinem Posten im Betriebsrat zurückgetreten und hatte stattdessen den begehrten Job des Garantiemechanikers angenommen. Er hatte sich auf ein sonniges Jahr an Bord der *Poseidonna* gefreut, danach wollte er in den vorzeitigen Ruhestand treten. Mit Mitte fünfzig. Nun, Ruhe würde er jetzt genug haben.

Jelto Pasternak und die beiden Lotsen gerieten offensichtlich an ihre Grenzen. Diese Kurve bei Leerort war eng wie eine Falte, und man konnte den drei Männern am Steuertisch ansehen, dass die Nerven zum Zerreißen gespannt waren und man besser keinen Laut von sich gab. Dementsprechend herrschte ein drückendes Schweigen, nur ab und zu raunte einer der Lotsen eine knappe Anweisung in den Raum. «Wir müssen den Strom von backbord nutzen.» – «Wind von vorn, in Böen 6 bis 7.» – «Pod-Antrieb auf 270 Grad.»

Mehr wurde nicht gesagt. Zumindest nicht hörbar. Nur Marten kam das Telefonat zu Ohren, bei dem der uniformierte Sicherheitsmann dicht vor der Wand in das Handy flüsterte. «Ebba? Roger Bernstein hier, Sie müssen den Journalisten umbetten. Es kann sein, dass Grees für ein paar Stunden gekühlt wird. Ich schicke Ihnen sofort zwei Männer runter. Okay?»

Carolin

«Carolin, ich bitte dich, du zitterst am ganzen Körper.» Ebba John legte die Hand auf Carolins Stirn, als hätte sie Fieber.

Mit einem Kopfschütteln wurde Carolin die Berührung wieder los. «Das ist Unsinn. Ich hab in meinem Job schon öfter tote Menschen …»

Doch Ebba ließ nicht locker. Zum wiederholten Mal reichte sie ihr den Plastiklöffel, auf dem eine blaue Tablette lag. «Die Pillen sind harmlos. Glaub mir. Rein pflanzlich. Oder meinst du, ich will unsere Top-Fotografin außer Gefecht setzen?»

«Wo doch schon der Journalist ausgefallen ist?», ergänzte Carolin und setzte sich im Bett auf. Sie wollte kein Beruhigungsmittel nehmen. Nur weil sie vorhin zu zittern begonnen hatte, war sie kein Fall für die Medizin. Es war ihr schon übertrieben erschienen, dass die Männer in den Uniformen sie mit einer Trage vom Atrium zur kleinen Krankenstation transportiert hatten. Ebba John mochte es ja gut meinen. Doch Carolin ließ sich nicht gern verhätscheln.

Warum der leblose Wolfgang Grees am Boden des Atriums ihr derart den Boden unter den Füßen weggezogen hatte, konnte Carolin nicht nachvollziehen. Es war ein komisches Gefühl gewesen, so, als zerfalle ihr Blick in tausend Puzzleteile. Dann war das Atmen auf einmal schwer geworden, als hätte Sinclair Bess persönlich auf ihrem Brustkorb Platz genommen. Vielleicht war es wegen Leif. Weil er nicht da war und sie nicht wusste, was mit ihm geschehen war. Er hatte ihr etwas Wichtiges sagen wollen, er hatte etwas Brisantes vorgehabt, dann war er einfach verschwunden, und niemand außer ihr schien sich darum zu scheren. Das war doch nicht normal. Viele Sachen waren ihr schon zu Beginn der Reise spanisch vorgekommen: die peniblen Sicherheitsvorkehrungen, die Kontrolle über ihre Arbeit, so viele Dinge. Und nun gab es einen Toten. Und obwohl es wirklich ausgesehen hatte wie ein Unfall, und im Grunde genommen auch nichts darauf hinwies, dass es sich um etwas anderes als einen Unglücksfall gehandelt haben könnte, hatte der Anblick der Leiche Carolin den Hals zugeschnürt. Und ihren Verdacht geschürt, dass hier an Bord etwas faul war.

Und nun wich Ebba John nicht von ihrer Seite und hielt Carolin ständig diese Pillen vor die Nase. «Nein danke!», sagte Carolin noch einmal, legte sich wieder hin und drehte den Kopf zur Seite.

Sinclair Bess ging es wesentlich schlechter. Mehrmals hörte Carolin, wie nach Perl gerufen wurde, der offensichtlich immer noch nicht aufzufinden war. «Ich glaube, er ist gar nicht an Bord! Also, selbst ist die Frau», sagte Ebba John schließlich. Sie setzte dem fast bewusstlosen Millionär eine Injektion, mit ruhiger Hand und einem entspannten Lächeln.

Vielleicht hatte Carolin sich tatsächlich in dieser Frau getäuscht. Bislang hatte sie in ihr eine eher lästige und etwas stereotype Stewardess gesehen. Doch sie schien alles ganz gut im Griff zu haben. Ihr war keinerlei Unruhe anzumerken, obwohl sie sich um einen Passagier im Schockzustand zu kümmern hatte, ohne einen Arzt an ihrer Seite zu wissen. Obwohl man eben einen Toten gefunden hatte. Obwohl scheinbar alles drunter und drüber zu gehen schien. Ebba John blieb kühl und konzentriert.

Bis der Anruf kam. «Ebba John. – Ja? – Oh! – Und wie? – Ist gut!» Viel konnte Carolin diesem Telefonat nicht entnehmen, es war nur auffällig, dass die eben noch so Geistesgegenwärtige mit einem Mal geschäftig und nervös wirkte.

«Entschuldigen Sie mich einen Augenblick», sagte sie kurz darauf und verschwand mit zwei Männern von der Sicherheitstruppe.

Carolin drehte den Kopf zur Seite. Sinclair Bess im Nebenbett hatte ihr das Gesicht zugewandt, er war wieder etwas wacher und versuchte sich in einem schiefen Lächeln.

«Geht es wieder?», fragte Carolin und erschreckte sich vor der schleppenden Langsamkeit ihrer Worte.

«Ich überlege ...» Der Mann musste husten. Tränen traten ihm in die Augen. Er sah Mitleid erregend aus. «Ich überlege gerade, ob wir unter diesen Umständen wirklich *Tod auf dem Nil* spielen lassen sollten.»

«Sie machen sich zu viele unnütze Gedanken, Mr. Sinclair.»

«Ich habe noch nie einen Toten gesehen», flüsterte er langsam und mühselig.

«Es sah wirklich schrecklich aus», bestätigte Carolin. Wie lange hatten sie die Leiche eigentlich angestarrt? Sie erinnerte sich noch, dass Sinclair Bess immer weiter geschrien hatte, bis unten drei Männer in das Atrium gerannt kamen, drei von der Security. Und dann ging alles sehr schnell, oder auch nicht sehr schnell. Carolin merkte, dass sie keine Ahnung hatte, ob die Männer Sekunden oder Stunden gebraucht hatten, bis sie bei dem toten Wolfgang Grees angekommen waren, ihn notdürftig untersucht hatten und schließlich per Funk nach Verstärkung riefen. Sie wusste nur noch, dass sie fotografiert hatte wie eine Wahnsinnige. Es mussten so viele Bilder sein, dass man die Aufnahmen hintereinander gelegt als Daumenkino abspielen lassen könnte. Bei all der Tragik dieses Momentes, es mussten gute Bilder geworden sein.

Wo war die Nikon? Carolin schaute sich um, soweit es aus der liegenden Position möglich war. Der Raum, in dem sie lagen, war ungefähr so groß wie ein geräumiges Einzelzimmer auf der Privatstation eines Krankenhauses, vielleicht zwanzig Quadratmeter. Alles hellgelb gestrichen, an den Wänden hingen schon ein paar Gemälde, die wohl eine beruhigende Aura verbreiten sollten, meditative Ölmalerei, ausgeglichenes Farbspiel, so etwas in der Richtung. Über ihrem Bett waren verschiedene Apparate angebracht, von deren Funktion Carolin keine Ahnung hatte, sie vermutete, dass man hier im Notfall eine Sauerstoffversorgung und Herz-Lungen-Maschine bereitstellen konnte. Displays zur optischen Überwachung der Körperfunktionen hingen daneben. Die *Poseidonna* verfügte über eine Klinik im Miniformat, dies hatte ihr Sinclair Bess bereits erzählt. Vor ein paar Stunden. Wie lange war es eigentlich her? Seit wann war die *Poseidonna* unterwegs? Carolin schaute auf die Uhr, die über der einzigen Tür im Raum angebracht war. Es war bereits zwanzig nach zehn. Und sie lag hier, regungslos. Wo waren sie eigentlich? Es gab in diesem Krankenzimmer kein Fenster zur Seeseite. Mussten sie jetzt nicht bald an diese Stelle kommen, wo die Brücke abmontiert wurde? Dann stand ihnen jetzt diese enge, spektakuläre Passage bevor, wenn das Schiff in die Ems einfuhr. Waren sie schon dort, wo man die vielen Schaulustigen am Flussufer erwartete?

Und sie stand nicht mit dem Fotoapparat an der Reling.

«Suchen Sie etwas?», fragte Sinclair Bess.

Carolin setzte sich auf. «Meine Kamera.»

«Haben Sie nicht vorhin fotografiert?»

«Doch, habe ich! Die Sicherheitsmänner haben sie mir abgenommen, als sie mich auf die Trage gelegt haben.» Sie setzte sich aufrecht hin. Als sie sich auf die Füße stellte, musste sie sich einen Moment am Bettrand festhalten.

«Hallo?», rief sie, doch niemand schien in der Nähe des Krankenzimmers zu sein. Hinter der Tür lag ein schmaler Flur, in dem es nach Desinfektionsmitteln roch. Ein Medikamentenschrank war geöffnet. Carolin konnte durchsichtige Schubladen erkennen, in denen Spritzen und ähnliche medizinische Werkzeuge auf ihren Einsatz warteten. Sie fingerte einige Tabletten aus den bereits geöffneten Verpackungen, bis sie die blauen Tabletten in der Hand hielt, die Ebba ihr gerade angeboten hatte.

«Von wegen pflanzlich», sagte sie leise zu sich selbst. Die vermeintlich harmlosen Tabletten enthielten immerhin eine Dosis Valium. Carolin überlegte, ob sie einen so fertigen Eindruck gemacht hatte, dass Ebba ihr diese kleinen Schlafbomben verpassen wollte. Im Grunde fühlte sie sich wieder gut. Fit genug, um ein paar Fotos zu machen, wenn sie nur endlich den Apparat wieder fand.

Sinclair Bess' Sakko hing an einem Garderobenhaken. Ihre Nikon hing nicht daneben.

«Mister Bess, kann ich Sie einen Moment allein lassen? Ebba John ist bestimmt gleich wieder da.»

Obwohl er noch immer tief in sein Kissen gesunken war, erkannte sie ein angestrengtes Grinsen. «Ich denke, ich werde es überleben, Honey.»

«Ich gehe in meine Kabine. Ich habe dort einen Ersatzapparat liegen, den muss ich holen. Schließlich will ich meinen Job zu Ende bringen! Alles Gute für Sie, Mr. Bess.»

Carolin ging den Flur entlang. Wenn sie nur den ausgeprägten Orientierungssinn hätte, über den Leif verfügte. Sobald sie die Ersatzkamera in den Händen hielt, würde sie weiter nach ihm suchen. So lange, bis sie ihn gefunden hatte, in allen Winkeln und Ecken. Immerhin kannte sie schon die geheimen Wege der Lüftungsrohre.

Als sie die Tür der Krankenstation hinter sich schloss, blickte sie wieder in einen dieser ewig langen, grauen Gänge ohne Hinweisschilder. Carolin versuchte, sich den Plan der *Poseidonna* ins Gedächtnis zu rufen. Sie wusste immerhin noch, dass sich das Hospital auf demselben Deck befand, auf dem auch die zentrale Küche und die Vorratsräume untergebracht waren. Der nächste Eingang befand sich zwanzig Schritte weiter rechts. Sie stieß die schwere Tür auf, dahinter war ein leerer Raum, doppelt so groß wie das Patientenzimmer, dem sie eben entkommen war. Es gingen gewaltige Regale vom Boden bis zur Decke. Eine Speisekammer eventuell, oder vielleicht auch ein Lagerraum für die nötigen Utensilien, wie Töpfe, Kellen, Fritteusenkörbe, so etwas in der Art. Daneben waren vier riesige, blanke Metallfässer, von denen etliche Schläuche in die Wand führten. Sie hatte davon gehört, dass die Tischweine in solch überdimensionalen Behältern gelagert wurden. Dies war also die moderne Variante des kühlen Weinkellers. Sie schloss die Tür und überlegte. Wenn sich zur rechten Hand die fensterlosen Räume befanden, so war vielleicht links ein Zimmer mit Aussicht. Dann könnte sie immerhin erahnen, ob sie sich im vorderen oder hinteren Teil des Schiffes befand.

Die nächste Kammer gewährte zwar keinen Blick nach draußen, dennoch wusste sie nun, wo sie sich befand. Sie trat in einen der Klimaräume, die sie vor ein paar Stunden mit Pieter durchwandert hatte. Carolin ließ die Tür angelehnt, da es im Raum stockfinster war. Ohne Pieters Taschenlampe wären sie vorhin schon aufgeschmissen gewesen. Sie brauchte etwas Licht, denn sie wusste von Pieter, dass auf der Rückseite der Luftrohre mit Edding verschiedene Kennnummern geschrieben standen, die beim Einbau die richtige Sortierung der gewaltigen Metalltunnel erleichterten. Carolin zwängte sich zwischen Abzug und Wand und konnte «D5H-3756» entziffern. Er hatte ihr erklärt, dass die ersten drei Stellen Deck-5-Heck bedeuteten, und dieses Wissen gab Carolin ein gutes Gefühl. Sie war nicht mehr so hilflos, nicht mehr so verloren. Sie kannte geheime Wege und verschlüsselte Wegweiser, sodass sie nun fast ebenfalls als blinder Passagier hätte überleben können. Zumindest in diesem Moment glaubte sie fest an ihre Überlegenheit.

Bis sie durch den Türspalt eine kleine, hektische Gruppe ausmachen konnte. Sie schoben ein Krankenbett durch den Flur. Erst dachte Carolin, dass es vielleicht einen Verletzten gegeben hatte, sie schoben das Bett in Richtung Krankenstation. Doch die Person, die darauf lag, hatte das Gesicht verdeckt. Es war Grees. Sie brachten seine Leiche weg. Um Himmels willen, warum? Man durfte nichts anrühren, bis die Polizei und die Spurensuche eintrafen. Carolin kannte dieses dringende Gebot von ihrem Job. Sie war als Fotografin schon ein paar Mal an einem Unfallort eingetroffen, bevor die Dienstwagen der Ordnungshüter vorfuhren. Nichts anfassen, nichts verändern, Finger weg! Und nun schoben sie Grees' Leiche durch das Schiff! Sie erkannte Ebba John, aus diesem Grunde hatte diese wahrscheinlich vorhin nach dem Telefonat so nervös gewirkt. Außerdem waren die Männer von der Sicherheit dabei, die sich eben um Sinclair Bess und um sie gekümmert hatten.

Carolin schlich näher an den Türspalt, so konnte sie den merkwürdigen Transport noch länger mit den Augen verfolgen. Der Tote war mit einem blauen Tuch verdeckt, nichts war zu erkennen. Nur der eine Arm lag offen, war unter dem Laken herausgerutscht, dunkle Haare auf weißer, wachsähnlicher Haut.

Sie schoben das Krankenbett in den Raum, in dem Carolin vor ein paar Minuten auf ihrer Suche die überdimensionalen Weinfässer aus Metall gesehen hatte, und schlossen hinter sich die Tür.

Carolin atmete durch. Irgendetwas stimmte nicht. Irgendetwas Merkwürdiges war ihr aufgefallen, und doch konnte sie sich nicht bewusst machen, was sie so irritiert hatte, abgesehen von der Tatsache, dass man die Regeln am Unfallort missachtet hatte.

Sie wollte gerade wieder in den Flur treten, als ihr auffiel, was sie hatte hellhörig werden lassen. Welches Detail sie in Alarmbereitschaft versetzt hatte. Es war der Arm. Wenn sie sich richtig erinnerte, dann … Sie griff in ihre Hosentasche und holte das Diktiergerät heraus. Das Interview mit Grees. Es war die dritte Aufnahme auf der CD. Carolin spulte das belanglose Geschwätz vor, bis sie an die Stelle kam, in der Leif den Mechaniker nach seinem Armverband befragt hatte. Sie lauschte: *«Ach, das meinen Sie? Ist schon ein paar Wochen alt. Ich habe mir bei der Arbeit Verbrennungen zugezogen. Ausgerechnet am linken Arm, ich bin nämlich Linkshänder. Sah scheußlich aus und wird wahrscheinlich nicht viel besser aussehen, wenn der Verband wieder runter ist. Tut aber nicht weh.»*

Sein linker Arm war verbunden gewesen. Er sprach von einer Verletzung, die man auch ohne Verband würde erkennen können.

Doch der Arm, der eben auf diesem Bett gelegen hatte,

der unbedeckt vom Laken so leblos ausgesehen hatte, er war weder von einem Verband umhüllt noch mit Verbrennungsnarben versehen gewesen. Es war ein linker Arm gewesen. Aber es war nicht der linke Arm von Wolfgang Grees.

Carolin blieb in der Kammer. Obwohl es in dem kleinen Raum eher stickig war und die Metallrohre eine gewisse Wärme ausstrahlten, war ihr eiskalt. Wer war unter dem Laken? Leif? War es seine Leiche, die von Ebba John und den anderen hastig durch den Flur geschoben wurde? Das konnte nicht sein. Ein Leif Minnesang starb nicht einfach so. Er würde tausend gute Argumente dagegen finden und ein überzeugendes Plädoyer halten, warum er in diesem Moment unmöglich aus dem Leben scheiden könnte. Und wenn er es doch war? Sollte sie hinterherrennen und die geheimnisvolle Gruppe einholen, das Laken herunterreißen und dann eine Erklärung verlangen? Tatsache war: Wenn Leif tot war und sie seine Leiche versteckten – der Gedanke war nicht zu ertragen –, dann gab es etwas zu verbergen. Und dann war auch Carolin in Gefahr. Sobald jemand mitbekommen würde, dass sie diesem Geheimnis auf die Schliche kam, wäre sie die Nächste, die über den Flur gerollt würde. Sie durften nichts mitbekommen. Selbst Ebba John, die ihr bislang als sicherer Anlaufpunkt erschienen war, schied nun als Vertrauensperson aus. Mit Schrecken fielen ihr wieder diese blauen Pillen ein. Valium, ein heftiges Beruhigungsmittel, angepriesen als harmloses Zuckerstückchen. Was, wenn Ebba erfolglos versucht hatte, sie für ein paar Stunden außer Gefecht zu setzen? Es musste Carolin gelingen, Ebba und den anderen weiterhin den Eindruck einer eher desinteressierten Fotografin zu bieten. Es würde schwierig werden, hinter ihren Rücken nachzuforschen, was hier vor sich ging. Doch es war die einzige Möglichkeit, wenn sie sich nicht in Gefahr bringen wollte.

Sie blickte vorsichtig in den Flur. Ebba John und die anderen kamen aus dem Zimmer. Sie sprachen kein Wort miteinander, und einer der Sicherheitsmänner schloss die Tür zum Vorratsraum ab. Dann gingen sie in verschiedene Richtungen, Die Männer liefen hektisch an Carolins Versteck vorbei. Ebba hetzte Richtung Krankenstation, wo sie wohl gleich bemerken würde, dass Carolin sich aus dem Staub gemacht hatte.

Carolin dachte an Pieter. Er wartete in der Kabine. Carolin musste zu ihm und ihm alles erzählen. Vielleicht würde er eine Idee haben, wie sie in diesen Raum mit dem Toten gelangen konnten. Er kannte sich mit solchen Dingen besser aus als sie. Ab jetzt wäre es besser, die geheimen Gänge zu benutzen. Sie schob sich am Klimaverteiler vorbei, dann befand sie sich im Lüftungssystem. Acht breite Röhren liefen von hier aus nach oben und unten, nach links und rechts. Die Schächte waren eng, nur eine Person konnte sich zwischen silbernem Metallgewirr und rauer Wand hindurchzwängen. Das Licht des schmalen Türspaltes war hier schon nicht mehr auszumachen, Carolin musste sich ihren Weg ertasten. Schmale Sprossen ermöglichten den Aufstieg nach oben. Zwischen Deck 5 und 6 konnte man sich recht bequem bewegen, doch Deck 6 und 7, wo sie ja letztlich hin wollte, waren durch eine Sicherheitsluke, die als Brand- und Überflutungsschutz diente, getrennt. Pieter hatte ihr verraten, mit welchem Trick sich der schwere Deckel öffnen ließ, ohne dass man sich um gequetschte Gliedmaßen sorgen musste. Es erforderte Geschick, und vorhin hatten Carolin und Pieter den Weg gemeinsam bestritten. Sie hatten zusammen den Schraubgriff gelockert, die Luke aufgestoßen und einer hatte sich von unten dagegen gestemmt, um dem anderen das Durchkommen zu erleichtern. Nun kam es darauf an, dass sie es auch allein schaffte. Die Flügelschraube, die größer als Carolins Handflächen war, bewegte sich kein Stück. Sie schlug mit der Faust dagegen, in der Hoffnung, durch einen gezielten Ruck den Verschluss zu lösen, doch sie musste bald erkennen, dass es so nicht ging. Ihr fehlte die Kraft. Zwar hatten sich ihre Augen inzwischen an die Dunkelheit gewöhnt, doch in dem kleinen Umkreis, den sie überblicken konnte, war kein geeignetes Hilfsmittel zu sehen. Eine Eisenstange, ein Irgendetwas, mit dem sie erst als Hebel genug Kraft zum Schrauben und anschließend eine sichere Stütze zum Hindurchklettern hatte. Doch hier lag nichts.

Sie versuchte es erneut, stemmte sich mit dem ganzen Körper gegen diese verdammte Schraube. Plötzlich rutschte sie ab. Ihr rechter Fuß schob sich von der Leiter, und sie verlor den Halt, rutschte nach unten, der linke Fuß knickte um, sie knallte mit der Schulter gegen die Wand, scheuerte sich das Hemd und die Haut darunter auf, bis es ihr endlich gelang, mit der linken Hand die Leiter zu fassen. Nun hing sie an einem Arm, ihre Beine schwebten in der Luft. Sie musste es schaffen, sie durfte nicht loslassen. Würde sie fallen, so würde sie mit voller Wucht gegen die Lüftungsrohre knallen. Das wäre zweifelsohne schmerzhaft, die Metallverbindungen hatten scharfe Kanten. Zudem wäre es auch laut, im näheren Umfeld könnte man den Sturz dröhnen hören. Und dann würde man sie finden. Das durfte auf keinen Fall passieren.

Sie hatte aber noch etwas Kraft. Es war die Kraft, die man erst kennen lernte, wenn man wusste, dass es wirklich drauf ankam. Sie bekam die Leiter zu fassen, und als sie endlich wieder einen stabilen Stand hatte, gelang es ihr tatsächlich. Sie hielt die Luft an, presste sich gegen die Schraube und öffnete die Luke. Beim Durchsteigen riss ihr Hemd ein. Sie blickte in der Dämmerung an sich herunter. Überall waren

Flecke und Risse. Wenn sie den Eindruck erwecken wollte, dass sie weiterhin blauäugig und passiv durch die Gänge der *Poseidonna* spazierte, musste sie sich dringend umziehen.

Immerhin war sie nun auf dem Stockwerk, auf dem ihre Kabine lag. Hier kannte sie sich aus. Zumindest wusste sie, dass nach dem Orchestergraben und der Umkleide bald die Zwischentreppe kommen musste, und dass diese sich im mittleren Teil des Schiffes befand, und von dort aus konnte sie sich orientieren. Zum Glück waren die Flure, durch die sie schlich, menschenleer.

Sie hetzte lautlos, links, Glastür, links, acht Türen, Lösungsmittelgeruch, rechts. Sie konnte es kaum erwarten, Pieter zu wecken. Sie musste ihm von dem toten Wolfgang Grees erzählen und von der falschen Leiche, die hoffentlich nicht Leif war. Vielleicht würde er eine beruhigende Lösung finden, die plausibel erklärte, was hier vor sich ging. Sie erwartete nicht, dass er sie beruhigte. Dazu war einfach zu viel geschehen, was ihr Angst machte. Obwohl sie Pieter erst so kurz gesprochen hatte und er ein blinder Passagier, ja, sogar ein Saboteur war, wusste sie, dass er der Einzige hier war, dem sie im Moment Vertrauen schenken wollte. Zudem hatte sie auch gar keine andere Wahl.

Carolin blieb stehen. Die Kabinentür stand sperrangelweit offen. Als sie gegangen war, hatte sie Sinclair Bess im Schlepptau gehabt, und sie hätte schwören können, dass sie die Kabinentür abgeschlossen hatte. Um Pieter zu schützen, aber auch, um ihn einzusperren, um ihn in gewisser Weise unter Kontrolle zu haben. Gab es im Inneren der Kabine einen Zweitschlüssel? Oder hatte jemand von außen die Tür geöffnet?

Es dauerte ein paar Atemzüge, bis sie den Mut fand, weiterzugehen. Erst schimmerte ihr nur dieses Apricot entgegen, ganz harmlos und kitschig, als schiene die Sonne in ihrem Schlafgemach. Doch dort schien keine Sonne. Im Gegenteil, dort herrschte ein Durcheinander, ein so stürmisches Chaos, als wäre ein Orkan durch die wenigen Quadratmeter gewirbelt.

Carolin blieb stehen. Sie brauchte nicht genauer nachzusehen. Dass Pieter nicht mehr da war, konnte man auf den ersten Blick ausmachen. Dass ihre Ersatzkamera und die bislang vollen Filme wahrscheinlich ebenfalls nicht mehr aufzufinden sein würden, war auch ohne weiteres zu erkennen, der Apparat und der andere Kram hatten auf dem Sekretär gelegen. Sie hatten ihre Kabine durchsucht. Also stand sie bereits unter Beobachtung. Aber warum hatten sie sich so auffällig benommen? Warum hatten Sie sich nicht bemüht, die Sache etwas diskreter zu handhaben? Die Tatsache, dass man Interesse an ihren Sachen und aller Wahrscheinlichkeit nach auch an dem nicht auffindbaren Diktiergerät hatte, war beängstigend. Vielleicht war dies sogar beabsichtigt. Sie sollte sich fürchten. Sie spekulierten vielleicht darauf, dass sie sich Hilfe suchend an Ebba wandte und dort eingeschüchtert das preisgab, was sie bislang herausgefunden hatte.

Zudem hatten sie sicher Pieter entdeckt, oder …

Oder es war genau anders und sie hatte sich in Pieter getäuscht? Vielleicht war er es gewesen, der die Sachen hier durchwühlt hatte. War das nicht vielleicht sogar wesentlich wahrscheinlicher?

Hatte Pieter nicht angedeutet, dass er mehr geplant hatte als nur diese Manipulation der Elektronik? Carolin erinnerte sich, dass sie ihm ein Versprechen entlockt hatte, dass kein Mensch zu Schaden kommen würde. Aber hatte er dieses Versprechen nicht sehr halbherzig ausgesprochen? Weil er ihr Vertrauen gewinnen wollte, weil er wissen wollte, was sie wusste, weil er sie … wahrscheinlich verarscht hatte, ohne mit der Wimper zu zucken. Und sie hatte ihn noch so treudoof in ihre Kabine gelassen, wo er natürlich ihre Sachen durchwühlt und die Kamera plus Filme mitgenommen hatte. Wahrscheinlich wollte er nicht das Risiko eingehen, dass sie vielleicht doch Aufnahmen von ihm gemacht hatte, und für einen Laien sahen ihre beiden Apparate nahezu identisch aus. War Pieter falsch? Hatte sie sich in ihm getäuscht?

Sie ließ sich auf der Bettkante nieder. Ihr war elend zumute. Im Seesack fand sie ein frisches Hemd und eine saubere Hose. Sie fischte das Diktiergerät aus der abgelegten Hose und steckte es ein. Das zumindest hatte er nicht mitnehmen können.

Wenn Pieter wirklich ein anderer war als der, für den sie ihn bislang gehalten hatte, was hatte es für Konsequenzen? Wolfgang Grees war in die Tiefe gestürzt. Hatte ihn jemand gestoßen? Jemand, dem der Mechaniker ein Dorn im Auge gewesen war. Jemand, der sich von Wolfgang Grees in irgendeiner Weise behindert gefühlt hatte. Und wer sollte dieser Jemand gewesen sein, wenn nicht Pieter?

Es war so einleuchtend. So deutlich: Pieter hatte den Mechaniker aus dem Weg geräumt, um bei seinen weiteren Sabotageakten bessere Chancen zu haben. Oder er war von Wolfgang Grees bei weiteren Vorbereitungen erwischt worden. Gab es noch eine andere Erklärung?

Was war, wenn Pieter etwas mit Leifs Verschwinden zu tun hatte? Vielleicht war Minnesang ihm genauso begegnet wie sie. Und er hatte sich nicht so leicht um den Finger wickeln lassen. Da hatte es für Pieter keine andere Möglichkeit gegeben, als Leif aus dem Weg zu räumen.

Es passte schrecklich gut. Carolin stellte sich aufrecht hin, obwohl ihr eher danach zumute war, sich auf dem Bett zusammenzurollen und den Kopf in den Armen zu vergraben. Was sollte sie tun? Wem konnte sie trauen?

Es war kurz vor elf. Ihr Blick aus dem Fenster verriet, dass sie sich bereits wieder in Fahrt geradeaus befanden. Die Leda lag hinter ihnen, die lange Passage auf der Ems voraus. Wenigstens war nun die Position des Schiffes eindeutig auszumachen.

Carolin wusste jedoch in keiner Weise, an welcher Stelle sie selbst gerade stand. Sie hatte nichts mehr in der Hand. Die Filme waren verschwunden. Alle Aufnahmen sonst wo. Und keine Kamera. Blind.

Nur ein Diktiergerät in der Hosentasche. Wenigstens nicht stumm.

Pieter

Als diese Leute vorhin in die Kabine gestürzt waren, hatte er es zum Glück noch knapp hinter die Tür geschafft. Mit angehaltenem Atem hatte er die beiden Männer von der Security beobachtet, wie sie hektisch und wortlos die Schränke, das Bett und den Seesack durchwühlten. Die Kamera und die Filme steckten sie ein.

«Die haben gesagt, dass sie hundertprozentig dieses Diktiergerät haben muss», hatte der eine gemault. «Also muss es hier sein. Suchen, Mann!»

Zum Glück hatten sie Pieter die meiste Zeit den Rücken zugedreht und waren mit der Suche zu beschäftigt, um ihn wahrzunehmen. Als sie kurz ins Badezimmer verschwanden, nutzte Pieter die Gelegenheit und flüchtete in den Flur.

Schnell war ihm klar, wohin er wollte. Es gab einen Ort, an dem er sich auf unerklärliche Weise sicher fühlte: das Casino. Mehrere Wochen lang hatte er mit seinen Tischlerkollegen dort gearbeitet, sie hatten die massigen Roulettetische maßangefertigt und mit Zierleisten versehen, zudem mussten sie rund zwanzig einarmige Banditen in schmucken Holzgehäusen verstauen. An den Wänden hatten sie Schränke aus Mahagoni befestigt, die aussahen, als wären sie mindestens hundert Jahre alt und einem altenglischen Gutsherrenhaus entwendet. In Wahrheit verbargen die klobigen Verschläge die gesamte Technik der Spielhalle. Billardtische, eine Bowlingbahn im Nebenraum, dann die Theke mit einer Gesamtlänge von über dreißig Metern, an denen auch diese schwülstigen Hocker standen, mit denen er illegal an Bord gekommen war. Weil sich Pieter trotz dieser Dekadenz im Casino ein wenig heimisch fühlte, hatte er sich entschlossen, eine kurze Weile dort unterzutauchen. Es war jedoch ziemlich schwer gewesen, unbemerkt dorthin zu gelangen.

Gambler's Planet hieß das Casino. Es lag auf dem 10. Deck und war nicht über die Klimaleitungen zu erreichen. Die oberen Räume, hier befanden sich auch die Restaurants und Nachtclubs, hatten eine gesonderte Lüftung, die direkt von außen mit frischer Seeluft gespeist wurde. Es gab also nur zwei Wege zum *Gambler's Planet*: den einen über die Notfalltreppe, die außen an der Fensterfront verlief, den anderen direkt durch das Atrium. Da die meisten der Mitfahrenden das wesentlich praktischere System der Fluchtwege benutzten, hatte Pieter sich entschieden, das Atrium zu durchqueren. Hier konnte man sich notfalls hinter einer der schneeweißen Marmorsäulen oder in einer der Balkonnischen verkriechen. Und normalerweise war hier nie jemand.

Aber als er bereits im neunten Stockwerk angekommen war, waren da doch Leute gewesen. Merkwürdige Leute. Er hatte sich hinter einem Pfeiler versteckt. Er kannte die

Stimmen nicht, zwei Männer waren es, sie stritten heftig. Die Akustik in diesem hohen, blanken Raum war atemberaubend, doch sie echote in solchem Maß, dass Pieter kaum eine Silbe der Auseinandersetzung verstanden hatte. «Was suchen Sie hier?», hätte der erste Satz lauten können. Oder: «Wer sind Sie überhaupt?» So etwas in der Art. Die Erwiderung war unverständlich geblieben. Das darauf folgende Wortgefecht hatte nicht lange gedauert. Es hatte zwar wild und sehr aggressiv geklungen, doch nicht mehr als zwei Dutzend Sätze waren zwischen den Männern gefallen. Und dann war einer gestürzt. Dem entsetzlichen Schrei war ein Gerangel vorausgegangen. Gefolgt war ihm eine Totenstille, dann hektische Schritte, die sich aus dem Atrium entfernten.

Einige Male hatte Pieter langsam ein- und ausatmen müssen, bis er sich aus seinem Versteck getraut hatte. Sein Blick war nur kurz über das Geländer gehuscht, da hatte tatsächlich einer gelegen. Pieter kannte das Gesicht vom Sehen, aber er wusste nicht, wer der Ermordete dort unten war. Wieder war es still geworden, und Pieter hatte Angst bekommen, dass sein immer noch heftiger Atem ihn verraten könnte. Dann, wie gespenstisch und makaber, hatte irgendjemand das Licht angestellt und den kitschigen Springbrunnen in Gang gesetzt. Und Pieter war geflohen – weg aus dem Atrium. Was immer auch eben dort passiert war, es hatte nichts mit ihm zu tun. Er hatte keine Ahnung von dem tödlichen Geschehen dort. Aber eines war sicher: Sollte irgendjemand ihn nun zu fassen kriegen, dann wäre er dran. Niemand glaubt einem blinden Passagier, dass er eine weiße Weste hat. Wahrscheinlich noch nicht einmal Carolin.

Endlich im *Gambler's Planet* angekommen, versteckte er sich unter einem Black-Jack-Tisch.

Ein Blick aus dem Panoramafenster hatte ihm gezeigt, dass seine Befürchtungen sich bestätigten. Sie hatten jetzt die Leda hinter sich gelassen. Die *Poseidonna* lag nun gerade in der Ems und schob sich Meter für Meter weiter in die Richtung, in der eine zweite Falle auf das Schiff wartete.

Leider ließ sich nichts mehr rückgängig machen. Zwar hatte die Gruppe alles vorsorglich geplant und durchgesprochen, sie hatten sich wirklich Mühe gegeben und mit vielen Eventualitäten gerechnet, um Pannen zu vermeiden. Doch dass hier an Bord ein Mord geschehen könnte, hätte niemand voraussahen können. Es würde ein fatal falsches Licht auf ihn und seine Leute werfen. Sie würden damit in Zusammenhang gebracht werden. Natürlich, Pieter erinnerte sich an das letzte Gespräch auf dem Deich, als er sich so sicher gefühlt hatte – irgendjemand hatte ihn gefragt, was passieren sollte, wenn jemand starb, und er hatte nicht darauf reagiert –, aber die Sorge war damals lediglich gewesen, dass jemand bei den Sabotageakten Schaden nehmen könnte. So wie der Amerikaner beim Zusammenstoß gestürzt war, so etwas in der Art. Niemand hatte je von Mord gesprochen.

Es war ja auch nicht sein Mord. Aber hätte er gewusst, was passieren würde, hätte er die Sache mit dem Bus nicht gemacht. Nun war es nicht mehr aufzuhalten.

Er saß noch eine kurze Weile unter dem Black-Jack-Tisch. Er musste Carolin finden. Er musste ihr klar machen, dass er nichts damit zu tun hatte. Würde sie sich von ihm abwenden, würde sie ihm misstrauen, so wäre alles umsonst gewesen. Wo sollte er suchen?

Marten

Auf einmal stand sie mitten im Raum. Die Crew feierte gerade die erfolgreiche Überwindung der engen Flusskurve, und Schmidt-Katter gab dem Kapitän freudestrahlend die Hand. Der tote Wolfgang Grees schien genauso vergessen zu sein wie das Flüsschen Leda, welches nun hinter ihnen lag. Marten hatte in seinem Versteck inzwischen einen Winkel gefunden, in dem er weit mehr einsehen konnte als nur den Steuerstand. Als diese Fotografin die Brücke betrat, schaute sich alles nach ihr um.

Sie sah hundeelend aus. Obwohl die Klamotten frisch und sauber waren, wirkte sie wie gerädert. Ihre Augen stachen merkwürdig rot aus dem blassen Gesicht hervor. Sie stand da, holte mehrmals Luft, wahrscheinlich war sie die Treppe hinaufgerannt, und erst als sie wieder ruhig atmen konnte, wagte sie, zu sprechen. Noch immer starrten sie mindestens sechs Augenpaare an, Marten nicht eingerechnet.

«Wo ist meine Kamera?», sagte sie.

Schmidt-Katter ging auf sie zu und schüttelte ihr wie bei einer Beileidskundgebung die Hand. «Sie haben sie fallen lassen, vorhin im Atrium.»

«Merkwürdig, ich kann mich gar nicht daran erinnern. Meiner Meinung nach habe ich sie einem Ihrer Sicherheitsmänner in die Hand gedrückt.»

«Es muss ein schlimmer Anblick für Sie gewesen sein. Wollen Sie sich nicht lieber noch ein wenig erholen? Wir dachten, Frau John würde sich um Sie kümmern.»

«Das hat sie auch getan. Es war ein schlimmer Anblick, da haben Sie Recht. Aber ich habe in meinem Job schon einige Sachen ertragen müssen. Deswegen verliere ich nicht meinen Kopf. Und erst recht nicht meine Kamera.»

«Sie haben aber wie verrückt gezittert. Sie waren außer sich», entgegnete der Sicherheitsmann, der sich am Telefon Roger Bernstein genannt hatte.

Die Fotografin reagierte nicht. «Meine ganzen Aufnahmen, alle im Eimer!» Sie schien wütend zu sein, wütend und verzweifelt. Es wirkte, als rotteten sich die anwesenden Männer im Halbkreis um sie, doch sie ließ sich nicht beirren. «Mein Kollege ist heute ebenfalls noch nicht aufgetaucht. Und kein Mensch außer mir scheint sich darum zu sorgen. Wissen Sie was? Sobald sich die Gelegenheit ergibt, würde ich gern von Bord gehen!»

«Das können wir verstehen», sagte Jelto Pasternak, der sich ruhig und gelassen gab, eine Tasse Tee in der Hand hielt und dem Steuermann für einen Augenblick das Ruder überlassen hatte. «Aber ich habe entschieden, dass es keinen Zwischenstopp geben wird, bis wir das Sperrwerk passiert haben. Die Satellitenbilder sagen einen heftigen Sturm voraus, und bis dahin müssen wir aus dem Fluss raus sein, sonst bekommen wir ernsthafte Schwierigkeiten mit dem Schiff.»

«Das ist mir egal. Ich habe keine Veranlassung, mich noch einen Moment länger hier aufzuhalten. Der Auftrag ist geplatzt. Ohne Arbeitsgerät kann ich keine Bilder mehr machen. Sie können meinetwegen gerne meinen Chefredakteur anrufen und ihn darüber informieren, aber bitte bringen Sie mich umgehend von Bord der *Poseidonna*!» Sie hatte die Hände in die Hüften gestemmt und versuchte offenbar, resolut zu wirken. Doch sie sah aus wie ein verängstigtes kleines Mädchen. Niemand nahm sie ernst.

«Das hat Ihnen nicht egal zu sein, Frau Wie-immer-Sie-auch-heißen!», sagte Pasternak, und er erhob seine Stimme in keiner Weise, sprach weder auffällig langsam noch hektisch schnell, sondern rührte in seiner Teetasse und wirkte so unerschütterlich wie der Eisblock, der der unsinkbaren

Titanic den Todesstoß versetzt hatte. «Ich bin hier der Kapitän, Herr Schmidt-Katter ist der Werftleiter, und wir sind uns beide einig, dass wir die Passage ohne Unterbrechung durchziehen, um das Beste im Interesse des Schiffes zu tun. Und nur weil Sie von Bord wollen, werden wir keine neunzigtausend Bruttoregistertonnen stoppen, Mademoiselle!»

«Aber wir müssen doch sowieso jemanden an Bord lassen, wegen des Todesfalls. Dann werde ich die Gelegenheit ergreifen und ...»

«Nichts werden Sie tun! Wir fahren weiter nonstop bis nach Eemshaven, dort können Sie heute Abend an Land gehen. Und so lange reißen Sie sich bitte zusammen. Lassen Sie uns unseren Job machen und machen Sie den Ihren.»

«Wie denn, ohne Kamera?»

«Aber Mädchen, Sie haben doch mit Sicherheit eine Ersatzkamera dabei. Das kann doch wohl nicht wahr sein!» Er lächelte abschätzig und nahm einen Schluck Tee.

Sie wollte etwas sagen. Marten konnte der jungen Frau ansehen, dass sie gleich explodierte. «Sie wissen doch ganz genau ...», dann biss sie sich auf die Unterlippe, man sah sofort, dass sie sich fast verplappert hätte, womit auch immer. Obwohl sie gerade wütend war, machte sie einen sympathischen Eindruck. Schon gestern Abend, als Marten ihr auf der Zwischentreppe begegnet war, hatte sie ihm irgendwie gefallen. Als Frau nicht sein Typ, aber als Mensch.

«Was weiß ich ganz genau?», erwiderte Pasternak, stellte allerdings betont desinteressiert die Tasse zur Seite, nahm ein Fernglas in die Hand und wandte sich an seinen Steuermann, einen blassen, mageren Kerl, der besser hinter einen Bürotisch als hinter ein Schiffssteuer gepasst hätte: «Mackenstedt, etwas steuerbord, sehen Sie nicht? Wir müssen mit leichter Schräglage auf die Brückenöffnung zu, sonst drückt uns der Wind gegen den Pfeiler.»

Der Jüngling schwitzte, und Pasternak nahm ihm den Joystick aus der Hand. Dann, als sei ihm erst in diesem Moment wieder die aufsässige Fotografin eingefallen: «Nun, was weiß ich denn ganz genau?»

«Wenn Sie die ganze Zeit rückwärts fahren, wo ist dann eigentlich steuerbord? In Fahrtrichtung rechts oder in Bootsrichtung?»

Marten merkte sofort, dass diese Frage nur der Ablenkung diente. In Wirklichkeit hatte die Frau etwas anderes feststellen wollen. Die anderen Männer waren sicherlich auch nicht so dumm, dieses Manöver nicht zu durchschauen, doch sie ignorierten die Frage der Fotografin einfach und lachten ein wenig über ihre Einfältigkeit.

«Okay, Mackenstedt, weiter rechts.» Pasternak wandte sich nun der jungen Frau zu: «Wie ich Ihnen schon sagte, lassen Sie uns unseren Job machen und machen Sie den Ihren. Wenn Sie uns nun bitte in Ruhe arbeiten ließen, wäre ich Ihnen sehr verbunden.»

Carolin

Nun, jetzt konnte sie sich ja aus dem Raum entfernen nach dieser freundlichen Aufforderung – und Niederlage.

Es war nur eine scheinbare Niederlage, denn in Wahrheit diente ihr hysterischer Auftritt einem Täuschungszweck. Und das war ihr offensichtlich gelungen. Die Herrschaften hier oben sollten ruhig glauben, dass sie verängstigt und kleinlaut war. Nur so würde es ihr gelingen, unauffällig weiter nach der Wahrheit zu suchen. Und nach Leif. Die Behauptung von Schmidt-Katter, sie hätte die Kamera im Atrium fallen gelassen, machten ihr deutlich, dass diese Mannschaft hier sie für dumm verkaufen wollte. Nun, sollten sie doch glauben, dass es ihnen gelungen war. Sobald sie sich ohne Aufsehen von hier verabschieden konnte, wollte sie wieder auf Deck Nummer 5, in den Flur, durch den eben der zugedeckte Körper geschoben worden war. Sie würde vorschieben, sich noch ein wenig in Ebba Johns Obhut zu begeben, und dann würde sie hinter alle Türen schauen, an denen sie auf ihrem Weg zur Krankenstation vorbeikam. Nur wenn sie sie für harmlos hielten, brachte sie sich selbst für einen Moment in Sicherheit.

Nachdem Pasternak ihr verbal den Hintern versohlt hatte, hatten sich alle Augen von ihr abgewandt und starrten nach draußen. Zugegeben, der Blick in Fahrtrichtung war sicherlich beeindruckender als ihr gekonnt weinerlicher Auftritt gerade eben. Die *Poseidonna* schob sich auf die Schmidt-Katter-Brücke zu. Die Werft hatte vor einigen Jahren dieses große Bauwerk errichten lassen. Schon für die kleineren Containerschiffe hatte man die normalerweise hier über die Ems führende Straße hochklappen müssen. Doch für die *Poseidonna* wäre selbst diese Durchfahrt zu schmal gewesen, aus diesem Grunde hatten zwei gewaltige Kräne auch die seitlichen, nicht klappbaren Teile der Straße ausgehoben. Die asphaltierten Platten schwebten sicher vierzig Meter über dem Flussufer, darunter war alles abgesperrt. Hinter den Barrikaden standen dunkle Trauben von Schaulustigen, die abwechselnd zur in der Luft baumelnden Straße und zum Schiff blickten.

Die Brückenpfeiler lagen eng beieinander, viel Platz war da wirklich nicht. Als Pasternak den vorderen Schiffsteil in die Lücke hatte gleiten lassen, wirkte es, als passe links und rechts gerade mal ein Blatt Papier zwischen Beton und Stahl.

Die Lotsen neben dem Steuerstand kontrollierten technische Geräte, der schüchterne Steuermann schien einer Ohnmacht nahe. Jeder hielt die Luft an, selbst den Menschen am Ufer konnte man die Atemlosigkeit ansehen, nur Pasternak blieb entspannt. Sein zufriedenes Schnaufen war das einzige Geräusch im Ruderhaus.

Und dann gab es wieder eine Störung, einen Ruck. Nicht ganz so heftig wie beim ersten Mal, als man das Gefühl hatte, gegen eine Mauer zu fahren. Es fühlte sich eher so an, als hake die *Poseidonna* im Fluss fest wie ein Kamm in zerzaustem Haar.

Die Souveränität des Kapitäns schlug augenblicklich in alarmierte Wachsamkeit um.

«Was war das?», japste Schmidt-Katter. «Haben wir die Brücke gerammt?»

Die Lotsen schüttelten beide die Köpfe, als wären ihre Bewegungen aufeinander abgestimmt. Der eine zeigte mit dem Finger auf ein undefinierbares Etwas, welches sich an dem Gerät, das man Carolin als Tiefenmesser erklärt hatte, abzeichnete. «Eine Untiefe im Fluss!»

«Das kann nicht sein!», überschlug sich Schmidt-Katters Stimme. «Unsere Kontrollboote haben erst letzte Woche den Flusslauf untersucht. Es ist unmöglich!»

«Schauen Sie doch selbst. Dort liegt etwas. Es scheint ziemlich groß zu sein.»

«Wir stoppen!», sagte Pasternak kopfschüttelnd. «So ein Mist!»

Dann gab es Gerenne, Nervosität, bei einigen auch ein wenig Verzweiflung. Meldungen, von denen Carolin kein Wort verstand, wurden gefunkt.

Jetzt könnte ich mich in den Vordergrund spielen, dachte Carolin. Genau jetzt wäre der richtige Augenblick, um sich hinzustellen und Pieter zu verraten. Was immer eben geschehen war, es war eindeutig sein Werk. Es war das, wovon er gesprochen hatte, als er sagte, es sei noch nicht zu Ende. Wieder irgendein Hindernis, mit dem er die *Poseidonna*, die Schmidt-Katter-Werft, wen auch immer in die Knie zwingen wollte. Sie wäre nun in der Lage, die Fronten zu wechseln. Wenn Carolin ihnen den Schuldigen präsentierte, wenn sie Pieter finden und ihn vorführen würde, so würde sie eine Art Verbündete für Schmidt-Katter und seine Leute werden und sich selbst aus der Schusslinie bringen. Vielleicht. Wusste sie überhaupt, worum es hier ging? Sie ahnte, was mit Leif geschehen war. Sie ahnte, dass es etwas mit seinen Andeutungen des vergangenen Abends zu tun hatte. Doch es waren nur Ahnungen. Das Einzige, was sie wirklich wusste: Sie konnte niemandem trauen. Selbst wenn sie Pieter ans Messer liefern würde, stünde sie dennoch allein da.

Während ringsherum das Chaos herrschte, gelang es Carolin, einen klaren Kopf zu bewahren. Sie schwieg. Sie sagte nichts von Pieter. Doch sie hoffte zugleich, dass sie auf diese Weise nicht die beste Chance vertan hatte, ihren eigenen Hals zu retten.

«Ein Bus!», rief einer der Lotsen und holte Carolin mit seiner Aufregung aus ihrem inneren Monolog. «Ich glaub, ich spinne, aber unter uns liegt ein Autobus oder ein Lkw, aber ich meine, es ist ein …»

«Bus!» Pasternak nickte.

Der Sicherheitsmann, auf dessen Namensschild stand, dass er Roger Bernstein hieß und Leiter der uniformierten Mannschaft war, mischte sich ein: «Jemand muss ihn dort hinten über die neue Kaimauer gelenkt haben. Das kann nur in den letzten zwei Tagen geschehen sein, davor haben wir den Tiefgang regelmäßig kontrolliert!»

«Aber wenn ein Bus in die Ems fährt, so muss es doch jemand mitbekommen haben», sagte Schmidt-Katter schlaff. Man sah ihm an, dass seine Nerven blank lagen.

«Entschuldigen Sie, Herr Schmidt-Katter. Ich gebe Ihnen meine Hand darauf, dass wir es hier nicht mit einem Unfall zu tun haben!»

«Sie meinen ...»

«Na klar! Die Müslifresser, diese Umweltbrigade. Die haben einen ihrer alternativen Schrottkarren dort hinten bei der abschüssigen Kranzufahrt ins Wasser rollen lassen. Mitten in der Nacht. Hier ist doch der Hund begraben, sobald es dunkel wird. Stein auf das Gaspedal und los! Die Schweine!»

«Wie groß ist der Schaden?» Schmidt-Katters Augen waren angstgeweitet.

«Wir fahren weiter. Die Gefahr, dass wir durch den Sturm Schaden nehmen, ist wesentlich größer, als dass dieser Sabotageakt die *Poseidonna* wirklich manövrierunfähig macht.» Kapitän Pasternak schien entschlossen.

«Sind Sie sicher?»

«Nein, nicht hundertprozentig. Aber wir haben ja bereits zwei Leute nach unten geschickt, die sich die Sache vor Ort anschauen. Und bis wir das Ergebnis vorliegen haben, bleiben wir einfach ruhig. Was sollen wir anderes machen?»

«Was sagen die Satellitenbilder?»

Einer der Lotsen blickte besorgt auf den Bildschirm, auf dem selbst Carolin die Umrisse der friesischen Küste und eine dichte Wolkendecke über den Niederlanden erkennen konnte. «Es ist bald Mittag. Um 16 Uhr haben wir Hochwasser, also setzt jetzt gleich die Flut an der Küste ein, und Unwetter kommen immer mit auflaufendem Wasser. Ich würde sagen, nach dem zu urteilen, was ich hier auf dem Display sehen kann, wird es innerhalb der nächsten zwei Stunden schon recht ungemütlich für uns werden.»

Pasternak blickte ernst in Schmidt-Katters Richtung. «Bis spätestens 17 Uhr sollten wir beim Sperrwerk sein, um den Wasserstand im Dollart zu nutzen. Aber wir hinken dem Zeitplan durch die Zwischenfälle bereits hinterher. Wenn wir also jetzt nicht in Fahrt bleiben, dann ...»

«Also», unterbrach ihn der Lotse, «die Kollegen in Belgien melden Windstärken zwischen sechs und acht. Und der Sturm baut sich erst auf!»

«Warum hat das denn keiner vorausgesagt? Wir hätten die Fahrt verschoben, mein Gott! Und jetzt können wir weder vorwärts noch zurück, und die Arbeit von Tausenden Menschen wird gefährdet.» Schmidt-Katter wirkte blass und blutleer. Man sah ihm an, dass er sich so ohnmächtig fühlte, als hätte er mitten im Orkan seinen Geldschrank geöffnet und sähe nun die großen Scheine davonwehen.

«Schmidt-Katter, das Wetter richtet sich nicht nach Regeln, so wie Ihre Angestellten es vielleicht zu tun pflegen. In diesem Fall hat sich das Sturmtief recht unvorhersehbar an die Küste geschlichen, das habe ich Ihnen bereits vorhin erklärt. Vielleicht weil in China ein Sack Reis umgefallen ist, was weiß ich!» Pasternak drückte die Funktaste. «Hallo Jungs, schon Meldung von unten?»

Es rauschte und kratzte in den Lautsprechern.

«Könnt ihr sehen, was kaputtgegangen ist?»

Sie warteten auf Antwort. Es dauerte ein paar Sekunden, und in dieser kurzen Zeit war neben den undefinierbaren Geräuschen der leeren Funkfrequenz nur der Motor zu hören, der scheinbar keinen Schaden genommen hatte.

«Kapitän Pasternak?» – Rauschen.

«Ja?» – Rauschen.

«Der Antrieb ist vollkommen in Ordnung, alles läuft, wir haben Glück gehabt!» – Rauschen.

«Und woher kam vorhin dieses Geräusch? Irgendwo müssen wir etwas abgekriegt haben. Ich weiß, wie sich das anhört, und gerade eben hat es sich verdammt nochmal sehr danach angehört, dass es uns zerrissen hat.»

«Ja, aber das ist nicht so schlimm. Glück im Unglück sozusagen!»

«Wieso? Wo hat es uns erwischt?»

«Nicht so wild. Nur der eine Ballasttank, steuerbord, das Zulaufsystem ist beschädigt. Sie wissen doch, dieses Ventil an der Seite, durch das wir das Wasser ein- und ablaufen lassen können. Es ist kaputt. Aber in Eemshaven werden wir es problemlos ersetzen können. Bis dahin wird wohl ein paar Meter geflutet werden.» – Rauschen.

Schmidt-Katter schaute fragend in die Runde. Einer der Mechaniker, es mochte wohl Wolfgang Grees' Stellvertreter sein, holte eine Planskizze aus einer der Schubladen und breitete sie auf dem Steuertisch aus. Alle, selbst Carolin, versammelten sich um die Zeichnung, die den unteren Teil des Schiffsrumpfes zeigte.

«Links und rechts haben wir Ballasttanks, die auf dem Meer geflutet werden, damit das Schiff satter in den Wellen liegt. Derzeit sind die Tanks leer, damit wir nicht zu viel Tiefgang haben. Wenn der Zulauf von außen beschädigt ist, so brauchen wir uns keine großen Sorgen zu machen.»

«Aber es wird Wasser in die Flutungsräume laufen, oder nicht?»

«Da haben Sie Recht, Herr Schmidt-Katter. Wir müssen davon ausgehen.»

«Dann unternehmen Sie doch etwas dagegen!»

Nervös trommelten Schmidt-Katters Finger auf der Schiffsskizze herum, bis Pasternak sich herüberbeugte und mit einem festen Griff diese Bewegung stoppte. «Regen Sie sich nicht auf. Meine Jungs sagen, wir haben Glück im Unglück gehabt. Schauen Sie hier auf die Karte. Die Bordwand ist okay, der Antrieb ist okay, die Manövrierfähigkeit ist in keiner Weise beeinträchtigt. Und ein Defekt am Flutungsventil ist zwar von hier oben aus nicht zu beheben, aber ein Kontrollventil im Inneren des Rumpfes regelt die Flutungshöhe. Mehr als anderthalb Meter Wasser im Tank brauchen wir nicht zu befürchten, da ansonsten die gestaute Luft durch ein hydraulisches System herausgepresst wird, welches den Zustrom automatisch stoppt. Und dann kommt kein Tropfen mehr ins Schiffsinnere.»

Der Mechaniker nickte. «Allerdings muss an der anderen Seite der Ballasttank angepasst werden, sonst haben wir Schlagseite. Alles in allem kostet uns das Malheur nur ein paar Zentimeter mehr Tiefgang, einiges mehr an Treibstoff und wenige Minuten Zeit. Leib und Leben sind nicht in Gefahr, da kann ich Sie beruhigen, Herr Schmidt-Katter.»

Jeder im Raum atmete auf. Die Fahrt konnte weitergehen. Carolin nutzte den Augenblick und verließ die Kapitänsbrücke. Im Türrahmen drehte sie sich um und bemühte sich, besonders schwach zu wirken.

«Entschuldigen Sie mich. Ich werde mich wohl doch besser noch ein wenig ausruhen. Ob Frau John Beruhigungsmittel an Bord hat? Es ist alles zu viel für mich ... glaube ich.»

Schmidt-Katter stand auf und kam auf sie zu. Väterlich legte er seine Hand auf ihre Schulter. «Entschuldigen Sie, wenn wir Sie eben ein wenig hart angefahren haben. Es ist ein wenig anders gelaufen, als wir es uns gewünscht haben. Aber Sie haben ja selbst gehört: Es gibt keinen Grund zur übertriebenen Sorge.»

«Wie gesagt, ich werde zu Frau John gehen.»

«Ich denke, das ist eine gute Idee, mein Mädchen. Ruhen Sie sich noch ein wenig aus.»

«Sie müssen mir helfen!»

Plötzlich stand der Mann von der Zwischentreppe, der Schweißer, der sich in der vergangenen Nacht im Schatten des Stufenvorsprungs versteckt hatte, vor ihr, fast an derselben Stelle wie vor zwölf Stunden. Und er kam auf sie zu.

Carolin wich einen Schritt zurück. «Was wollen Sie?»

«Ich tue Ihnen nichts, falls Sie das glauben.» Er war breitschultrig, ein wenig zu dick und ziemlich groß. Noch immer trug er diesen Schweißeranzug. Seine blonden Haare klebten an der Stirn und er sah ungewaschen aus. Er kam näher und roch nach Hitze und Staub. «Sie suchen Ihren Kollegen?»

Carolin nickte leicht, obwohl sie nicht wusste, ob er nun Leif oder Pieter meinte.

«Sehen Sie, ich kann Ihnen sagen, wo er ist. Aber erst müssen Sie etwas für mich tun!»

«Ich kann mir nicht vorstellen, was das sein könnte! Bitte lassen Sie mich gehen!»

«Ich habe gerade die Szene beobachtet, dort oben auf der Brücke. Sie sind ziemlich niedergebügelt worden.»

«Das kann man wohl sagen. Aber was haben Sie damit zu tun? Wer sind Sie überhaupt?»

«Sagen wir: ein Mitarbeiter ...»

«Ein Mitarbeiter von wem?»

«Sie stellen gute Fragen. Wenn Sie mir helfen, kann ich Ihr Mitarbeiter werden.»

«Können Sie bitte in klaren Sätzen reden? Ich habe keine Lust auf solche Andeutungen. Also, wer sind Sie und was wollen Sie?»

«Die Ballasttanks laufen voll.»

«Ja, ich habe es mitbekommen. Aber es ist kein Grund, sich zu sorgen.»

«Doktor Perl ist da unten!»

«Wie bitte?»

«Gehen Sie zu den Leuten da oben und sagen Sie ihnen Bescheid.»

«So ein Schwachsinn!»

«Nein, das ist es nicht. Ich habe den Mann dort unten eingesperrt. Und nun ist er in Lebensgefahr. Das war nicht meine Absicht.»

«Sie haben Perl in einen Ballasttank gesperrt?»

«Er ist gefesselt. Wenn Sie ihn nicht befreien, wird er ertrinken. Bitte gehen Sie wieder nach oben und erzählen Sie, was Sie eben von mir erfahren haben.»

«Gehen Sie selbst hin, sagen Sie denen, was Sie mir gesagt haben. Schließlich ist es Ihre Sache. Warum sollte ich es tun?»

«Weil ich weiß, wo der Mann ist, den Sie suchen ...»

«Sie wollen mich erpressen!»

«Im Grunde ja. Aber ich weiß keinen anderen Ausweg.»

«Und was versprechen Sie sich davon? Glauben Sie, auf diese Weise unerkannt zu entkommen, oder was?» Carolin hätte Lust gehabt, diesen Fremden auszuquetschen. Was wusste er? Warum sperrte er den Schiffsarzt ein?

«Hören Sie, ich habe mitbekommen, dass Wolfgang Grees tot ist. Und ich könnte mir vorstellen, dass ich mit der Sache ungerechterweise in Verbindung gebracht werden würde, sobald ich in Erscheinung trete.»

«Aus welchem Grund?»

«Weil ich ein Motiv gehabt hätte, Grees zu beseitigen.»

«Aber Sie haben es nicht getan?»

«Nein. Doch Schmidt-Katter und seine Leute werden es glauben. Wenn sie mich entdecken, bevor ich Perl helfen kann, wird es einen Tumult geben. Und ich werde keine Chance haben, den Arzt zu retten.»

Carolin versuchte, diese Information schnellstens mit ihrem bisherigen Wissen abzugleichen. Wenn dieser Fremde tatsächlich wusste, wo Leif steckte, und wenn er auf merkwürdige Art etwas mit dem Todesfall zu tun hatte und deshalb die Enttarnung fürchtete, dann könnte sie von ihm einiges erfahren. Auch wenn er ihr nicht geheuer war, könnte er tatsächlich wichtig sein bei ihrer Suche. Und welche andere Chance bot sich ihr?

Bislang hatte sie nicht mehr als eine vage Vermutung, dass sie Leif auf Deck 5 finden würde. Das war eindeutig nicht viel. Und wenn der Fremde sie reinlegte? Warum sollte sie sich darüber den Kopf zerbrechen, zu verlieren hatte sie doch im Moment ohnehin nichts mehr. Also ...

Er kam näher. «Bitte, gehen Sie nach oben. Sie können doch behaupten, Sie hätten Hilfeschreie gehört.»

«Und dann?»

«Dann werden die Leute von der Security Perl befreien und Ihnen dankbar sein, dass Sie ihn gefunden haben. Bitte!»

«Sie haben gesagt, Sie wissen, wo Leif Minnesang steckt. Sie haben von einem Motiv gesprochen, wegen dem Sie als Mörder von Wolfgang Grees verdächtigt werden könnten ...»

«Ich werde Ihnen alles erzählen, was ich weiß!»

Sie ging einen Schritt zurück, seine Nähe war unangenehm. «Wer sagt mir, dass Sie noch da sind, wenn ich Ihre Bitte erfüllt habe?»

«Ich sag es Ihnen.»

Vertrauenerweckend sah er nicht gerade aus, als Carolin ihn nun taxierte. Ein weiterer Schritt von ihm in ihre Richtung ließ ihr den Atem stoppen.

«Ich gebe Ihnen mein Wort», wiederholte er sich. «Und ich weiß auch, dass Sie derzeit ziemlich allein dastehen. Ich biete Ihnen meine Hilfe an. Ich weiß, was dieser Bernstein und Ebba John mit Ihrem Kollegen angestellt haben.»

«Sagen Sie es mir jetzt. Und dann ...»

«Nein», fuhr er ihr aufgeregt ins Wort. «Beeilen Sie sich, und retten Sie Doktor Perl das Leben. Sie wollen ihn doch nicht umkommen lassen?»

«Okay, ich sage Bescheid.»

Der Schweißer schien erleichtert zu sein. «Ich warte draußen auf Sie. Neben dem großen Pool an Deck.»

Carolin drehte sich um. Sie spürte die Blicke des Mannes auf ihrem Rücken, als sie die Zwischentreppe hinaufging.

Pieter

Ohne Carolin ging es nicht. Ohne sie würde er es nicht schaffen.

Seit ewigen Minuten suchte er nun schon nach ihr. Doch das Schiff war riesig, noch nie war es ihm so groß erschienen wie jetzt.

Inzwischen musste sie längst die durchwühlte Kabine und sein Verschwinden bemerkt haben. Sie hielt sich also mit Sicherheit irgendwo anders an Bord des Schiffes auf, nicht in den eigenen vier Wänden. Sie musste die Gefahr erkannt haben. Egal, ob sie nun dachte, dass diese Bedrohung von ihm oder jemand anderem ausging. Das Chaos in ihrer Kajüte sollte sie gewarnt haben. Er musste sie suchen. Er musste ihr sagen, dass er nichts damit zu tun hatte.

«Warum bist du eigentlich an Bord der *Poseidonna*?», würde sie ihn fragen. Sie stellte immer die richtigen Fragen.

Früher oder später würde sie selbst darauf stoßen, dass

all die Fallen, die er bislang gestellt hatte, auch ohne seine Anwesenheit als blinder Passagier funktioniert hätten.

Das Kabel zwischen den Motoren hat die *Poseidonna* manövrierunfähig gemacht. Der VW-Bulli hatte zwischen den Brückenpfeilern auf die Kollision mit dem Schiff gewartet. Er hätte also auch scheinbar unbeteiligt am ganzen Desaster als Zuschauer auf dem Deich sitzen können. Ein nettes Transparent in den Händen, eine betroffene Miene im Gesicht. Die beiden Sabotageakte hätten genauso funktioniert. Und er wäre nicht in Gefahr gewesen, entdeckt zu werden. Sie hätten ihn nicht gefunden. Warum war er an Bord der *Poseidonna*?

Sie sollte ihm diese Frage stellen. Denn sie selbst war die Antwort. Er würde sie direkt anschauen und gestehen: «Ich bin hier, weil ich wusste, dass du mitfahren würdest.»

Er würde sich einen Platz an Deck suchen. Von dort hatte man eine gute Übersicht, und er wusste, dass Carolin gern nach draußen ging, um zu fotografieren. Auch wenn es inzwischen kalt und stürmisch geworden war. Aber wo sollte er noch suchen?

Er wählte den Abgang entlang der Bordaußenseite. Heftige Böen wehten ihm entgegen. Er fand den Regen auf der Haut angenehm, die Kälte des Windes tat ihm gut. Sie blies die Müdigkeit weg. Er atmete durch.

Sie kamen an die Stelle, an der die Ems die Autobahn überquert. Schon von weitem konnte man die Schlangen aus roten und weißen Lichtern sehen. Links und rechts der Unterführung standen die Wagen, einige hupten schon jetzt, obwohl es noch ein kurzes Stück war, bis das Schiff tatsächlich die A31 passierte. Die Strecke zwischen den Ausfahrten Leer Nord und Weener war dicht, jeder wollte gern im Schutz seines Autos in der Nähe des Emstunnels sein, wenn die *Poseidonna* über die Wasserbrücke fuhr. Trotz des energischen Regens wagten sich auch Fußgänger an die Stelle. Mit Schirmen bewaffnet, die sich im Sturm nach außen bogen, unter Planen oder einfach klatschnass geregnet. Sie standen dort und warteten.

Pieter brauchte sich nicht zu ducken, hier würde ihn keiner sehen, von Land aus konnte man nicht durch das feinmaschige Geländer der Feuertreppe schauen. Ansonsten hielt sich beim aufkommenden Sturm außer ihm wohl kaum ein Mensch hier draußen auf. Er stieg weiter unbehelligt hinab.

Bis sie auf einmal vor ihm stand. Die eine Augenbraue nach oben gezogen, diesen gewohnt abschätzigen Blick auf ihn gerichtet, dem er in den letzten Jahren ihres Zusammenlebens so oft standhalten musste. Als die blonden Haare sich aus ihrer adretten Frisur lösten, hielt sie mit den blassen Händen die Strähnen aus dem Gesicht.

Er kannte die Gesten seiner Tante zur Genüge.

«Es war Vaters Bulli, nicht wahr?»

Sie hätte ihm nicht begegnen dürfen. Die Feuerleiter war eine eindeutige Fehlentscheidung gewesen.

«Du hast den Wagen in die Ems gefahren, statt einmal das zu tun, was ich von dir erwartet habe. Hatte ich nicht gesagt, du sollst die alte Karre endlich mal zum Schrottplatz bringen? Ich hätte es mir ja denken können.» Ebba John rührte sich nicht, doch er merkte ihr an, dass sie sich nur mit Mühe zügelte. Er erkannte es an ihren Händen, die sich zu einer Faust ballten. Sie würde ihm manchmal gern die Leviten lesen.

Ihr Verhältnis hatte nie unter einem guten Stern gestanden. Sie war die Schwester seiner verstorbenen Mutter und hatte sich, nachdem die Großeltern zu alt geworden waren, um ihn kümmern müssen. Sie beide waren so grundverschieden, wie man nur sein konnte, doch die Großeltern hatten nach ihrem Tod das Haus am Deich beiden zu gleichen Teilen vermacht, und so lebte Pieter seit Jahren schon mit einer Person unter einem Dach, die er nicht ausstehen konnte.

«Du bist ein solcher Idiot, Pieter!»

«Reg dich ab. Kein Mensch wird dich mit der Sabotage in Verbindung bringen, Ebba. Ich habe es geschickt angestellt.»

«Wenn es rauskommt, dann fliege ich im hohen Bogen. Hast du mal einen Moment darüber nachgedacht, dass es mich meinen Job kostet, wenn ausgerechnet ich dem blinden Passagier meine Referenzen erteilt habe? Ich habe mich bei dem Tischlerunternehmen dafür eingesetzt, dass du endlich mal eine vernünftige Arbeit findest. Und das ist weiß Gott ein Canossagang gewesen!»

So machte sie es immer. Wenn er nicht so funktionierte, wie sie es gern hätte, dann kramte sie sein Leben wie ein Wollknäuel aus und machte ihn auf die Knoten aufmerksam. Sie konnte nicht verstehen, dass es auch Menschen gab, die sich kein aalglattes Leben wünschten. Wie oft hatten sie schon darüber diskutiert. Und wie oft schon hatte er sich ihre ewig gleichen Argumente anhören müssen.

«Pieter, wenn ich damals nicht für dich da gewesen wäre, dann hättest du niemanden gehabt. Nur weil ich gesagt habe: Okay, der Junge bleibt bei mir, ich werfe ein Auge auf ihn, nur deshalb konntest du damals im Haus bleiben. Ist dir das eigentlich klar?»

«Tausend Dank auch, liebe Tante. Und bevor du weiterredest: Ja, ich weiß, wie viel du damals für mich aufgegeben hast. Deine tolle Karriere bei der Lufthansa, dein Erfolg versprechendes Studium, alles zu Ende wegen deines Neffen, der sich ständig in Sachen reinhängt, die ihn nichts angehen.»

Sie war sauer. Er kannte es. Manchmal würde sie ihn gern ein wenig erziehen. Daran hatte sich in all den Jahren nichts geändert. Manchmal mochte er diese gebändigte Wut seiner Tante sogar ein bisschen. Sie war eine der wenigen Personen, die er nicht mit seiner Art für sich einzunehmen vermochte. Und gerade das reizte ihn besonders. Doch sie waren nicht hier, um ihre Familienkämpfe auszufechten.

Der Wind blies einen kühlen Schwall Regenwasser durch die oberen Treppenstufen, hässliche Tropfen landeten auf der dunkelblauen Schulter ihres Kostüms. Was sollten sie machen? Sie hätte ihm wirklich nicht begegnen dürfen. Obwohl er wusste, dass er ihren Verrat nicht zu fürchten hatte, weil sie sich damit selbst in den Dreck reiten würde. Aber er durfte sie nicht an seiner Seite haben, wenn er Carolin wieder fand. Carolin und Ebba kannten sich ja bereits. Seine Tante war für den reibungslosen Ablauf dieser Fahrt zuständig. Und wenn, wie in diesem Fall, alles in die Hose ging, so war sie dafür verantwortlich, dass die Journalisten trotzdem von einer makellosen Schiffsüberführung berichteten. Vor ein paar Wochen hatte ausgerechnet Ebba ihm davon erzählt, dass zwei Leute vom *Objektiv* bei der Überführung dabei wären. Ein Redakteur namens Leif Minnesang, ein alter Bekannter von ihr, anscheinend sogar eine verflossene Liebe. Und eine gewisse Carolin Spinnaker.

Pieter hatte desinteressiert geschaut. Doch Carolins Namen hatte er bereits gekannt. Und ihre Fotografien. Nicht nur das Bild mit dem traurigen Mädchen. Auch wenn diese Aufnahme eindeutig ihre bekannteste war. Doch die Bilder, die darauf folgten, hatten dieselbe, wenn nicht sogar eine weit überragendere Qualität. Sie hatte den Frühling in den kanadischen Bergen eingefangen, den Sommer in Berlin, den Herbst an der Mecklenburgischen Seenplatte und den

Winter in St. Petersburg. Es gab ein Bild von einem alten Mann in schwarzen Klamotten, der eine scheinbar endlose Bahnstrecke abschritt, mit hängendem Kopf und den Händen in den Taschen. Es war einer der Demonstranten aus dem Wendland, mit dem Pieter schon vor Jahren gegen die Atommüllentsorgung protestiert hatte. Die Aufnahme musste beim letzten Castortransport gemacht worden sein, wo auf einmal kein Mensch mehr demonstrierte, wo kaum noch Presse auflief, wo alles lahm gelegt war von Kapitulation und Gleichgültigkeit. Er liebte dieses Bild, hatte es aus dem *Objektiv* gerissen und an die Zimmerwand gepinnt, als er noch keine Ahnung davon hatte, dass er Carolin einmal persönlich kennen lernen würde.

Er stellte sie sich vor als mutig, als gewissermaßen abgebrüht, mit einem überaus wachen Blick. Sie musste schon alles gesehen haben, und deswegen war sie die Richtige. Damit endlich verstanden wurde, was wichtig war. Das Loch im Deichfuß von Coldeborgersiel war nur eines von vielen Alarmzeichen, die zugunsten der Schmidt-Katter-Werft übersehen wurden. Er wusste von krank machenden Mikroorganismen, die sich im Brackwasser der Flussmündung breit machten. Biologen hatten ihre Bedenken geäußert. Seine Gruppe hatte die Presse alarmiert. Trotzdem schaute niemand hin.

Doch Pieter wusste, wenn Carolin fotografierte, dann konnten die Menschen sich nicht abwenden. Ihre Bilder hafteten sich an die Blicke der Betrachter. Sie hatten eine Sogwirkung. Dort, wo er seine Überzeugungskraft nicht mehr anwenden konnte, würden ihre Bilder eine Wirkung erzielen. Deshalb hatte er sich an Bord geschlichen. Damit er mit Carolin Kontakt aufnehmen konnte, und zwar im entscheidenden Moment und nicht erst, wenn die Fahrt und die Störungen schon vorbei waren. Die ganze Gruppe hoffte darauf, dass er Carolin dazu bringen würde, mit ihren Fotos die Wahrheit für alle sichtbar zu machen. Dass der hitzige Leif Minnesang mit einem Mal verschwunden war, hatte ihm einen gewaltigen Vorteil verschafft.

«Gehen wir rein!», befahl Ebba und zog ihn im selben Augenblick durch die Glastür in einen Raum, den er erst auf den zweiten Blick als das noch nicht ganz eingerichtete Fastfood-Restaurant erkannte. Immerhin waren die Wände schon mit gewaltigen Hamburgern bemalt, die Augen aus Gurkenscheiben hatten und Baseballcups trugen, daneben tanzten schlanke Pommes mit Sonnenbrille und Coke in der Hand. Die runden Metalltische waren auf dem Granitboden befestigt. Es gab sicher hundert davon, auf mehreren Ebenen, teils mit blauen, roten und weißen Lederbänken darum. Die Decke war mit Stars and Stripes verunstaltet. Sehr hässlich, fand Pieter, sicher würde dieser Schuppen von morgens bis abends voll gestopft sein mit lauten, fressenden Amerikanern.

Ebba zog ihn in eine Ecke, die durch eine gewaltige Coladosensäule verdeckt wurde und so weder von außen noch vom Atrium her einzusehen war. «Ich kann mir denken, was in deinem Kopf herumgeht, Pieter! Du verabscheust dies alles hier. Stehst wieder rum und brüstest dich mit deiner Political Correctness. Trotzdem haben wir mit diesem Schiff mehr für die Menschen in dieser Region getan als du mit deinen lächerlichen Flugblättern.»

«Auf kurze Sicht vielleicht.»

«Ich werde jetzt nicht mit dir diskutieren.»

Er setzte sich auf eine knallrote Bank, lehnte sich langsam zurück und setzte einen Gesichtsausdruck auf, von dem er wusste, dass er Ebba in Rage versetzen würde. «Warum eigentlich nicht?»

«Pieter, wir stecken beide bis zum Hals im Dreck!»

«Übertreib doch nicht! Ich werde natürlich sagen, dass ich dich gezwungen habe, ich werde dich da raushalten. Wenn ich überhaupt gefunden werde. Die Fahrzeugnummer haben wir ohnehin entfernt, es gibt keine Anhaltspunkte ...»

«Von dir rede ich doch gar nicht! Es geht um mich! Ich habe Mist gebaut. Großen Mist!»

«Meine Tante baut nie Mist, du musst dich irren!»

«Kannst du nicht einen Moment mal mit mir reden, als wären wir zwei ganz normale Menschen, die sich nicht jeden Moment die Köpfe einschlagen wollen? Ist das zu viel verlangt?»

Pieter wäre fast zusammengezuckt. Ebba schaute ihn verzweifelt an. So hatte er sie vorher nie gesehen. Noch nie hatte sie etwas von ihm gewollt, zumindest nicht auf diese eindringliche, hilflose Art. Es war ihm unangenehm, ihrem bittenden Blick zu begegnen.

«Ich habe dir doch von Leif erzählt? Von dem Journalisten?»

«Der vom *Objektiv*?»

«Richtig! Er ist an Bord des Schiffes. Ich habe ihn nach über zwanzig Jahren wieder gesehen. Hier auf der *Poseidonna*. Ist das nicht verrückt?»

«Ja, das ist verrückt, aber was ist mit dem Mist, den du angeblich gebaut hast?»

Sie legte ihre Hände vor den Mund und rieb sich mit den Fingern über die Backen, sodass sich ihr Gesicht ein wenig verzog. Sie suchte nach Worten. «Ich wusste gleich, er ist ein harter Brocken. Schon damals hatte er ein untrügliches Gespür für die Wahrheit. Leif Minnesang hätte keinen anderen Job ergreifen können. Er war wie geschaffen für eine Karriere als Journalist.»

«Ein Wunder, dass Schmidt-Katter ihn überhaupt an Bord gelassen hat!»

«Es war mehr der Wunsch des amerikanischen Reeders. Sinclair Bess hatte eine umfangreiche PR verlangt. Da er beabsichtigt, noch mehr Schiffe diesen Formats bei uns bauen zu lassen, konnten wir diese Bitte nicht abschlagen.» Sie machte eine Handbewegung, die darauf schließen ließ, dass es hier in erster Linie um viel Geld ging. «Und dann wollten wir natürlich das Nachrichtenmagazin Nummer eins an Bord. Und das *Objektiv* hat auf Minnesang bestanden. Den oder keinen, hat der Chefredakteur gesagt, weil Leif aus der Gegend stammt und wohl auch erwähnt hat, dass wir uns kennen. Und so haben wir auch die Spinnaker zugesichert bekommen, und das war uns besonders wichtig. Sie ist eine der besten Fotografinnen des Landes!»

«Ich weiß!»

«Gut, also war Leif hier. Am Anfang zahm wie ein Schoßhund, nette Fragen und so, schwer beeindruckt vom Schiff, ich dachte schon, alles geht gut und die Sorgen waren umsonst.»

«Aber?»

«Irgendjemand hat ihm was gesteckt!»

«Worüber?»

«Die Illegalen!»

«Damit scheide ich als Verdächtiger wohl schon aus. Mir geht es nämlich nicht darum, wer auf der Werft legal arbeitet und wer nicht.»

«Ich weiß, Pieter! Ausnahmsweise hatte ich dich auch nicht eine Sekunde unter Verdacht. Ich habe auch nicht damit gerechnet, dass du an Bord bist. Die Sabotage, gut, mir war klar, dass du und deine Leute dahinter stecken müssen. Aber warum solltest du mitfahren? Das ergibt keinen Sinn. Nein, ich weiß nicht, wer Leif von den Polen erzählt hat. Ich habe keine Ahnung!»

«Aber bitte: Was ist daran so dramatisch? Dass Schmidt-

Katter über Umwege illegale Arbeiter aus dem Osten beschäftigt, ist ein offenes Geheimnis!»

«Es gab da einen besonderen Fall ...»

Pieter lehnte sich aufmerksam nach vorne.

«Eine junge Frau aus Polen, ach, egal. Es wird dich nicht wirklich interessieren. Es tut auch nichts zur Sache.»

Er beschloss, nicht weiter nachzuhaken. Er wollte lediglich wissen, was mit Carolins Kollegen passiert war. «Und dann hat irgendjemand diesem Journalisten was gesteckt, was er nicht wissen sollte?»

«Es muss schon auf dem Empfang passiert sein. Leif war für einen kurzen Moment von der Brücke verschwunden, vielleicht war er auf der Toilette, vielleicht an der frischen Luft, ich habe keine Ahnung. Doch als er wiederkam, war er komisch. Er nahm mich zur Seite und fragte mich über dieses Mädchen aus. Sie ist gestorben, weißt du, vor ein paar Monaten. Ich kannte sie nicht, aber ich hatte mal am Rande davon erfahren. Er ließ nicht locker.»

«Und was hast du getan?»

«Nun, er ist weiß Gott immer noch ziemlich charmant. Schon gleich zu Beginn hat er mich gebeten, dass ich ihm und seiner Fotografin eine Flasche Champagner spendiere. Vielleicht wollte er was von ihr, keine Ahnung, er war ganz versessen darauf, um Mitternacht an Deck einen zu trinken. Mit dieser Carolin.»

«Und du warst eifersüchtig!»

«Nein, das ist lächerlich. Selbstverständlich habe ich diesen Champagner für Leif zurückgehalten, sogar zwei Gläser stellte ich bereit. Ich wollte ihn ja schließlich bei Laune halten. Aber als er dann später anfing, von diesem Mädchen zu reden ...» Sie schaute ihn nicht an. Egal, was sie getan hatte, es war schlimm genug, dass Ebba seinem Blick auszuweichen versuchte. «Was hätte ich tun sollen? Hätte er diese Geschichte in seinem Bericht erwähnt, dann würde Schmidt-Katter vermuten, dass die Information von mir käme. Weil Leif und ich eben alte Bekannte sind und sonst eigentlich kaum einer von der Sache weiß. Ich kann es mir nicht leisten, wegen mangelnder Loyalität gefeuert zu werden. Auch wenn ich mir im Grunde nichts vorzuwerfen habe. Ich mag meinen Job. Und Leif fragte immer weiter: Aus welchem Grund musste diese Svetlana sterben? Ein vierundzwanzigjähriges Mädchen? Eine begabte Studentin, die sich in den Semesterferien ein paar Euros bei der Putzkolonne verdiente. Warum ist sie nun tot? Immer so weiter … Er war so verbissen in diese Story, ich musste einfach etwas machen. Zumal er sich mit Carolin Spinnaker treffen wollte. Und die hätte dann mit Sicherheit von der Sache erfahren. Ich musste das verhindern, verstehst du nicht?»

«Doch, klar. Ich verstehe dich schon.» Genau genommen war es das erste Mal, dass Pieter seine Tante in irgendeiner Weise verstand, dass er sogar so etwas wie Verbundenheit mit ihr spürte. Sie war ebenso kompromisslos wie er. Auch wenn sie nur sich selbst und ihren Job schützen wollte. Sie war ihm doch ein wenig ähnlich.

«Ich habe den Schlüssel zur Krankenstation, ich habe den Schlüssel zum Medikamentenschrank.»

«Du hast den Typ vergiftet?»

«Nein, ich habe ihn beruhigt!»

Ohne es zu wollen, musste Pieter bei der Vorstellung lachen, dass Ebba mit einer Pipette oder wie auch immer heimlich Drogen verabreichte.

Doch sie reagierte nicht auf seine Belustigung. «Ich habe Valium in sein Getränk gegeben. Nicht viel, ich wollte nicht, dass er skeptisch wird, wenn ihn die Müdigkeit hinterrücks überfällt. Ich wollte nur, dass er sich nicht so aufregte, dass er zu müde wurde, um sich in seine Fragen zu vertiefen.

Und dass er sein Rendezvous mit der Fotografin absagte. Natürlich war es nur eine Lösung auf Zeit, irgendwann hätte er wieder mit dem Fragen begonnen. Aber bis dahin hätte ich mehr Gelegenheiten gehabt, mir gemeinsam mit Schmidt-Katter und seinen Leuten eine harmlose Antwort zu überlegen. Ich hätte mich an meine Vorgesetzten wenden können, *bevor* Leif mit seinem erworbenen Wissen Schaden anrichten konnte. Deshalb musste ich ihn für ein paar Stunden außer Gefecht setzen.»

«Um Himmels willen, warum geht ihr all diese Risiken ein, um einen Todesfall zu vertuschen, der nach deinen Worten gar nicht so dramatisch gewesen ist?»

«Wir brauchen Unterstützung von Seiten der Politik, wir brauchen das Vertrauen der Bevölkerung. Und vor allem brauchen wir Aufträge in der Größenordnung, wie Sinclair Bess sie uns verschafft. Sonst können wir den Laden dichtmachen. Und Sinclair Bess ist sehr sensibel, was die Integrität der Werften angeht. Wenn er das Gefühl hat, eine Firma arbeitet nicht ganz sauber, dann wendet er sich ab, um seinem eigenen Ruf als ehrbarer Geschäftsmann keinen Schaden zuzufügen. Aus diesem Grund hätte das tote Polenmädchen uns allen das Genick brechen können, auch wenn der Fall eigentlich wirklich nur eine Verkettung unglücklicher Umstände war.»

«Von denen du ja eigentlich überhaupt nichts weißt», hakte Pieter nach.

Doch sie ignorierte seine Provokation. «Jedenfalls war es entschieden besser, wenn Leif nicht gleich in die Vollen ging. Vorsichtshalber habe ich in die zurückgelegte Champagnerflasche ebenfalls ein paar Tropfen mit einer Spritze injiziert. Nicht viel, wirklich …»

«Nun rede dich nicht heraus. Irgendetwas muss doch passiert sein, irgendwie muss deine Dosis danebengelegen haben, sonst würdest du nicht so nervös neben mir sitzen und vom Hundertsten ins Tausendste gehen. Also: Was ist los? Hast du ihn vor lauter Loyalität deinem Arbeitgeber gegenüber um die Ecke gebracht?»

«Das Zeug hat bei ihm nicht gewirkt. Es war seltsam. Ich bin ihm nachgeschlichen und habe ihn beobachtet, wie er die halbe Flasche Champagner getrunken hat. Er hätte da schon im Tiefschlaf sein müssen. Doch stattdessen traf er sich mit der Fotografin. Zwar wirkte er leicht angeschlagen, aber er konnte noch immer reden, noch immer laufen. Ich kann mir das nicht erklären.»

«Hat er ihr etwas über dieses Mädchen erzählt?» Eigentlich kannte Pieter die Antwort auf diese Frage. Carolin hatte ihm bereits berichtet, dass Leif Minnesang nur vage Andeutungen über verdächtige Ungereimtheiten gemacht hatte.

«Ich habe keine Ahnung. Sie saßen direkt nebeneinander, sie schienen vertraut zu sein. Ja, er hat ihr etwas gesagt, aber ihre Köpfe steckten zu dicht zusammen, als dass ich etwas hätte hören können.»

«Haben die beiden ein Verhältnis?»

Ebba schaute weiter in die ihm entgegengesetzte Richtung, was sie ohnehin schon die ganze Zeit machte. Sie musste vor lauter Verlegenheit ihren Kopf in einem ziemlich unbequemen Winkel halten. Fast tat sie ihm Leid. «Ich glaube nicht, zumindest sind sie beide allein in ihren Kabinen verschwunden.»

«Und dann?»

«Ich bin zu ihm gegangen.» Er musste sie fragend angeschaut haben, denn beinahe entschuldigend fügte sie hinzu: «Ich kannte ihn von früher. Vor meiner Zeit in Amerika waren wir ein Paar. Jugendliebe, nichts Bedeutendes. Ich habe einfach an seine Tür geklopft, weil ich herausfinden wollte, ob er schon schläft. Als er dann aber öffnete, habe ich so getan, als, na ja, als wolle ich alte Geschichten aufwärmen. Ich habe ja auch fest damit gerechnet, dass er eh zu müde zu allem ist. War er aber nicht.» Sie wandte sich weiter ab, der Verlauf des Gespräches schien ihr unangenehm zu sein.

«Was ist dann passiert? Immerhin muss er ziemlich benebelt gewesen sein. Jede Menge Cocktails aus Champagner und Valium …»

«Er ist eingeschlafen. Ganz normal. Ich bin irgendwann aufgestanden und gegangen. Du kannst dir nicht vorstellen, wie es mir ging. Ich habe mich fast vor Leif gefürchtet. Er war schon immer ein merkwürdiger, manchmal unheimlicher Mensch. Aber nie so sehr wie gestern Nacht, denn er nahm die Dosis hin, als wäre nichts geschehen. Als könne sein Körper die Beruhigungsmittel absorbieren. Meine ganze Aktion war scheinbar umsonst.»

«Hat er nochmal von diesem Mädchen, von dieser Polin gesprochen?»

«Nein, hat er nicht. Was das darüber Nachdenken angeht, ist mein Plan zumindest aufgegangen.»

«Und warum ist er inzwischen verschwunden?»

«Woher weißt du das?»

Pieter hatte nicht aufgepasst. Eingefangen von der unglaublichen Geschichte seiner Tante, hatte er sich zu einer unachtsamen Bemerkung hinreißen lassen. Er zuckte die Schultern. «Ich habe Gespräche belauscht. Im Lüftungsschacht.»

«Ach, so bewegst du dich an Bord. Und wen hast du belauscht?»

Pieters Gedanken füllten rasant den Kopf. Er durfte Carolin nicht ins Spiel bringen, Ebba sollte keine Ahnung haben, dass er der Fotografin in irgendeiner Weise Beachtung schenkte. «Die Sicherheitsmänner haben sich darüber unterhalten.»

«Die Sicherheitsmänner?»

«Du weißt schon, diese Typen in den blauen Uniformen. Ich habe ein Gespräch mit angehört, sie haben sich Gedanken gemacht, wo Leif Minnesang stecken könnte.»

«Aha», Ebba zog sich auf einmal zurück. Sie sagte kein Wort mehr. Hatte er etwas Falsches gesagt?

Er hakte nach. «Weißt du denn, wo dieser Journalist steckt?»

«Wer hat dir erzählt, dass er verschwunden ist?», fragte sie noch einmal.

Pieter schlussfolgerte daraus, dass er mit seiner Notlüge vom belauschten Gespräch der Sicherheitsleute danebengelegen haben musste. Wahrscheinlich steckte die Truppe mit Ebba unter einer Decke und kannte den Grund für das Verschwinden von Carolins Kollegen. In diesem Fall würden sie sich wohl kaum über dessen Verschwinden unterhalten und er hätte dementsprechend auch kein solches Gespräch belauschen können. Wie sollte er sich herausreden? Er schwieg lieber einen Moment und begann sich eine Zigarette zu drehen. Das Rollen des Tabaks auf dem hauchdünnen Papier war für ihn schon immer eine meditative Tätigkeit gewesen. Er konnte es im Schlaf, trotzdem blickte er auf seine beschäftigten Finger, als müsse er mit voller Konzentration dabei sein, wenn er etwas zum Rauchen haben wollte. So brauchte er Ebba nicht anzuschauen.

Sie ließ aber nicht locker. Sie musste gemerkt haben, dass seine Aktivitäten an Bord sich nicht auf die offensichtlichen Sabotageakte beschränkten. «Kennst du den Informanten? Hier muss noch ein weiterer Unbekannter unterwegs sein, der Leif von dem toten Mädchen erzählt hat. Bist du ihm begegnet? Weißt du von ihm, dass Leif verschwunden ist?»

Sollte er auf die Version mit den Sicherheitsmännern bestehen? Oder gab es einen anderen Weg? Er zündete die

Zigarette an. Sie war zu locker gedreht, er musste den bröseligen Tabak von den Lippen zupfen, nachdem er den ersten Zug genommen hatte. «Ich habe Leif Minnesang gesehen. Er war fix und fertig.»

Sie starrte ihn an. «Wo hast du ihn gesehen?»

«An Deck. Kurz bevor wir gegen das Werfttor geknallt sind.»

«Du hast ihn gesehen?»

«Er war blass wie der Tod, konnte kaum gehen. Er kroch die Zwischentreppe rauf, Stufe für Stufe. Ich konnte von meinem Versteck aus den Aufgang einsehen. An der offenen Tür blieb er kurz stehen und atmete durch. Ich dachte, er kippt noch um. Doch er hat sich weitergekämpft.»

«Wo warst du in diesem Moment?»

«Ich hatte mich in einem Rettungsboot versteckt. Um ein Haar wäre ich herausgekrochen und hätte ihm geholfen.»

«Du hast es nicht getan.»

«Nein, ich war zu feige. Was ist mit ihm? Ist er etwa auch tot?»

«Du solltest nicht alles wissen.»

«Ich habe aber eine Idee, wer der Informant gewesen sein könnte.» Pieters Hirn arbeitete noch immer in Höchstform. Während er sich hier mit Ebba unterhielt, durchsuchte sein Unterbewusstsein alle Informationen, die er während dieser kurzen Fahrt gesammelt hatte. Ihm kam eine fast vergessene Sache in den Sinn. Vielleicht war hier ein Schlüssel. Vielleicht konnte er Ebba hier einen Gefallen tun und dann eine Gegenleistung erwarten. «Du hast recht. Hier ist tatsächlich ein weiterer blinder Passagier. Ein Schweißer.»

«Woher weißt du das? Bist du ihm begegnet?»

Er konnte unmöglich sagen, dass Carolin ihm von einer merkwürdigen Begegnung auf der Treppe erzählt hatte. Doch wenn er eins und eins zusammenzählte, so war klar:

Der Mann, der heute Morgen gegen die Außenwand des Rettungsbootes geklopft und ihn ermahnt hatte, musste derselbe sein, vor dem sich Carolin gestern Abend gefürchtet hatte. Wäre einem Besatzungsmitglied der Verdacht gekommen, dass sich jemand unerlaubter Weise im Rettungsboot aufhielt, so wäre es nicht bei einem Klopfen und leisen Rufen geblieben. «Er stand gestern auf Deck 7 im Schatten der Treppe. Ein großer Typ.»

«Ein Schweißer?»

«Ja, er hatte die Kluft noch an. Ich kenne ihn nicht. Vielleicht war er es auch, der im Atrium den Mann in die Tiefe gestoßen hat.»

«Davon weißt du also auch schon? Aber das war kein Mord. Man sagte mir, Wolfgang Grees sei aus Versehen über das Geländer gestürzt. Oder Selbstmord. Seine Frau hatte sich von ihm getrennt.» Pieter konnte seiner Tante ansehen, dass sie dieser Aussage selbst nicht ganz traute.

«Was ist mit Leif Minnesang?»

«Er ist auf Deck 5.»

«Krankenstation?»

«Und Lagerräume.»

«Dann ist er tot?» Sie reagierte nicht. Eiskalt saß sie ihm gegenüber, nahm ihm die drei viertel aufgerauchte Zigarette aus der Hand und zog an seiner Kippe. Er kannte sie schon seit Ewigkeiten. Doch in diesem Moment war sie ihm fremd.

Wie weit ging sie? So weit, dass sie auch Carolin Schaden zufügen würde? Nur, weil sie eventuell von der Geschichte mit dem polnischen Mädchen erfahren hatte?

Er musste sie warnen.

Carolin

So weit nach unten in den Rumpf der *Poseidonna* war Carolin noch nie vorgedrungen. Ab Deck 3 hatten sich die üblichen Anzeichen bemerkbar gemacht, die immer bei ihr auftauchten, wenn sie sich freiwillig oder unfreiwillig einer unbekannten und bedrohlichen Situation aussetzte: schwitzende Handflächen, Herzklopfen, trockener Mund. Nun war sie ein weiteres Stockwerk tiefer gelangt. Inzwischen bewegte sie sich durch das Labyrinth der Lüftungswege beinahe so sicher wie durch die grauen Flure, auch wenn das nicht viel hieß. Als schließlich am Rohr «D2H» – Deck-2-Heck – zu lesen war, war ihr mehr als unwohl. Nun bewegte sie sich schon unterhalb der Wasseroberfläche. Das Dröhnen des Motors wurde lauter. Sie verließ den Klimaraum.

Vorhin auf der Kapitänsbrücke, als sie alle am Kartentisch gestanden hatten, war es Carolin gelungen, sich die ausgebreitete Deckskizze genau einzuprägen. Obwohl sie da noch nicht gewusst hatte, dass sie nur wenige Momente später durch diese Gänge und Maschinenräume gehen würde. Instinktiv hatte sie alles memoriert, vielleicht, weil sie sich ohne Kamera hilflos fühlte und nun versuchte, wieder Orientierung zu erlangen.

Sie war nur zur Täuschung ein Deck höher gestiegen, weil der merkwürdige Schweißer denken sollte, dass sie auf der Brücke Meldung machte. Doch in Wahrheit hatte sie sich vor Augen geführt, was sie vorhin bei der Schadensmeldung über diese Ballasttanks erfahren hatte. Und sie sah, tatsächlich fast wie bei einer Fotografie, die Decks 1 und 2 vor sich, die eingezeichneten Einstiegsluken der Tanks, im hinteren Drittel, unmittelbar bei den Maschinenräumen, die für den Heckantrieb zuständig waren.

Sie hatte sich schnell dagegen entschieden, der Mannschaft dort oben von der Sache zu berichten. Egal, ob der Arzt tatsächlich dort unten im einströmenden Flusswasser um sein Leben bangte oder ob sich dieser Fremde nur eine hanebüchene Geschichte ausgedacht hatte, es war besser, selbst dort unten nachzuschauen. Ihr war es gelungen, die Aufmerksamkeit von sich abzulenken, und dabei sollte es besser bleiben. Ein erneuter Besuch in der Männerrunde, eine aufregende Nachricht über den Verbleib von Perl, dies alles würde sie wieder in den Mittelpunkt stellen. Wenn sie auf eigene Faust nachschauen und tatsächlich etwas entdecken sollte, könnte sie immer behaupten, aus rein journalistischer Neugierde an den Ort des Unfallschadens geschlichen zu sein.

Noch immer verstand sie nicht ganz, aus welchem Grund der Schweißer nicht selbst nach unten kletterte, wenn ihm die Situation von Herrn Perl so lebensbedrohlich erschien. Der Fremde musste wirklich eine Heidenangst davor haben, entdeckt zu werden. Er hatte gesagt, dass man ihm leicht ein Mordmotiv im Fall Wolfgang Grees unterjubeln würde. Was hatten diese beiden Männer miteinander zu tun gehabt? Ging es um eine private Sache? Eine Frauengeschichte womöglich? Aber der Schweißer fürchtete sich vor Schmidt-Katter und seinen Leuten, und es wäre schon sonderbar, wenn die Chefetage der Werft ihre Nase in derlei Angelegenheiten stecken würde. Es musste etwas anderes sein. Vielleicht konnte dieser Perl, sollte er tatsächlich dort unten sein, etwas zur Aufklärung beitragen.

Die Luke war Gott sei Dank leicht zu finden. Man konnte ein leises Plätschern von einlaufendem Wasser hören. Wäre dort unten ein Mensch in Lebensgefahr, so hätte man mit Sicherheit auch dessen Schreie vernommen. Ein Schraubrad von sicher dreißig Zentimeter Durchmesser verschloss den Eingang. Zum Glück ließ sich das Ding wie geschmiert bewegen, fast von allein drehte sich die Schraube auf, und sie konnte den Einstieg nach oben hin öffnen.

Drinnen war es dunkel. Zwar hatten sich Carolins Augen im Gewirr der Lüftungsschächte bereits an die minimale Anwesenheit von Licht gewöhnt. Doch unter dem bleischweren Deckel war es schwarz, als schaue man direkt ins Nichts.

«Hallo?» Das Rauschen war laut, trotzdem hallte Carolins Rufen im Ballasttank wider. «Doktor Perl? Sind Sie dort unten?» Da war nichts. Carolin beugte sich ganz herunter, um nichts zu überhören, sie tauchte den Kopf in das dunkle Loch, doch da schien nur Wasser und das Echo von Wasser zu sein.

Vielleicht war dieser Mensch auch nicht in der Lage zu antworten, dachte Carolin. Sie hatte sich bis hierhin gequält, dann musste sie diese Sache auch gründlich untersuchen. Carolin bemerkte, dass sie, bis auf nervöses Zittern und ein unsicheres Gefühl in den Knien, einigermaßen bei Kräften zu sein schien. Sie setzte sich wieder auf und blickte sich um. Sie brauchte eine Lichtquelle, doch es war mehr als unwahrscheinlich, dass hier unten jemand irgendeine Art von Beleuchtung herumliegen gelassen hatte. Pieter hatte eine Taschenlampe bei sich gehabt, doch die Zeit fehlte, sie in der Kabine zu suchen, falls sie dort überhaupt noch lag.

Wieder vertiefte sich Carolin in das eingeprägte Bild, den Grundriss der Schiffdecks, welcher so zuverlässig vor ihrem inneren Auge lag. Sie befand sich auf Deck 2. Hier waren die Maschinenräume untergebracht, die niemals ein Passagier der *Poseidonna* zu Gesicht bekäme. Sie befand sich in den Eingeweiden des Schiffes. Motorräume, links und rechts. Und dazwischen meinte sie sich an einen kleinen Raum zu erinnern, der mit einem grünen Symbol gekennzeichnet gewesen war. Wäre Leif nur hier, er hätte ihr sofort sagen können, was sich dahinter verbarg.

Sie stand auf, verschloss eilig den Lukendeckel und lief in den hinteren Teil. Der hintere Teil des Schiffes, der in Fahrtrichtung eigentlich ja der vordere Teil ... Da fiel es ihr ein: Der Schaden war am Ballasttank steuerbord gemeldet worden. Und sie hatte sich einmal mehr vertan, weil sie sich nach dieser verdammten Fahrtrichtung orientiert hatte. Die Skizze vor ihrem Auge war auch seitenverkehrt. Durch die Rückwärtsbewegung des Schiffes musste sie anders herum denken. Wahrscheinlich war dieser Mann, wenn er überhaupt dort war, auf der anderen Seite. In Fahrtrichtung links. In Schiffsrichtung rechts. Das musste es sein. Sie rannte los. Seit ihr der Fremde von Doktor Perl berichtet hatte, waren sicher schon zwanzig Minuten vergangen. Und wenn der Arzt dort unten gefesselt war, so hatte er, auch wenn das Sicherheitsventil den Wasserzulauf stoppte, schlechte Chancen, sich an der Oberfläche zu halten. Sie musste sich beeilen und hetzte beinahe an der kleinen Kammer zwischen den Maschinenräumen vorbei. Dieser kleine Raum, der auf der Skizze grün gekennzeichnet gewesen war. Glücklicherweise streifte ihr Blick die in verschiedenen Sprachen angebrachte Aufschrift: «Lager Rettungsmittel». Dort wurden ersatzweise Rettungsringe, Notfallrutschen und Leuchtsignale aufbewahrt. Leuchtsignale! Carolin öffnete die Tür. Die Kartons und verpackten Gegenstände stapelten sich bis zur niedrigen Decke. Sie suchte die Beschriftungen ab, größtenteils prangten asiatische Schriftzeichen an den Paketen, und die englische Beschriftung war nur schwer auszumachen, klitzeklein in der Ecke, kaum entzifferbar. Doch, da war es, was sie suchte: Handfackeln. Damit würde sie die finsteren Ballasttanks von innen einsehen können. Der Karton war, wie einige andere auch, bereits aufgerissen, und

Carolin konnte die Plastikkörper erkennen. Hektisch riss sie die Pappe vollends auseinander und schnappte sich drei der Stäbe. Immerhin hatte sie nun Licht. Jetzt musste sie nur noch rechtzeitig in den Maschinenraum gelangen, der steuerbord lag.

Ihr wurde die Bewegung des Schiffes bewusst, die Beschleunigungskraft schob sie unsichtbar an. Ein leichtes Schwanken war auszumachen, sie registrierte das Auf und Ab der Flusswellen, welche den Kiel der *Poseidonna* leicht hoben und senkten.

Der Maschinenraum schien die spiegelverkehrte Kopie des vorherigen zu sein. Carolin fühlte sich leicht schwindelig, ein Wirrwarr aus rechts und links ließ ihre Gedanken umherirren, sodass sie fast die Einstiegsluke übersehen hätte, weil sie zur anderen Seite geschaut hatte. Diese Drehöffnung ließ sich im Vergleich zu der ersten leider gar nicht bewegen. Jemand musste sie mit ganzer Kraft zugeschraubt haben. Sie legte die Notsignale neben sich und fasste mit beiden Händen an den Stahlring, legte ihr gesamtes Körpergewicht dagegen, hielt die Luft an, doch nichts lockerte sich. Sie war zu schwach. Zu leicht wahrscheinlich auch. Sie war einfach nicht gebaut für solche Einsätze. Sie müsste Hilfe holen.

Aber wen, um Himmels willen, sollte sie fragen? Sie versuchte es erneut, stemmte sich mit den Füßen gegen eine aus dem Boden hervorlugende Stahlniete, drückte ihre Knie durch, vielleicht ging es so. Verdammt, wer hatte diesen Deckel so fest zugeschraubt? Der andere hatte sich so problemlos öffnen lassen. Carolin wechselte die Position. Sie stellte ihre Füße auf eine der Streben der Schrauböffnung und stützte sich mit den Händen gegen die Wand. Leicht federnd übte sie immer festeren Druck mit den Sohlen auf die Schraube aus. Bei jedem Tritt stieß sie die Luft wütend aus, wippte verbissen gegen dieses verfluchte, unbewegliche, sture Ding.

Bis es endlich nachgab. Es machte einen kleinen Ruck. «Ja!», entfuhr es Carolin mit dem letzten Stoß gegen die Öffnung. Erschöpft setzte sie sich auf und drehte das Rad im Uhrzeigersinn. Endlich war die Luke offen.

Dort unten rauschte das Wasser lauter. Dies schien der richtige, der defekte Ballasttank zu sein. «Hallo? Ist da jemand?» Das kürzere Echo verriet Carolin, dass in diesem dunklen Raum das Wasser bereits höher gestiegen sein musste.

«Doktor Perl, sind Sie da? Soll ich Ihnen helfen?»
Keine Antwort.

Carolin griff nach der Handfackel. Ein runder Stab von gut vierzig Zentimeter Länge, orangefarben, aus festem Kunststoff, an deren einem Ende sich ein blauer Deckel mit Ring befand. Die Anweisung war idiotensicher bebildert, trotzdem kostete es Carolin Überwindung, mit dem Zeigefinger in die Öse zu greifen und die Haube schnell in einer einzigen Bewegung abzuziehen. Es dauerte eine Sekunde, länger nicht, gleißendes Pink beleuchtete den Maschinenraum, die Flamme zischte gleichmäßig und strahlte Hitze ab.

Carolin tauchte erst die Fackel und dann den Kopf nach unten, der Brennstoff roch beißend, sie hielt die Luft an, kniff die Augen zu, um sich vor dem blendenden Licht zu schützen. Als sie wieder wagte, die Lider zu öffnen, konnte sie dennoch nichts sehen und nichts entdecken. Sie erkannte lediglich, dass der Raum riesig war. Eine schmale Leiter führte nach unten und verschwand zwei Meter tiefer im grauen Wasser. Obwohl sie die Flamme, so weit es ging, von sich hielt, gelang es ihr nicht, den ganzen Raum zu überblicken. Sie musste ein paar Stufen hinabklettern, bevor sie die ganze Länge abchecken könnte. Carolin erinnerte sich an die Zeichnung. Die Ballasttanks hatten sich als schmale, lange Räume dargestellt, siebzig bis achtzig Meter vielleicht, gigantische Ausmaße. Die Luke führte so ziemlich in der Mitte der Räume hinab, also müsste sie zu beiden Seiten ungefähr vierzig Meter weit schauen. Die Flamme erlosch. Sie griff nach den beiden anderen Fackeln und schob sie sich zwischen Hosenbund und Rücken.

Ob hier unten wirklich jemand war? Es konnte auch sein, dass der Schweißer sie in die Irre führen wollte. Vielleicht hatte er direkt etwas mit Leifs Verschwinden zu tun und wollte nun auch ihr schaden. Es wäre besser, nicht hinabzusteigen, es wäre wesentlich vernünftiger und schlauer. Aber es wäre auch verdammt feige.

Carolins Füße fanden die Sprossen der Leiter. Noch brannte die Fackel. Sechzig Sekunden Brenndauer hatte die Beschriftung versprochen. Sie packte den Mini-Disc-Recorder aus der Hosentasche und klemmte ihn hinter zwei Metallrohre neben der Öffnung. Er sollte beim Klettern nicht versehentlich ins Wasser fallen. Nichts durfte sie in irgendeiner Weise behindern, denn sie musste schnell sein. Die Minute Brenndauer musste sie nutzen, hell genug war das Licht ja, wenn sie nur etwas mehr als einen Meter nach unten stieg, müsste sie eigentlich die gesamte Länge überschauen können. Und dann wäre der Auftrag erledigt, dann könnte sie ruhigen Gewissens nach oben steigen, die Luke schließen und mit der Sicherheit, das Möglichste getan zu haben, ihre Suche nach Leif fortsetzen. Sie stieg hinab. Das Wasser unter ihr bewegte sich in Strudeln und an einigen Stellen wallte es auf, noch immer strömte es durch die defekte Stelle herein. Sie leuchtete die unruhige Oberfläche ab. Da war nichts, nur das Grau des Emswassers, ansonsten ... oder, was war dahinten? Ein weißes Tuch, etwas in der Art, schwamm am Rand, fast ganz hinten, kaum auszumachen. «Hallo? Ist da jemand?»

Carolin schärfte die Augen. In diesem Moment erlosch die Fackel. Ohne vorher zu zucken ging das Licht aus, als stellte sich der Brennstoff per Schalter ab. Es war stockfinster. Carolin ließ die leer gebrannte Kunststoffhülse einfach fallen, hängte sich mit einem Arm an die Sprosse und versuchte, die andere Fackel anzureißen. Was immer dahinten auf den kurzen Wellen geschaukelt hatte, sie musste es näher betrachten. Das Licht aus der oberen Luke reichte dazu nicht aus, das Objekt schwamm sicher fünfundzwanzig Meter weiter hinten. War es ein Mensch?

Ein Geräusch direkt über ihr hinderte sie daran, den Deckel aus dem Leuchtkörper zu ziehen. «Halt, was machen Sie da?», rief sie hinauf. Die Luke wurde verschlossen. «Ich bin hier unten, halt, nicht schließen! Ich bin doch hier!» Sie hatte im allerletzten Lichtschein nur eine Hand sehen können, eine kräftige Männerhand, die den Deckel hielt, bevor er auf der Öffnung aufsetzte. Dieser Mensch dort oben hatte sie doch hören müssen! «Hilfe, machen Sie wieder auf! He, Sie können mich hier nicht einfach einsperren! Hallo? Hilfe!»

Obwohl es stockfinster war, schloss Carolin die Augen. Sie musste sich konzentrieren, sie musste ganz genau überlegen, wo sie sich befand und wohin sie wollte. Ihre Beine standen stabil auf der Leiter, sie wusste, dass sie nicht tiefer klettern konnte, ohne im Wasser zu stehen. Ihr linker Arm umklammerte die Sprosse, ihre rechte Hand griff nach der Leuchtfackel. Sie wollte das Licht entzünden. Noch einmal einen Blick auf den Raum werfen, in dem sie so plötzlich gefangen war, eingesperrt, und zwar bewusst eingesperrt. Hier hatte ihr jemand mit Absicht den Weg nach oben verschlossen. Und dahinten schwamm etwas Weißes im

Wasser. Vielleicht war dort Doktor Perl? Die Versuchung war groß, einfach den Zeigefinger in die Öse, einen kleinen Ruck, und sie konnte alles überschauen. Doch dann, nach nur sechzig Sekunden, würde es ebenso finster werden wie jetzt. Und wahrscheinlich schien die Schwärze noch weitaus dunkler, wenn man keine weitere Lichtreserve in der Hand hielt. Es war wichtig, dass sie jetzt nichts Unbedachtes tat.

«Hallo? Sind Sie da? Doktor Perl?» Nur das Wasser war zu hören. Es strömte immer weiter. Hatte der Mechaniker nicht von einem Sicherheitsventil gesprochen, das irgendwann automatisch die Wasserzufuhr regeln würde? Sie konnte nur hoffen, dass dies bald geschehen würde.

Carolin entschied sich gegen das Licht. Und sie entschied sich, zu hoffen, dass hier irgendetwas schief gelaufen war. Dass innerhalb der nächsten sechzig Sekunden ohnehin jemand kommen würde, um sie rauszuholen. Sie zählte langsam vor sich hin. Bis sechzig wollte sie kommen. Erst merkte sie nicht, dass sie weiter und weiter zählte. Und bei einhundertfünfzig begann sie die Hoffnung aufzugeben.

Sie hing nur an der Leiter und schaute in die Dunkelheit.

Ihr Arm begann zu schmerzen.

Sie kletterte nach oben, klopfte fünf- oder sechsmal gegen die Luke. «Hey, ich bin hier drin. Hilfe!» Es war höllisch anstrengend. «Hallo?» Sie musste einsehen, dass es keinen Sinn hatte und zudem viel zu viel Kraft kostete. Also stieg sie wieder hinab und kauerte sich auf die Stufe.

Noch immer rauschte das Wasser. Carolins Fußsohlen wurden feucht, wenn sich ab und zu eine kleine Welle erhob. Das Schiff schien leicht zu schwanken. Waren sie inzwischen in den aufziehenden Sturm gelangt?

Sehen konnte sie noch immer nichts.

Plötzlich klickte es laut, und das Rauschen verstummte

mit einem letzten Gluggern. Es war fast still. Gott sei Dank, das Sicherheitsventil hatte seinen Dienst verrichtet.

Carolin entlastete ihre Arme, indem sie sich auf eine der Sprossen setzte und die Beine, durch die Leiter hindurchgesteckt, nach unten baumeln ließ. Eine Metallkante kniff unter den Oberschenkeln. Doch es war besser, als weiter an der Stiege zu hängen, mit kraftlosen Armen und zitternden Knien.

Angst hatte sie nicht mehr. Es war seltsam. Eigentlich hätte sie schreien müssen. Oder Übelkeit verspüren. Doch sie fühlte sich teilnahmslos. Vielleicht war sie auch einfach zu müde, um sich zu fürchten. Die letzte Nacht hatte sie katastrophal geschlafen. Inzwischen musste es weit nach Mittag sein. Vielleicht. Eigentlich hatte sie jegliches Zeitgefühl verloren. Und sie hatte bis auf das ihr von Sinclair Bess verabreichte Croissant nichts im Magen. Ihr Körper schien allmählich aufzugeben. Sie musste sich konzentrieren, um wach zu bleiben. Da blieb keine Kraft mehr für Angst.

Das Wasser war zur Ruhe gekommen, sie gewöhnte sich an einen regelmäßigen Rhythmus aus Motorenbrummen und dem leisen Plätschern. Plötzlich erkannten ihre Ohren eine unbekannte Schwingung. Ein Ächzen, ein Seufzen, zumindest kein Geräusch, welches von Metall, Motor oder Wasser hervorgerufen sein könnte. Ein lebendiges Geräusch. Ein leises Rufen.

«Doktor Perl?», wagte Carolin zu flüstern. Dann lauter: «Herr Perl? Sind Sie hier? Sagen Sie etwas! Oder geben Sie mir ein Zeichen!»

Erst war nichts auszumachen. Zumindest nicht mit den Ohren. Doch die Innenflächen ihrer Hände spürten eine feine Vibration in den Leiterstreben. Klopfte jemand gegen die Tankwand? «Sind Sie das, Herr Perl? Klopfen Sie nochmal!»

Es pochte. Fast unmerklich pochte es im Metall. Ein regelmäßiges Signal, fast wie ein SOS. Und dann wieder das leise Stöhnen.

Was sollte sie jetzt tun? Wieder rufen und gegen die Luke hämmern, bis ihr die Kraft wegblieb? Oder die Fackel entflammen? Die letzte Hoffnung anzünden, um zu sehen, was das war und ob diese Geräusche etwas mit dem Ding zu tun hatten, welches sie vorhin im letzten Schein des Lichtes hatte ausmachen können? Die Luft war schwer und dick geworden, das Atmen war unangenehm. Die Fackel würde zwar für eine Minute den Raum erhellen, zudem aber auch dieses bisschen Luft mit beißendem Qualm füllen. Und wenn sich dann herausstellte, dass die vermeintlichen Signale nur eine Halluzination, eine akustische und sensorische Täuschung waren?

«Wer ist da?»

«Hil-fe ...» Kein Schrei, keine dringende Aufforderung, sondern zwei fast unhörbar aneinander gereihte Silben kamen aus der Richtung, in der sie vorhin dieses weiße Objekt gesehen hatte.

Carolin zog die Fackel unter dem Bund ihrer Hose hervor. Dann eben jetzt. Warum sollte dieser Augenblick besser oder schlechter sein als der vorherige oder der nächste? Noch war sie in der Lage, etwas zu unternehmen, falls ihr der Blick in die Richtung, aus der das Geräusch gekommen war, etwas zeigen sollte. Etwas, das noch in der Lage war, Klopfzeichen zu geben und leise um Hilfe zu rufen.

Sie zog an der Öse, und der gleißende Funken stach ihr direkt in die Augen wie ein Pfeil. Noch nie hatte Licht ihr derartige Schmerzen bereitet. Normalerweise war die Helligkeit eine Verbündete, die ihr die Welt zeigte und half, das Leben abzulichten. Doch diese Strahlen, die am Ende des Plastikstabes in den vorher so finsteren Raum drangen, taten weh. Sie konnte genauso wenig sehen und erkennen wie zuvor in der Dunkelheit. Als sie die Augen zusammenkniff, bedeckten Tausende purpurne Sterne die Innenseite ihrer Lider. Verdammt, wie lange brannte das Feuer nun schon? Vielleicht war es gleich vorbei, und dann hätte sie nichts davon gehabt.

«Hier!», hörte sie nun deutlich. «Hier!»

Sie streckte den Arm, in dem sie die Fackel hielt, machte ihn so lang wie möglich, hielt ihn weit weg von ihrer Blickrichtung, erst dann wagte sie, die Augen wieder zu öffnen. Langsam erschienen hinter der Helligkeit die Umrisse des tunnelartigen Raumes. Dahinten war er. Tatsächlich. An der Außenwand, die leicht rumpfförmig gebogen war. Das weiße Etwas. Es war ein Mann ohne Arme, der sich gegen die schräge Wand presste und den Mund öffnete und schloss wie ein Fisch an Land. Er hatte die Augen zusammengekniffen. Kein Wunder, wenn dies Doktor Perl war, so musste er seit fast vierundzwanzig Stunden in der Dunkelheit eingesperrt gewesen sein. Für ihn musste die Signalflamme unerträglich hell scheinen.

«Hier bin ich!» Wenn man die Bewegung der Lippen sah, konnte man das leise Rufen des Mannes besser verstehen. Wahrscheinlich hatte er zu lange um Hilfe geschrien und war nun heiser. Das Wasser stand ihm bis zur Mitte der Brust. Seine Arme waren nach hinten gebogen. Der Schweißer hatte gesagt, dass Perl gefesselt war. Aus diesem Grund hatte er sich auch nicht zur Leiter retten können. Vielleicht waren seine Beine ebenso verschnürt. Er war hilflos.

Ohne sie hatte er keine Chance. Ohne zu überlegen ließ sie sich ins beißend kalte Wasser gleiten. Es brannte auf der Haut, die eben noch von der warmen Luft umgeben gewesen war. Der schlagartige Temperaturwechsel ließ Carolin nach Luft schnappen. Ihr Brustkorb dehnte sich so weit, dass es schmerzte. Sie ignorierte es. Sie hatte keine Ahnung, wie lange die Fackel schon brannte, doch sie wusste, sie musste den Ertrinkenden erreichen, bevor das Licht erlosch, sonst würde sie ihn nicht finden und vielleicht verloren gehen in diesem riesigen Raum voll eisigem Flusswasser. Laufen ging nicht. Lediglich die Zehenspitzen berührten den Boden irgendwo dort unten. Carolin stieß sich von der Leiter ab. Sie schwamm, die Fackel mit einem Arm mühsam nach oben gehalten.

Je näher sie dem fremden Mann kam, desto besser konnte sie sein ängstliches Gesicht erkennen. Sie versuchte, ihn durch leise Worte zu beruhigen. Er blinzelte leicht, wandte seine Augen ab. «Keine Angst, Doktor Perl. Ich werde Ihnen helfen!» Ermutigend klangen Carolins Worte sicher nicht, denn sie verschluckte sich an dem Wasser, das nach Metall und Erde und ein wenig nach Salz schmeckte. Doch er schien zu verstehen, dass sie ihn retten wollte. Als sie nur noch wenige Meter von ihm entfernt war, lächelte er fast, stieß sich von der Wand ab und schob sich in Carolins Richtung.

Sie berührten sich unterhalb der Wasseroberfläche. Carolin umfing mit ihren Händen seinen Oberkörper und wäre von seiner Größe fast in die Wellen gedrückt worden. Kaum spürte sie seinen abgekühlten Körper, da war es wieder finster. Sie schaffte es gerade noch, einen rettenden Blick in Richtung Leiter zu werfen, wie ein Seil, an dem sie sich ohne Licht wieder zum Ausgang hangeln konnte.

«Wir tasten uns an der Wand entlang, Doktor Perl. Dann können wir es schaffen.»

«W-wer sind Sie?», stotterte der Mann. Carolin konnte fühlen, dass er tatsächlich eingewickelt war wie das Opfer einer Spinne. Arme und Beine waren mit stabilem Band eng an den Körper geschnürt. Warum hatte der Schweißer das getan? Obwohl natürlich niemand damit hatte rechnen können, dass die Ballasttanks geflutet werden würden, hatte der Fremde eine schreckliche Tat begangen. Auch ohne das einströmende Wasser musste es in dieser Dunkelheit hier drinnen die Hölle sein.

«S-sagen Sie mir, wer S-sie sind?»

«Wir kennen uns nicht, Herr Perl», sagte Carolin. Wieder schluckte sie bei jedem Wort viel zu viel Wasser. Sie musste die Kraft einteilen. Wenn sie es beide die gut dreißig Meter weiter bis zur Leiter schaffen wollten, dann musste sie jetzt die Klappe halten. Ihre Kraft war in diesem Moment kostbar, alles hing daran, dass sie nicht versagte.

«Retten Sie mich ...»

Man konnte nicht ausmachen, ob dieser Satz als Frage oder Aufforderung gedacht war. «Alles okay!», versuchte sie ihn zu beruhigen. Sie konnte ein wenig besser stehen, wenn sie eng am gebogenen Schiffsrumpf entlangglitt. Herr Perl, der ein gutes Stück größer als sie sein musste, bewegte sich auf eigentümliche Weise vorwärts. Sie unterstützte seine hilflosen Sprünge, indem sie seinen Rücken von hinten anschob. Es ging recht gut. Es kostete viel Kraft, aber sie kamen voran. Carolins Orientierungssinn sagte ihr, dass sie sich nun ins Rauminnere bewegen mussten, wenn sie die Leiter zu fassen bekommen wollten. Doch konnte sie sich darauf verlassen? Rechts und links, oben und unten, normalerweise für Carolin nicht zu fassen, nicht zu begreifen, und nun sagte ihr eine unerklärliche innere Stimme, wohin sie sich mitten in der Dunkelheit wenden sollte. Sie konnte der Intuition nicht trauen. Es war jenseits jeglicher Vernunft. Sie hatte nichts als ein paar ungezählte Schritte in der Dunkelheit, an denen sie erkennen konnte, dass sie sich nun an der richtigen Stelle befanden. Das war viel zu wenig, um sicher zu sein. Und doch drehte Carolin sich nach rechts, stieß Doktor Perl voran, schwamm ein paar Züge geradeaus, griff in die Dunkelheit. Und fühlte die Leiter.

Er brauchte sehr lange, um sich zu beruhigen. Carolin hatte erstaunlich schnell zu einem gleichmäßigen Atmen und klaren Verstand zurück gefunden. Aber Perl hatte erst eine ganze Weile nur eine Art Gemurmel von sich gegeben. Nachdem sie ihm die Fesseln an Armen und Beinen abgenommen hatte, versuchte er in seiner Panik, nach ihr zu greifen. Zum Glück hatte er nicht mehr allzu viel Kraft. Carolin packte seine Hände, drehte sie kurz nach hinten und erklärte dann langsam und eindringlich, dass ein ihr fremder Schweißer den Hinweis auf seinen Verbleib geliefert hatte und sie aus der Not heraus selbst nachgeschaut hatte. Mehrmals musste sie ihm in langsamen Sätzen erzählen, wer sie war. Dann schöpfte er Vertrauen. Sie kletterte ganz nach oben, hockte mit gebeugtem Kopf direkt an der Luke, damit er noch Platz fand, sich unter ihr an der Leiter zu halten. Carolins Kleidung war nass, und das Wasser tropfte auf den Arzt hinab. Sie hatte das Gefühl, dass der voll gesogene Stoff auf ihrer Haut sie kiloschwer nach unten zog.

«Sicher kommt gleich jemand. Sie kontrollieren bestimmt den Tank. Wahrscheinlich haben sie gerade ziemlich viel zu tun, wissen Sie, die Meteorologen haben schlechtes Wetter vorausgesagt, einen plötzlichen Sturm. Ich denke, die Mannschaft hat alle Hände voll zu tun, diesen Pott hier Richtung Eemshaven zu lenken. Aber dann kommen sie sicher!» Carolin beruhigte nicht nur den zitternden Mann unter sich. Auch für sie selbst waren die laut ausgesprochenen Worte ein Stück Hoffnung.

«Dieser Mann», Perl atmete noch immer schwer. Er

schien eigentlich eine gute Kondition zu haben. Schlank und muskulös war er, noch nicht alt, vielleicht Mitte vierzig. Sie hatte ihn nur kurz gesehen, vorhin im Schein der Fackel, und als sie ihm die Fesseln gelöst hatte, hatte sie seinen durchtrainierten Körper gefühlt. «Dieser Mann, der Ihnen gesagt hat, dass ich hier unten stecke, sagen Sie, kannten Sie ihn?»

«Nein», antwortete Carolin schlicht. Es war Zeit, dass er mit dem Reden begann. Sie war jetzt müde. Sie war jetzt fertig. Er sollte erzählen und erzählen, was auch immer, aber sie wollte nicht mehr.

«Sie sagten, er war groß und kräftig, er hatte blondes Haar.»

«Ja.»

«Wissen Sie, ich konnte mir keinen Reim darauf machen, wer er ist und was er von mir will.» Er keuchte noch etwas, während er redete. Doch es schien ihm wichtig zu sein, seine Gedanken auszusprechen. «Ich bin doch Arzt. Sollte er seinen Job verloren haben, gut, ich könnte seine Wut verstehen, aber warum sperrt er dann ausgerechnet mich ein?»

Er schwieg eine Weile. Laut und regelmäßig summten die Motoren. «Er war zwar maskiert, aber ich bin mir trotzdem sicher, dass ich diesem Mann noch nie begegnet bin. Er hat kaum etwas gesagt, aber ich könnte schwören, dass ich seine Stimme niemals zuvor gehört habe. Es ist so seltsam. Was will er von mir? Was habe ich ihm getan?»

«Keine Ahnung!»

«Wissen Sie, ich hatte ja verdammt viel Zeit zum Nachdenken hier unten. Und ich bin alle meine Patienten durchgegangen. Ich habe in Gedanken meine Karteikarten durchgewühlt. Ich habe überlegt, ob ich vielleicht einen Kunstfehler gemacht habe, ob ich jemandem Schaden zugefügt habe. Aber es war nichts dabei. Nichts Spektakuläres.

Eigentlich nur kleine Wunden, manchmal Verrenkungen, Verstauchungen, leichte Verbrennungen.»

Carolin horchte auf. «Verbrennungen? Wolfgang Grees hatte sich den Arm verbrannt.»

Obwohl es noch immer stockfinster war, erahnte Carolin, dass Doktor Perl leicht nickte. «Ja, genau solche Verletzungen meine ich. Herr Grees musste nicht einmal ins Krankenhaus eingewiesen werden. Seine Verbrennung war nicht so schwer. Aber dies sind die Sachen, mit denen ich mich beschäftigt habe.»

«Er ist tot.»

«Wer? Wolfgang Grees?»

«Ja. Er ist im Atrium zu Tode gestürzt.»

«Mein Gott!»

Sie schwiegen wieder. Vielleicht hätte Carolin ihm diese Nachricht besser vorenthalten. Er war in denkbar schlechter Verfassung, und sie berichtete ihm vom Tod eines Patienten.

«Ein Unfall oder Mord?», fragte Doktor Perl.

«Ich weiß es nicht. Wie kommen Sie darauf?»

«Er war ein umstrittener Mann. Manche behaupten, dass er käuflich war.» Wieder war er still. «Oder … mir fällt da eine Sache ein», sagte er plötzlich. Carolin wollte nachhaken, doch sie merkte ihm an, dass er dabei war, seine Gedanken zu sortieren. «Es gab da Anfang des Jahres einen unglücklichen Vorfall, von dem ich allerdings nur gehört habe. Damals, als Wolfgang Grees sich den Arm verbrannt hat. Eine junge Frau ist gestorben.» Wieder überlegte er einen Moment, und Carolin konnte direkt unter sich seinen angestrengten Atem hören. «Ich meine, es war eine Polin. Daran habe ich nicht gedacht. So ganz genau weiß ich nicht darüber Bescheid, weil ich eigentlich nichts mit der Sache zu tun hatte. Aber es könnte sein …» Er atmete schwer.

«Mein Gott, ich konnte nichts dafür. Man hatte mich nicht informiert!»

«Was ist passiert?»

«Um Himmels willen, so genau weiß ich es auch nicht. Ich habe ja selbst nur am Rande davon erfahren. Sagen Sie, hatte der Schweißer einen polnischen Akzent?»

«Nein, er war Deutscher, mit Sicherheit!»

«Ja, das meine ich auch. Er hat zwar kaum gesprochen, aber ich kann mich nicht erinnern, dass er einen osteuropäischen Tonfall hatte. Sonst wäre ich vielleicht eher dahinter gekommen.»

«Hinter was?»

«Hinter diese Geschichte. Meine Frau hat mir davon erzählt, aber ich muss zugeben, ich habe nicht so genau hingehört. Ich dachte einfach, dass es nichts mit mir zu tun hat. Ich habe es mir leicht gemacht. Verdammt, warum habe ich nicht nachgehakt?» Er erwartete keine Antwort. «Schmidt-Katter hat mir versprochen, dass ich nichts damit zu tun haben würde. Und ich Idiot habe ihm geglaubt. So ein Unsinn, ich bin Arzt, natürlich habe ich etwas damit zu tun, wenn ein Mensch in unserem Betrieb stirbt.» Doktor Perl schien jetzt nur noch mit sich selbst zu reden. «Ich hätte damals auf meine Frau hören sollen. Sie war außer sich. Sie wollte erst gar nicht hier mitfahren. Mit solchen Unmenschen wollte sie nicht an Bord gehen, hat sie gesagt. Aber ich habe sie überredet.» Seine Sätze boten Carolin keine Gelegenheit, etwas von dem Sinn dahinter zu begreifen.

«Warum bin ich nicht gleich darauf gekommen?», fragte er sich immer wieder. Doch er blieb sich und auch Carolin eine Antwort schuldig.

Und solange sie hier in diesem Gefängnis hingen, war es auch nicht von Bedeutung, ob er ihr eine Erklärung gab. Hier zählte nur, dass sie lang genug durchhielten.

Als die Luke über ihr geöffnet wurde, glaubte sie erst an eine Täuschung. Doch dann fiel Licht auf sie herab, und sie bekam frische Luft in die Lungen. Endlich. Viel länger hätte sie nicht durchgehalten. Der Mann, der ihr schweigend seinen kräftigen Arm entgegenstreckte, schien ihr zuerst unbekannt. Erst als er lächelte, kamen ihr die markanten Gesichtszüge unter den dunklen Augenbrauen ein wenig bekannt vor. Sie hatte ihn schon mal einen flüchtigen Moment gesehen. Ein südländischer Typ im grauen Overall. Es war der Fensterputzer, der sich ihr gestern Abend beim Empfang vor die Linse geschoben hatte, als sie dabei war, die Werft zu fotografieren.

Dankbar fasste sie seine Hand und stieg nach oben.

Doktor Perl folgte ihr.

Marten

Nichts passierte, nichts.

Marten stand an einer geschützten Stelle neben dem Pool an Deck. Hier würden in ein paar Wochen die Animateure für die Gäste tanzen und singen. Es regnete inzwischen wie aus Eimern. Der blaugrüne Boden des riesigen Schwimmbeckens stand bereits millimetertief unter Wasser. Die *Poseidonna* nutzte die wenigen Meter Bewegungsfreiheit im Fluss und schwankte, vom Wind angestoßen, fast wie auf offener See. Der Kapitän und seine Mannschaft hatten sicher Probleme genug. Doch warum passierte nichts?

Die Fotografin hätte schon längst etwas unternehmen müssen. Sie hätte schon längst hier bei ihm sein müssen, um sich ihre ersehnten Informationen über den Verbleib des

Journalisten geben zu lassen. Zugegebenermaßen wusste er nicht viel über dessen Aufenthaltsort, seine Versprechungen waren recht hochtrabend gewesen. Eigentlich hatte er doch nur mit angehört, wie der Sicherheitsmann in den Telefonhörer geraunt hatte, dass man den Reporter umbetten sollte, weil Grees angeliefert wurde. Er vermutete, dass sich das Ganze auf Deck 5 in der Nähe der Krankenstation abspielte. Aber er vermutete nur.

Es war inzwischen Nachmittag. Und weder die Fotografin noch Doktor Perl waren hier am Treffpunkt aufgetaucht. Da musste etwas schief gegangen sein.

Vor ihnen lag im Regen die enge Flusskurve am Midlumer Sand. Hier standen nicht so viele Menschen auf dem Deich. Die wenigen verkrochen sich unter Planen oder stellten sich weiter hinten unter die windschiefen Bäume. Es war einfach zu nass und stürmisch. Das vom Sperrwerk gestaute Wasser stand höher als die grünen Wiesen an der anderen Seite des Walles. Manche Anwohner dieser Orte fürchteten sich vor den Überführungen. Vielleicht hielten sie größtenteils ihre Klappe, weil viele von ihnen selbst bei Schmidt-Katter arbeiteten und sie wussten, dass es anders nicht ging. Doch sie hatten Angst, dass der alte Deich die Wassermassen nicht mehr halten konnte und dann ihre Heimat, ihre kleinen Höfe aus rotem Backstein und die umliegenden Felder in Minutenschnelle überflutet wurden.

Marten lehnte mit dem Rücken gegen die Wand des Schiffes. Die Menschen konnten ihn sehen. Einige winkten ihm zu, wahrscheinlich dachten sie, dass er ein wichtiger Mensch war, ein maßgeblich am Bau des Schiffes beteiligter Held. Er winkte nicht zurück.

Wenn Svetlana noch leben würde, wo hätten sie in diesem Moment gestanden?

Akribisch hatte er die letzten Tage von Svetlanas Leben aufgerollt. Von dem Moment an, als er sie am Mittwochabend zur Haustür gebracht, bis zu dem Augenblick zwei Tage später, als er zu spät an ihrem Bett gestanden hatte. Diese Zeitspanne hatte er Minute für Minute auseinander gepflückt. Und am Ende seiner Forschungen hatte er vor Dr. Perls Haus gestanden und einen Plan gemacht, wie er diesen Mann bestrafen wollte.

Svetlanas Freunde und Verwandte hatten aufgrund seiner Beharrlichkeit nach und nach Auskunft gegeben. Nur ihr Vater, Robert Adamek, hatte sich bis zum heutigen Tag geweigert, Marten bei seinen Nachforschungen zu unterstützen. Wahrscheinlich wollte er den Tod der Tochter verdrängen. Das war verständlich. Vielleicht hatte der arme Kerl auch ein schlechtes Gewissen, weil er viel zu lange geglaubt hatte, die Leute von der Schmidt-Katter-Werft würden sich an ihre Versprechungen halten.

Marten hatte sich von einem Mitbewohner aus der Mörkenstraße die Kopie der Telefonliste aus Svetlanas Wohngemeinschaft geben lassen. Aus ihr ging hervor, dass Adamek am Donnerstagnachmittag gegen halb vier eine Nummer in Leer angerufen hatte. Nur ein kurzes Gespräch, eine Einheit. Dafür erfolgte aber nach einer halben Stunde das nächste Telefonat zum selben Anschluss. Wieder weniger als zwanzig Sekunden. Marten erkannte die Ziffern, die ersten drei Zahlen standen für die Schmidt-Katter-Werft, die letzten drei waren eine Durchwahl. Er rief dort an. So fand er heraus, dass an dem Tag, der Svetlanas ersten Magenkrämpfen folgte, Robert Adamek im Personalbüro angerufen hatte.

Marten wusste, dass Svetlana und ihre Familie für die Firma «Clean and go» – Raum- und Gebäudepflegeservice GmbH & Co. KG arbeitete, ohne dort in irgendeiner Weise registriert zu sein. Es brachte wesentlich mehr Geld pro Stunde, wenn man eigentlich überhaupt nicht existierte. Robert Adamek und die meisten seiner Kolleginnen und Kollegen putzten die Werfthalle und die Schiffe ohne je gesehen zu werden, also nachts. Doch man hatte ihnen eine Nummer gegeben, für den Fall der Fälle, dass jemand ernsthaft krank würde. An diese Nummer durfte man sich nur in dringenden Angelegenheiten wenden. Am Tag, als Svetlanas Fieber begann, hatte Robert Adamek zum ersten Mal diese Nummer gewählt. Und dann in immer kürzer werdenden Abständen, insgesamt noch sieben Mal. Nur an diesem Donnerstag. Das letzte Gespräch hatte länger gedauert, fast zehn Minuten. Marten schlussfolgerte daraus, dass Adamek endlich die Person erreicht hatte, die er sprechen wollte. Um Viertel nach fünf. Normalerweise war um diese Zeit das Personalbüro nicht mehr besetzt.

Also hatte Marten ebenfalls bis nach Feierabend gewartet. Und dann erneut die Nummer gewählt.

Eine unbekannte Frauenstimme hatte sich gemeldet, den Namen hatte er sich nicht so schnell merken können. «Czybula», hatte Marten sich genannt, Svetlana hatte ihm einmal erzählt, dass Zwiebel auf Polnisch *Czybula* hieß und sie früher von ihren Freundinnen so genannt wurde, weil sie im Winter immer so viele Pullover übereinander getragen hatte. Einen polnischen Akzent hatte Marten ebenfalls in seine Stimme gebastelt. «Czybula hier. Ich haben Schmerzen. Schlimme Schmerzen.»

«Einen Moment bitte», hatte die Unbekannte erwidert, dann füllte eine metallische Wartemelodie die Minuten, bis das Gespräch wieder aufgenommen wurde. «Hören Sie?»

«Ja?»

«Doktor Perl ist zurzeit beschäftigt. Er wird sich bei Ihnen melden. Wie ist Ihre Rufnummer?»

Marten hatte aufgelegt. Perl war der Betriebsarzt bei Schmidt-Katter, Marten kannte ihn schon ewig, sie waren fast ein Alter. Nur vom Sehen, zum Glück war Marten nie etwas zugestoßen, er hatte nie das Sprechzimmer auf dem Werftgelände betreten müssen. Perl war ein Mann mit schmalen Händen und akkuratem Seitenscheitel. Marten mochte solche Schmierhemden nicht. Sie arbeiteten nur halb so schwer, wie er es getan hatte, und doch musste von denen niemand stempeln gehen.

Robert Adamek hatte sich also in seiner Not via Personalbüro mit dem Betriebsarzt verbinden lassen. Es war klar, dass dies bedeutete: Sollte einer der Illegalen die Frechheit besitzen, krank zu werden, so kümmerte sich die Werft darum und niemand sonst. Die Telefonliste hatte ansonsten nichts hergegeben.

Marten hatte ein wenig gezögert, die Recherchen auf seine ehemaligen Kollegen auszuweiten. Er erinnerte sich selbst nur zu gut an das miese Gefühl, wenn man selbst noch Arbeit hatte und in der Leeraner Fußgängerzone oder im Einkaufszentrum «Ems-Park» einen traf, der nicht mehr dabei war. Man wollte am liebsten flüchten, so als sei Arbeitslosigkeit ansteckend. Trotzdem hatte er einen Tag später vor dem Werfttor A auf Wolfgang Grees gewartet. Der musste wissen, wie es mit den Illegalen und der ärztlichen Versorgung lief. Als ehemaliger Betriebsratsvorsitzender war er selbst mit den Subunternehmern in Kontakt gewesen. Er hatte sich schließlich oft und gern deren Aufträge bezahlen lassen. Von ihm hatte sich Marten die nötigen Informationen erhofft, wie es mit der Krankenversorgung der «Pfennigschwitzer» aussah. Zugegebenermaßen hatte er sich nicht viel Hoffnung gemacht, warum sollte Grees ausgerechnet ihm als Entlassenen etwas über die Machenschaften der Werft erzählen? Aber er wollte es versuchen.

Und dass es mit dem Treffen dann nicht geklappt hatte, erwies sich als wesentlich aufschlussreicher. Er wartete nämlich vergeblich auf Grees. Etliche seiner ehemaligen Mitstreiter, die noch vor einem halben Jahr mit ihm unter den Betriebsduschen oder in der Kantine gelacht und jede Menge Blödsinn gemacht hatten, wichen seinem Blick aus und machten einen Bogen um ihn. Die Minuten waren vergangen, immer weniger Arbeiter liefen ihrem Feierabend entgegen. Schließlich hatte sich Marten ein Herz gefasst und einen Auszubildenden seiner ehemaligen Schicht am Ärmel zur Seite gezogen.

«Hey, ich suche den Grees.»

«Der ist krank», hatte der Bubi Auskunft gegeben.

«Ach so, Mist. Was hat er denn?»

«Der hat sich beim Saufen den Arm verkokelt!» Man hatte dem Jungen ansehen können, dass ihn diese Vorstellung ein wenig amüsierte und er die Geschichte, die im Betrieb wahrscheinlich schon jeder zu Genüge kannte, gern einmal selbst erzählen wollte. «Er hatte doch Geburtstag, der Grees, letzten Donnerstag. Schnapszahl, also fünfundfünfzig ist er geworden, und die haben schon ab nachmittags gefeiert. Weil er dann ja auch bald für ein Jahr als Garantiemechaniker unterwegs ist, war es wohl gleichzeitig so etwas wie eine Abschiedsparty für Grees. Im leeren Swimmingpool der *Poseidonna*. Poolparty haben die das genannt. Es gab Sekt und so einen Kram, in Massen, und wir haben keine zwanzig Meter entfernt malocht wie die Bekloppten.»

«Und wie hat sich der Grees verletzt?»

«Ach, die waren alle schon so breit, als wir um halb fünf Feierabend gemacht haben. Der Unfall ist dann später passiert. Wenn es ein Unfall war, weil, wenn die so viel saufen, dann sind die doch selbst dran schuld, finde ich. Dann ist das doch kein richtiger Unfall. Der Grees und die John haben getanzt, der Schmidt-Katter hatte auch einen leichten Glimmer, seine Frau hat ständig mit ihm gemeckert. Der Einzige von denen, der noch halbwegs beisammen zu sein schien, war Doktor Perl. Zum Glück, denn dann kam Grees wohl die Idee, ein kleines Feuerwerk zu seinen eigenen Ehren losgehen zu lassen, und die haben mit den Notfallsignalen gefackelt. Die sind an dem Tag nämlich tonnenweise angeliefert worden und standen an Deck. Grees soll sich aus allen Kartons welche gezogen haben. Dabei ist es dann passiert.»

«Am letzten Donnerstag? Bist du dir sicher?»

«Bombensicher. Die haben uns für den nächsten Tag zum Schleppen der Notsignale verdonnert. Aber ich hatte Schwein, musste zur Berufsschule, also kein Schleppen. Freitags habe ich immer Berufsschule.»

«Und war da sonst noch was an dem Donnerstag?»

«Da war sonst nichts. Ist ja auch schon 'n Knaller genug, meinst du nicht? Ein Knaller im wahrsten Sinne: Brennt sich der Grees mit benebeltem Kopf den halben Arm ab, der Idiot. Coole Sache!» Der Lehrling hatte noch ein wenig vor sich hin gegrinst, ganz angetan von der Anekdote, die für ihn nur ein wunderbarer Witz war, die Svetlana aber das Leben gekostet hatte. «Und wie geht's dir, Marten? Alles klar, Mann?»

«Ja, alles klar, Junge. Jetzt ist alles klar!» Marten hatte sich ohne Abschiedsgruß umgedreht und war gegangen. Alles war klar.

Grees hatte mit den wichtigen Leuten der Schmidt-Katter-Werft an Bord der *Poseidonna* gefeiert. Es hatte Alkohol gegeben. So etwas war verboten. Strengstens verboten. Wer Alkohol im Baudock trank, konnte gar nicht so schnell nüchtern werden, wie er seine Papiere in die Hand gedrückt bekam. Sicherheitsbestimmungen waren in der Werft heilig und wichtig und unter allen Umständen einzuhalten. Nur die großen Tiere leisteten sich ab und zu eine kleine Ausnahme. Klar, Party im leeren Pool eines Luxusschiffes, das war eine Kulisse! Solange alles gut ging, war es auch kein Problem. Doch in diesem Fall war es anscheinend in die Hose gegangen. Da war Doktor Perls ganzer Einsatz gefordert, diesen Vorfall zu vertuschen, damit Grees auch ohne Krankenhausaufenthalt über die Runden kam. Sonst wäre die verbotene Party aufgeflogen, und die Berufsgenossenschaft hätte einen Zauber veranstaltet, dass Schmidt-Katter Hören und Sehen vergangen wäre. Und genau in diesem Moment musste im Personalbüro das Telefon geklingelt haben. Zum wiederholten Male. Genau in diesem Moment hatte Robert Adamek bemerkt, dass es wirklich schlecht um seine Tochter stand. Genau in diesem Moment hatte er all seine Hoffnungen auf Doktor Perl gesetzt. Und dieser war damit beschäftigt gewesen, den Arm eines besoffenen Widerlings zu behandeln. Damit die kleine, verbotene Poolparty nicht aufflog. Damit es keinen Ärger gab.

Als Marten sich endlich eine Erklärung zusammenbasteln konnte, warum Svetlana sterben musste, hatte er sich besser gefühlt.

An diesem Tag hatte er ein letztes Mal in der Mörkenstraße geklingelt, hatte sich über Umwege einen Zutritt zu Adameks Wohnung verschafft und dem verstörten Mann erzählt, was er herausgefunden hatte. Es war ihm ein Bedürfnis gewesen, Svetlanas Vater zu zeigen, dass er drangeblieben war. Dass er mit Svetlana nicht abgeschlossen hatte. Auch wenn er kein Pole war, auch wenn er aussah wie ein deutscher Klotz, auch wenn er Svetlana nur wenige Tage gekannt hatte. Es war ihm gelungen, die Sache aufzuklären.

Robert Adamek hatte ihm einen Apfelsaft eingeschenkt,

und beide hatten lange Zeit einfach so schweigend nebeneinander gesessen.

«Warum hast du so lange gewartet und keinen anderen Arzt geholt?»

«Sie haben mich gesagt: Ist nur Magenentzündung, nicht so schlimm. Kommt gleich Doktor von Werft.»

«Aber er ist nicht gekommen.»

«Nein, aber am nächsten Morgen Svetlana geschlafen. Alles war gut und ich dachte, es war wirklich Magenentzündung. Und dann Svetlana aufgewacht, ganz kurz, so eine Angst in Augen von meine Tochter, ich wusste, ich habe Fehler gemacht. Aber Telefonnummer war besetzt. Immer, die ganze Zeit. Ich wollte anrufen andere Arzt, aber da war Svetlana tot.» Der arme Mann weinte.

«Wir sollten den Fall melden. Eine solche Schweinerei darf nicht ohne Nachspiel bleiben. Ich werde die Presse alarmieren. Und die Polizei», hatte Marten gesagt.

Doch Robert Adamek hatte den Kopf geschüttelt.

«Aber dann wird es uns besser gehen.»

«Es wird uns schlechter gehen.»

«Das ist Unsinn!»

«Sie haben mich gedroht: Wenn du sagst, was ist passiert, müssen ihr alle gehen. Für immer keine Arbeit in Deutschland. Für alle hier in Haus. Wir sind sechsundfünfzig Leute, wie eine Familie. Wenn wir müssen alle weg, dann ist Katastrophe. Viele von meine Freunde geht es schlecht in Polen, sie haben viele Kinder. Wenn sie keine Arbeit mehr in Deutschland nie wieder, dann alles aus.»

«Das können sie nicht machen!»

«Aber sie haben gesagt, dass wir sind selber verantwortlich für schwarze Arbeit ohne Versicherung. Niemand hat uns gezwungen, also niemand ist schuld. Und Svetlana ist tot, es ist kein Unterschied, ob ich gehe zu Polizei oder nicht.»

Sie hatten noch ein Glas Apfelsaft getrunken, Marten dazu einen Wodka, Adamek nicht. Er hatte gleich arbeiten gehen müssen. Sie waren gemeinsam aufgebrochen. Adamek mit der Putzkolonne Richtung Tor E, Marten mit dem Fahrrad in einen der schicken Vororte Leers. Er hatte Familie Perl beim Abendessen zugesehen.

Natürlich hätte Marten trotzdem die Öffentlichkeit einschalten können. Es wäre für ihn dann eine Art Schlussstrich gewesen, wenn die Presse und die Justiz sich über Schmidt-Katter und seine Truppe hergemacht hätten. Es wäre ihm sicher gut gegangen. Doch er wollte nicht, dass Robert Adamek und seine Freunde darunter zu leiden hätten. Es wäre nicht in Svetlanas Sinn gewesen, und auch wenn sie tot war, fühlte er sich dem irgendwie verpflichtet.

Also musste er seine rasende Wut anders loswerden.

Für ihn hatte sich der Arzt als Schuldiger herausgestellt. Er war es, der sich gegen Svetlana entschieden hatte. Die anderen, Grees und Schmidt-Katter und Ebba John, nun, vielleicht hatten sie es nicht wirklich mitbekommen. Und wenn doch, so hatten sie zwar falsch gehandelt, doch wahrscheinlich nur, um ihren Job zu retten. Das konnte Marten irgendwie verstehen.

Aber hatte dieser Arzt nicht einmal so etwas wie einen Eid geleistet, dass er Leben retten wollte? Es wäre seine verdammte Aufgabe gewesen, Svetlana zu helfen. Und trotzdem hatte er sich zugunsten der Werft entschieden. Und das war etwas anderes. Er trug die Verantwortung für das, was geschehen war.

Wie konnte ein Mensch nur so kaltblütig sein und zwischen zwei Leben entscheiden? Wie konnte ein Mensch nur zulassen, dass ein junges, wunderbares Mädchen sterben musste, weil ein Mann sich mit besoffenem Kopf ein paar Armhaare angesengt hatte? Wie konnte ein Mensch nur so menschenverachtend sein und gleichzeitig so liebevoll und freundlich mit seiner Familie am Tisch sitzen?

Marten wandte sich vom Swimmingpool ab und ging die Zwischentreppe hinunter. Es war ihm egal, ob er jetzt jemandem über den Weg lief. Er wollte sich nicht mehr verstecken. Im Grunde hatte er getan, was er hatte tun müssen. Er fühlte sich jetzt besser als noch vor wenigen Tagen.

Doktor Perl war ein Schwein. Aber die ganze Sache war es nicht wert, Marten lebenslänglich ins Gefängnis zu bringen. Er wollte wirklich nicht schuld an dessen Tod sein. Auge um Auge und so ein Kram war einfach nicht Martens Ding.

Sollte er sich also in der Fotografin getäuscht haben und sie hatte sich einen Dreck um den Gefangenen im Tank gekümmert, so müsste er Doktor Perl eben selbst retten. Und wenn er dabei entdeckt wurde, wenn er dabei aufflog, war das nicht egal? War es nicht ohne jeglichen Belang, wo er die nächsten Jahre verbrachte? Ob in seiner Zweizimmerwohnung, deren Miete er sich ohnehin bald nicht mehr leisten konnte, oder im Knast. Es war eins. Es war nur ein gewaltiger Unterschied, ob es dabei um Freiheitsberaubung ging oder um Mord.

Als sich ihm eine kräftige Hand auf die Schulter legte, zuckte er noch nicht einmal zusammen. Er hatte damit gerechnet, dass er nicht weit kommen würde.

«Dürfte ich bitte mal Ihren Besucherausweis sehen?», vernahm er eine schneidende Stimme hinter sich. Er erkannte den Tonfall, und als er sich umdrehte, sah er sich in seiner Vermutung bestätigt: Roger Bernstein, der Leiter der Security, sah ihn streng und ungeduldig an. Die rote Baskenmütze saß in korrekter Schräglage auf seinen kurz geschorenen Haaren. «Ihren Ausweis!»

«Ich habe keinen», antwortete Marten schlicht.

«Und wie sind Sie hier an Bord gekommen?»

«Das war nicht so schwierig, wenn ich ehrlich bin.»

Bernstein besaß scheinbar keinen Humor, er fasste Marten grob am Arm. «Kommen Sie mal mit, mein Freund. Ich denke, Sie wissen, wie ernst Ihre Lage jetzt ist. Also keine Zeit für Scherze.» Er bog den Arm nach hinten und hielt ihn fest im Griff. Das war übertrieben. Marten machte keinerlei Anstalten, sich von ihm loszureißen.

«Ich muss nach unten zu den Ballasttanks.»

«Sie müssen nirgendwohin, das steht schon mal fest!»

«Doktor Perl sitzt dort unten fest. Wir sollten ihn retten.»

«Sind Sie durchgeknallt?» Bernstein nahm sein Funkgerät an den Mund. «Roger hier, Leute, ich brauche zwei Männer zur Zwischentreppe, Deck 10. Ich denke, ich habe das Schwein gekriegt!»

Ein Rauschen aus dem Apparat wurde nur von der kurzen Nachfrage unterbrochen: «Den Mörder?»

«Ich denke ja!»

Marten wehrte sich kurz. «Sie irren sich, Bernstein. Ich bin nicht der Mörder. Aber wir sollten nach unten und ...»

«Hören Sie, ich werde keinen Moment mit Ihnen diskutieren. Dazu bin ich überhaupt nicht aufgelegt, wie Sie sich denken können.»

Keine zehn Sekunden später waren zwei weitere Uniformierte bei ihnen. Sie nahmen jeweils einen Arm und fixierten Marten zusätzlich im Genick. Er konnte sich kaum rühren. Er wusste, warum sie ihn derart hart rannahmen. Er war fast einen Kopf größer als die anderen und hatte breitere Schultern, als beide Kappenträger nebeneinander gehabt hätten. Sie führten ihn langsam die Treppe hinauf, wahrscheinlich wollten sie ihn zur Brücke bringen.

«War die Fotografin nicht bei Ihnen?»

«Die kleine Frau? Carolin Spinnaker? Sie wollte sich hinlegen, soweit ich weiß. Woher wissen Sie von ihr?»

«War sie nicht bei Ihnen oben? Hat Sie Ihnen nichts ausgerichtet?»

«Was soll das?»

«Sie sollte Ihnen sagen, dass Doktor Perl dort unten ist. In dem Ballasttank, der soeben mit Wasser voll läuft.»

«Uns hat niemand was gesagt.»

«Also, wenn Sie mir nicht glauben und nicht zuhören, dann ist das eine Sache. Aber schicken Sie wenigstens zwei Leute nach unten. Sie haben doch eine ganze Armee hier an Bord. Das kann doch nicht so schwer sein!»

«Sie haben hier überhaupt nicht zu melden, was ich zu tun und zu lassen habe. Wer sind Sie überhaupt?»

«Marten. Ich habe früher hier gearbeitet.»

Bernstein, der ein paar Schritte vor ihnen die Treppe hinaufging, zögerte einen Moment. «Und warum sollte Herr Perl da unten sein?»

«Weil ich ihn dort eingesperrt habe.»

«Das ist Schwachsinn.»

«Sagt Ihnen der Name Svetlana Adamek etwas?» Marten meinte, ein Aufhorchen des Sicherheitsmannes zu bemerken. «Ich war mit ihr verlobt.»

Wieder griff Bernstein zum Funkgerät. Während er hineinsprach, ließ er Marten nicht aus den Augen. «Ist gerade jemand in der Nähe von Deck 2?» – Rauschen. – «Wir sind hier, Trupp 25, Jens und Konrad.» – Rauschen. – «Jungs, schaut mal im beschädigten Ballasttank nach. Da soll angeblich jemand drinstecken. Schaut gründlich nach!» – «Ja, Chef.» – Rauschen.

Er schaute ihn noch immer durchdringend an. «Ich warne Sie, wenn Sie mich verarscht haben, dann ...»

Pieter

Auf der Suche nach Carolin hatte Pieter fast das ganze Schiff durchkreuzt.

Es war schwer gewesen, Ebba davon zu überzeugen, dass sie ihn besser gehen ließ. Sie hatte einige Freunde bei der Security, die gern bis zur Ankunft in Eemshaven auf ihn Acht gegeben hätten. Er wusste, dass seine Tante immun gegen seine Überzeugungskraft war. Zum Glück hatten nach und nach seine Argumente gewirkt, dass es ratsam sei, nicht zu vielen verschiedenen Leuten von seiner Anwesenheit zu berichten. Je mehr davon wussten, dass Pieter sich auf der *Poseidonna* herumtrieb und für die Sabotageakte verantwortlich war, desto eher lief sie Gefahr, dass jemand plauderte und sie ihren Job los war.

Natürlich hatte Pieter ebenfalls überlegt, im Umkehrschluss seine Tante außer Gefecht zu setzen. Er hätte sie im Casino einsperren können, in einem dieser großen Wandschränke beispielsweise. Doch er hatte sie gehen lassen. Man würde ihr Verschwinden mit Sicherheit schnell bemerken, und dann? Immerhin war die Sicherheitsmannschaft seines Wissens nach mit einem Dutzend Haudegen besetzt, und er stand ganz allein da. Es war zu gefährlich, sich mit Ebba anzulegen. Ein stillschweigendes Übereinkommen war für beide die sicherste Lösung.

Sie hatte ihm das Versprechen abgerungen, dass er sich von nun an zurückhielt und die Fahrt nicht weiter behinderte. Er hatte diese Zusage ohne Zögern geben können. Es stand nichts dergleichen mehr auf dem Plan.

Das einzige Ziel, welches er nun noch verfolgte, war die Zusammenarbeit mit Carolin. Und die war zu diesem Zeitpunkt nicht möglich. Zum einen, weil sie wahrscheinlich schon längst das Vertrauen in ihn verloren hatte. Denn obwohl es heute Vormittag auf dem Deck so gut begonnen hatte, war inzwischen zu viel vorgefallen, als dass sie an der Stelle weitermachen könnten, an der sie vorhin in der Kabine gestanden hatten.

Zum anderen: Wie sollte er Carolin von all den wichtigen Dingen erzählen, die sie dann im *Objektiv* an die breite Öffentlichkeit bringen wollte, wenn sie wie vom Erdboden verschluckt war? Er hatte sämtliche Saunakabinen und den ganzen Badebereich durchsucht, hatte jeden Winkel der Restaurants in Augenschein genommen. Selbst in die riesige, blank gewienerte Küche hatte Pieter geschaut. Carolin war nicht zu finden. Und auch kein Zeichen, dass sie dort gewesen war. Aber warum hätte sie auch einen Hinweis hinterlassen sollen?

Natürlich konnte ihr auch etwas passiert sein. Ebba hatte Carolins Namen in dem aufschlussreichen Gespräch zwar nur beiläufig erwähnt, aber wenn seine Tante bereit gewesen war, diesen Leif Minnesang zu betäuben, um irgendeine Sache zu vertuschen, dann würde sie auch mit Carolin kurzen Prozess machen, wenn diese auf einmal zu neugierig werden würde. Er konnte nur hoffen, dass Carolin vorsichtig war und nicht in irgendwelche Fallen tappte.

Der beste Anhaltspunkt auf der Suche nach ihr war, zuerst Leif Minnesang zu finden. Er ahnte, dass Carolin, wenn es ihr möglich war, inzwischen fieberhaft nach ihrem Kollegen fahnden würde. Also könnte er ihr am besten begegnen, wenn er dasselbe Ziel verfolgte.

Auf Deck 5, hatte Ebba gesagt, in den Lagerräumen. Dort könnte man Leif Minnesang finden. Mehr hatte er nicht aus ihr herausholen können. Ebba betonte, sie hätte den Mann in Sicherheit gebracht. Ob sich diese Sicherheit auf Leif Minnesang und dessen Überdosis Schlafmittel bezog, oder ob Ebba damit gemeint hatte, dass sie ihre eigene Haut hatte retten wollen, war unausgesprochen geblieben. Er wusste nicht, was ihn erwartete, in welchem Zustand er Carolins Kollegen antreffen könnte. Nach dem, was seine Tante ihm über das Valium erzählt hatte, und auch nach dem, wie der Journalist kurz vor dem Zusammenbruch auf der Zwischentreppe ausgesehen hatte, erwartete er das Schlimmste.

Als er die Spülküche verließ, breitete sich vor ihm einer dieser ellenlangen Gänge aus. Er stieß rechts und links die Türen auf und schaute hinein. Alles war leer. Es gab keine Spuren, es sah aus, als sei hier noch nie ein Mensch entlanggelaufen. Die Tür schräg gegenüber dem Klimaraum war abgeschlossen. Pieter rüttelte an der Klinke, obwohl er wusste, dass sich das Sicherheitsschloss nicht auf wundersame Weise öffnen würde. Wenn dies weit und breit die einzige verschlossene Tür war, so gab es sicherlich einen Grund dafür. Dies bedeutete für ihn, dass er dort hinein musste. Er versuchte erst gar nicht, sich dagegen zu werfen. Die Türen an Bord waren alle stabil und schwer, es würde keinen Zweck haben. Sicher gab es eine andere Möglichkeit.

Nebenan roch es nach Desinfektionsmitteln. Pieter erinnerte sich: Hier lag die Krankenstation. Er trat in einen schmalen Korridor, an dessen Ende ein geöffneter Medikamentenschrank stand.

«Ist da jemand?», hörte er eine dumpfe Stimme mit amerikanischem Akzent. Pieter versteckte sich neben dem Arzneilager. Schlurfende Schritte näherten sich aus dem Zimmer, das gegenüber seinem Schlupfwinkel lag. «Anybody in there?»

Es war Sinclair Bess. Das Hemd hing ihm aus der zerknitterten Hose. Seine schwarzen Haare waren an einer Seite platt an den Kopf gedrückt. Er hatte geschlafen. Gleich würde er Pieter in seinem notdürftigen Versteck entdecken. Es war sinnlos, weiter dort zu kauern. Pieter stand auf.

Sinclair Bess machte große Augen. «Wer sind Sie? Ich kenne Sie nicht!»

Pieter überlegte kurz, sich als Sanitäter oder Steward oder sonst etwas auszugeben. Doch er sah den Blick des Millionärs, der abschätzig an seinen Rastazöpfen, seinem karierten Hemd und seiner inzwischen sehr in Mitleidenschaft gezogenen Hose entlangglitt. Es hatte wenig Zweck, sich als jemand anderes auszugeben. Dieser Mann war nicht dumm.

«Ich bin Pieter John. Der Neffe von Ebba John. Bitte verraten Sie nichts von meiner Anwesenheit, meine Tante wird sich nicht gerade freuen, mich zu sehen.»

«Und was wollen Sie hier?»

«Haben Sie zufällig einen Generalschlüssel?»

«Wie bitte?»

«Ich bin auf der Suche nach Frau Spinnaker und ihrem Kollegen, dem Journalisten.»

«Was wollen Sie von Frau Spinnaker?»

«Ich bin ein Freund von ihr. Und ich mache mir Sorgen, weil sie schon so lange fort ist.»

«Frau Spinnaker war hier. Bevor ich eingeschlafen bin. Ich habe keine Ahnung, wie lange das her ist.»

«Jetzt ist es halb vier.»

«Dann habe ich fünf Stunden geschlafen.»

«Warum sind Sie hier, Mr. Bess?»

«Ich habe mich wohl zu sehr aufgeregt wegen dieser Sache. Es gab einen Toten. Bei einem Mann mit meinem Format kann ein Schock gefährlich werden. Frau John hat mir was zur Beruhigung gegeben.»

Pieter ahnte, dass seine Tante auch bei diesem Mann vielleicht lieber ein wenig zu viel als zu wenig verabreicht hatte.

«Und was war mit Carolin ... Spinnaker?»

«Sie ist tough. Sie steckt solche Sachen wohl besser weg als ich. Eine professionelle Frau, ich mag so etwas. Nachdem Ihre Tante sie versorgt hat, ist sie auf die Suche nach ihrer Kamera gegangen. Und nach ihrem Kollegen. Ist sie nun auch verschwunden?»

Pieter zuckte die Schultern. «Ich weiß es nicht. Ich mache mir aber Sorgen um sie.»

Bess schien sich den nächsten Satz genauestens zurechtzulegen. «Sagen Sie, kann es sein, dass hier auf dem Schiff etwas nicht stimmt? Außer dem Toten, meine ich jetzt. Es gab so viele Pannen. Mir kommt es so vor, als sollte ich nicht alles mitbekommen. Kann das sein?»

«Das kann sein», antwortete Pieter.

«Ich mag es aber nicht, wenn ich nicht alles unter Kontrolle habe. Ich mag das absolut nicht. Meine Firma gibt viel Geld für ihren guten Ruf aus. Deswegen haben wir uns auch für die Schmidt-Katter-Werft entschieden, weil sie zu unserem Image passt. Unsere ganze Businesspolitik funktioniert über absolute *political and social correctness*. Wenn jetzt aber ...»

«Wenn jetzt aber herauskommt, dass Schmidt-Katter ein unkorrektes Geheimnis hat, dann leidet Ihre Reederei auch darunter ...», ergänzte Pieter.

«Ich will das wissen, verstehen Sie?»

«Ich verstehe es. Mir geht es genauso. Deswegen brauche ich auch ...»

«... den Generalschlüssel. Okay! Aber ich habe leider keinen. Noch nicht. Wenn wir in Eemshaven angekommen sind, wird mir offiziell der Schlüssel übergeben. Soweit ich weiß, ist dieser Akt für nächste Woche geplant. Mit viel Presse und TV, na ja, so ist es immer.»

Pieter sagte nichts. Er ließ sich ein paar Minuten von dem Amerikaner begutachten. Es machte ihm nichts aus, taxiert zu werden. Sinclair Bess war kein unangenehmer Typ, im Gegenteil. Er hatte einen dekadenten und aufgeblasenen Snob erwartet und keinen Mann mit verschlafenem Blick und Stirnrunzeln, welches verriet, dass er sich seinetwegen den Kopf zerbrach.

«Aber ich könnte den Schlüssel schon jetzt bekommen. Die *Poseidonna* gehört mir. Ich habe schließlich den ganzen Kram hier bezahlt. Also, ich kann das Ding besorgen. Allerdings ...»

«Allerdings?»

«Nehmen Sie mich mit. Ich weiß, ich bin ein Koloss und Sie sind um einiges schneller. Aber Sie verstehen, dass ich den Generalschlüssel nicht unbedingt jedem Mann in die Hand gebe. Vor allem nicht, wenn er sich hinter einem Schrank versteckt und aussieht wie ein ... wie heißt euer deutscher Clown noch ... wie ein Kasperl.»

«Warum helfen Sie mir dann überhaupt?»

«Weil ich gern wissen möchte, was auf meinem Schiff passiert. Und weil ich die Fotografin mag.»

«Ich verstehe Sie.»

«Das ist gut. Dann kommen Sie mit.»

Marten

«Niemand ist da unten, verstehen Sie? Kein Doktor Perl und erst recht keine Carolin Spinnaker. Sie haben mich verarscht. Und das ist etwas, was ich absolut nicht ausstehen kann. Wenn ein Spinner wie Sie versucht, mich zum Narren zu halten.»

«Ich verstehe es nicht», stotterte Marten.

Roger Bernstein hatte ihn nicht zu Schmidt-Katter und dem Kapitän gebracht, sondern ins *Ocean's Crown*, dem zukünftigen Nachtclub der *Poseidonna*, der sich im vorderen Teil des 12. Decks befand. Von hier oben hatte man einen ebenso beeindruckenden Panoramablick wie von der Kommandobrücke aus. Rechts neben ihnen lag die kleine Flussinsel Hatzumer Sand und in Fahrtrichtung links konnte man schon die Spitze des Ditzumer Kirchturms erkennen. Sie waren gut vorangekommen. Noch eine Linkskurve, und sie standen vor dem letzten Hindernis vor dem Meer, dem Dollartsperrwerk.

Beim *Ocean's Crown* handelte es sich genau genommen um die oberste Etage des Atriums. Das gesamte Interieur unterhalb der gewaltigen Glaskuppel glich, dem Namen angemessen, einer Krone. Rund um das gläserne Dach verlief eine Balustrade, die mit Goldornamenten verziert war. Die Tische standen im Kreis aufgereiht, lediglich die mit bunten Kunstjuwelen besetzte Bar unterbrach das Rondell. Wenn man sich in der Mitte des Raumes über den schulterhohen Balkonrand lehnte, konnte man bis auf den Boden des Springbrunnens schauen. Dort unten muss Grees gelegen haben, dachte Marten.

Das *Ocean's Crown* diente während der Überführung als Zentrale der an Bord beschäftigten Sicherheitstruppe. Roger Bernstein und seine Leute hatten sich hier breit gemacht, einige tranken Kaffee und rauchten. Bernstein war sauer.

«Haben Ihre Leute wirklich gründlich nachgeschaut?», fragte Marten nervös. Er konnte sich keinen Reim auf Doktor Perls Verschwinden machen. Die Luken in den Ballasttanks ließen sich nicht von innen öffnen, zudem war der Arzt an Armen und Beinen gefesselt gewesen.

«Zugegeben, die Luke war geöffnet, das kam uns auch

merkwürdig vor. Aber ich bin mir sicher, dass Sie das gemacht haben. Warum auch immer.»

Marten fand dazu nur eine Erklärung: Die Fotografin musste den Arzt auf eigene Faust gerettet haben. Aber warum waren die beiden dann nirgendwo aufgetaucht? Er schwieg.

Bernstein ließ ihn nicht aus den Augen. «Die Luke muss länger offen gestanden haben, weil das Wasser sehr hoch gestiegen ist.»

«Was hat das zu bedeuten?»

«Hey, ich bin kein Mechaniker, klar? Aber die Fachleute waren auch unten, und sie haben gesagt, dass das Sicherheitsventil der Ballasttanks nicht rechtzeitig reagiert hat, weil es sich über einen hydraulischen Mechanismus auslöst, der bei zu hohem Luftdruck reagiert. Weil aber die Luke offen stand, konnte die Luft entweichen. Und darum wurde die Wasserzufuhr erst wesentlich später gestoppt. Durch ein weiteres Ventil, das auf andere Weise funktioniert.»

«Ich habe die Luke nicht offen stehen lassen.»

«Sondern?»

«Keine Ahnung. Wie hoch ist das Wasser gestiegen?»

«Woher soll ich das wissen? Einer von meinen Leuten war drin, weil er nach Doktor Perl gesucht hat. Der arme Kerl musste wegen Ihrem Stuss bis zur Brust in der eiskalten Brühe waten. Ich könnte Ihnen ...»

«Also stand es über anderthalb Meter hoch?»

«Mann, Sie stellen Fragen! Hören Sie, ich glaube, Sie verwechseln da was. Ich bin es, der hier Antworten zu erwarten hat!» Bernstein hatte sich eine Zigarette angesteckt. Während er den ersten Zug nahm, schien er sich seinen nächsten Satz zurechtzulegen. «Marten, wir haben Ihre Personalien überprüft. Sie haben Anfang des Jahres Ihren Job verloren. Das ist hart, kann ich mir vorstellen.»

Dies war keine Frage, und Marten sah sich auch nicht veranlasst, irgendetwas zu erwidern. Doch Bernstein blies ihm permanent den Qualm ins Gesicht und schwieg. Marten ließ sich zu einem «Ja, das ist hart» hinreißen.

«Sie wollten Rache an Schmidt-Katter verüben. Aus diesem Grunde haben Sie das Kabel zwischen die Motorenantriebe montiert und den Bus im Fluss versenkt ...»

«Das ist nicht wahr, ich habe damit nichts zu tun!»

«... und dann haben Sie Wolfgang Grees ermordet. Sie haben ihn über die Balustrade geschubst.» Bernstein schaute bei seinem letzten Satz demonstrativ über das Geländer.

«Nein!»

«Und schließlich haben Sie die Luke des Ballasttanks geöffnet. Wahrscheinlich haben Sie irgendwie erfahren, dass es dort einen Schaden gegeben hat. Und Sie wussten, dass Sie das Sicherheitsventil überlisten könnten, indem Sie den Deckel offen ließen.»

«Nein!»

«Doch!» Die Zigarette war aufgeraucht, und Bernstein drückte die Kippe mit seinen Stiefeln auf dem Granitboden aus.

Marten war nicht so dämlich, wie sie dachten. Er verstand, dass die Security bei der Überprüfung und Bewachung der *Poseidonna* geschlampt hatte. Er hätte nie an Bord sein dürfen, die Sabotageakte hätten verhindert werden müssen, vom Mord ganz zu schweigen. Nun wollte Bernstein seine Fehler wieder wettmachen, indem er hier den Inspector Columbo markierte und seinem Auftraggeber den Schuldigen präsentierte.

Doch Marten hatte nichts damit zu tun. Keines der Verbrechen, die Bernstein eben aufgezählt hatte, ging auf seine Kappe. Und das Einzige, was er sich wirklich zuschulden hatte kommen lassen, wollte man ihm nicht abnehmen.

«Ich mache Ihnen ein Angebot», sagte er leise.

Bernstein lachte und zündete sich bereits die nächste Zigarette an. «*Sie* machen *mir* ein Angebot?» Er schaute sich im Kreise seiner Kaffee trinkenden Kollegen um. «Habt ihr das gehört? Dieser Volltrottel macht mir ein Angebot!» Dann kam er dicht mit seinem an Martens Gesicht heran. Neben dem Tabakqualm war ein wenig Schweiß zu riechen. «Na, dann schießen Sie mal los, Marten!»

«Wir gehen gemeinsam nach unten zum Ballasttank, damit ich Ihnen beweisen kann, dass ich die Wahrheit gesagt habe …»

«Und?»

«Und ich werde mir eine Geschichte ausdenken, die Sie und Ihre Männer nicht wie einen Haufen unfähiger Möchtegernsecurity aussehen lässt!»

Nun kam der Rauch auch aus Bernsteins geweiteten Nasenlöchern. «Wie bitte?»

«Sie wissen, was ich meine! Mir wird schon etwas einfallen. Es kann doch nicht in Ihrem Interesse sein, dass Schmidt-Katter erfährt, dass ich so mir nichts, dir nichts in einem geklauten Schweißeranzug an Bord gegangen bin, und vor allem, dort unentdeckt blieb!»

Bernstein wandte sich in einer schnellen Bewegung von ihm ab und ging zu seinen Kollegen. Marten hörte nicht, was sie untereinander besprachen. Er schaute dem aufsteigenden Zigarettenqualm hinterher, der immer höher stieg und sich unter der Glaskuppel sammelte. Den Nikotingeruch heute Morgen bei den Rettungsbooten hatte er nicht vergessen. Er ahnte, er war nicht der einzige blinde Passagier an Bord. Es konnte auch sein, dass dieser andere etwas mit Doktor Perls Verschwinden zu tun hatte. Das war möglich.

«Okay, Marten. Wir gehen nach unten. Sie geben uns

nicht nur einen Beweis für Ihr Märchen vom Mann im Ballasttank, sondern auch einen Beweis, dass Sie nichts mit dem Tod von Wolfgang Grees zu tun haben. Dann lassen wir Sie aus dem Spiel. Dann können Sie sich in Eemshaven verpissen, und unsere Begegnung hier wird für immer ein gut gehütetes Geheimnis bleiben.»

Marten nickte.

«Wenn wir jetzt aber umsonst die ganzen Treppenstufen nach unten steigen, dann gibt es gewaltigen Ärger, verstanden?»

Einer der Sicherheitsmänner stand auf und holte eine Uniform. Er warf Marten die dunkelblaue Kleidung in den Arm. «Anziehen!», befahl er. «Bauch einziehen, dann müsste es passen.»

Marten schob sich aus dem Schweißeranzug. Er hatte nichts dagegen, endlich etwas Bequemeres zu tragen, aber er konnte diese Aktion nicht so ganz nachvollziehen.

Bernstein schaute ihm beim Umkleiden zu. «Wir werden Sie als einen von uns tarnen. Aber ich warne Sie: Wenn Sie uns Mist erzählt haben oder irgendwelche Anstalten machen, abzuhauen, dann werden wir alle gemeinschaftlich aussagen, dass Sie uns mit einer Waffe bedroht haben.»

«Und den toten Journalisten werden Sie mir auch in die Schuhe schieben?», fragte Marten, während er die Knöpfe der viel zu engen Uniform zu schließen versuchte.

«Woher weiß der Kerl vom Journalisten?», fragte einer der Männer.

Doch Bernstein ließ sich nicht beirren. Er musste sich sehr sicher fühlen. Er hatte ja auch allen Anlass dazu. Gegen eine Truppe von mehr als zehn Leuten hatte Marten im Grunde keine Chance. «Machen Sie sich nicht lächerlich», sagte er lediglich.

Marten schnürte sich die schweren Stiefel zu und setzte

die rote Baskenmütze auf den Kopf. Bernstein rückte, Zigarette im Mundwinkel, die Kappe zurecht. «Normalerweise würde ich nie einen solchen Hohlkopf in diese Uniform stecken. Es sieht aus, als trägt ein Ochse einen Smoking.»

Die anderen lachten. Dann liefen sie los. Marten wurde links und rechts von Bernstein und einem anderen Kerl eskortiert.

Die Männer unterhielten sich darüber, was sie am Abend in Eemshaven unternehmen würden. Als ihnen einer der Lotsen auf der Zwischentreppe begegnete, lachte Marten mit, so als gehöre er wirklich zur Truppe. Der Mann grüßte kurz. «Ist nicht mehr weit, das Sperrwerk ist schon in Sicht! Gleich machen wir 'ne Pause, um den Durchlass der Hauptschifffahrtsöffnung abzuwarten.»

Bernstein nickte. «Dann sind wir gut in der Zeit?»

«Gott sei Dank, ja. Kapitän Pasternak hat alles gegeben. Wir hinken nur noch eine halbe Stunde hinter dem Zeitplan, trotz der Vorfälle. Der Sturm wird allerdings immer heftiger.»

«Na dann, alles Gute weiterhin!» Bernstein ging weiter die Treppe hinab.

«Aber kommen Sie denn nicht nach oben?», fragte der Lotse.

«In einer halben Stunde bin ich da. Richten Sie das Schmidt-Katter aus.»

«Gibt es ein Problem?»

«Nein, alles in Ordnung. Wir wollen nur noch eine Runde machen. Lieber einmal zu viel als zu wenig!»

«Und dann gleich mit drei Mann, na, da kann ja nichts mehr schief gehen.»

Der Lotse lachte und ging weiter die Stufen nach oben.

Bernstein lockerte den Griff, mit dem er unauffällig Martens Arm fixiert hatte. «Schneller», raunte er.

Als sie unten ankamen, standen die beiden Männer, die bereits einmal unten nachgeschaut hatten, mit verschränkten Armen neben der geöffneten Luke des Ballasttanks. Der eine hatte noch immer die tropfnasse Kleidung am Leib. «Ich weiß nicht, warum Sie nun noch einmal persönlich hierher kommen, Chef, wir haben wirklich alles abgesucht da unten. Bis auf drei abgebrannte Leuchtstäbe haben wir nichts gefunden. Und diese Dinger könnten sonst wie dort reingekommen sein. Vielleicht hat Grees ja mal wieder eine Party geschmissen ...»

«Jens! Was soll das?»

«Oh, Entschuldigung, Chef. Ich hab's vergessen. Er ist ja tot.» Verlegen setzte sich der Junge die Kappe ab und strich sich über den feuchten Bürstenschnitt. «Eine widerliche Brühe ist das jedenfalls, das kann ich Ihnen sagen!»

«Danke, Jens. Gehen Sie schon nach oben und ziehen Sie sich etwas Trockenes an. Falls wir noch einmal nach unten müssen, so kann das unser neuer Kollege hier erledigen.» Bernstein klopfte einmal heftig auf Martens Rücken, sodass dieser einen Schritt nach vorn machen musste. «Und? Wo ist der Herr Doktor?» Bernstein drückte ihm eine Taschenlampe in die Hand und machte eine Geste, die klar machte, dass Marten sich unverzüglich auf alle viere zu begeben hätte.

Marten blieb nichts anderes übrig, er gehorchte und legte sich bäuchlings vor das Loch. Im Strahl der Taschenlampe sah man nichts außer Wasser. «Vielleicht hat bereits jemand Doktor Perl gerettet? Vielleicht waren Mechaniker da, die den Tank kontrolliert haben?» Er blickte auf Bernsteins Schuhspitzen.

«Wenn hier irgendwer irgendjemanden gerettet hat, so wäre ich als einer der Ersten darüber in Kenntnis gesetzt worden.»

«Und wenn es einen weiteren blinden Passagier gibt, und der hat …»

«Schnauze jetzt! Ich kann deine Storys nicht mehr hören. Du hast nicht mehr viel Zeit, deine Geschichte zu beweisen, also streng dich an!»

Marten resignierte. Es hatte keinen Zweck. Auch als er sich weiter in die Öffnung schob, war keine Spur von Perl auszumachen. Er konnte nicht dort unten sein. Selbst wenn er inzwischen ertrunken sein sollte, würde man ihn sehen, irgendwas schwimmt immer oben. Doch hier schwamm nichts. Er hob den Kopf und wollte gerade aufstehen, da sah er ein kleines Gerät hinter zwei Metallrohren. Auf den ersten Blick sah es aus, als gehöre es hierhin, in diesem Raum waren unzählige Gerätschaften untergebracht. Doch Marten kannte sich aus. Er wusste, dieses Ding hatte hier nichts zu suchen. Er griff danach. «Schauen Sie mal!»

Bernstein beugte sich herunter. «Ein Diktiergerät», sagte er nur und nahm ihm den silbernen Kasten ab. Marten richtete sich wieder auf.

«Leute, ich glaube, wir haben endlich das Diktiergerät gefunden», sagte Bernstein. «Kennt sich jemand damit aus?»

Einer der beiden noch anwesenden Jungs nickte. «Lassen Sie mich mal sehen, Chef!» Der sicherlich erst gerade mal volljährig gewordene Typ in Uniform drückte auf Anhieb die richtigen Tasten. Man hörte ziemlich leise eine unbekannte Männerstimme, die ein Gespräch mit Schmidt-Katter führte, ein Interview. «Der Journalist!», sagte Bernstein, und schlagartig veränderte sich die Stimmung. Marten hatte den Eindruck, dass man ihm etwas mehr Glauben schenkte. Bernstein hatte gesagt: «Wir haben endlich das Diktiergerät gefunden», also mussten seine Leute bereits danach gesucht haben. Die Chancen standen gut, dass sie ihm jetzt Glauben schenkten. Obwohl er sich selbst dieses versteckte

Diktiergerät nicht erklären konnte. Er setzte sich auf den Boden, Bernstein nahm ihm gegenüber auf einem großen Lüftungsgehäuse Platz. Niemand sagte ein Wort, sie lauschten nur angestrengt, was auf dem Aufnahmegerät leise zu hören war. Es war nicht wirklich interessant, nach wenigen Sätzen wurde Bernstein ungeduldig und sagte: «Weiterspulen ...»

Erst ein längerer Monolog des Journalisten, in dem er über die Machtspielchen der Werft und die ganzen politischen Zusammenhänge palaverte, ließ Bernstein ein wenig aufhorchen. «Ach, so ein Mist», kommentierte er. Nachdem der Journalist verstummt war, hörte man nur ein langsames Schnaufen. «He, spul weiter!», sagte Bernstein.

«Aber da kommt noch was!», antwortete der technisch versierte Sicherheitsmann und zeigte auf das Display. «Das ist noch nicht zu Ende. Die Anzeige hier gibt an, dass dieser Track ... hmm, also zu Deutsch: diese Aufnahme hier insgesamt zwölf Minuten lang ist, aber bislang läuft sie erst drei Minuten.»

«Wie? Das kapier ich nicht!»

«Das nennt man Ghost-Track. Auf manchen CDs ist hinter dem letzten Lied noch ein Song oder so etwas versteckt, daher kenne ich das. Wir sollten es laufen lassen, vielleicht ist die Aufnahme hier noch nicht zu Ende ...»

«Wenn du meinst.» Sie schwiegen. Bernstein steckte wieder eine Zigarette zwischen die Lippen. Marten lehnte sich gegen die Wand. Er hoffte, dass der junge Bengel Recht hatte. Wenn dieses Gerät nun vielleicht tatsächlich irgendeinen Beweis erbringen konnte, dass er nicht gelogen hatte, dann ...

«Hey, was machen Sie hier?» Es war die Stimme des Journalisten. Man hörte Schritte und ein Geräusch, als wenn eine Schranktür gegen die Wand stieß. *«Ich tue Ihnen nichts!*

Ich bin von der Zeitung. Was machen Sie hier? Warum haben Sie sich im Klo versteckt?» – «*Ich gehen gleich!»* – «*Blinder Passagier?»* – «*Ich gehen gleich!»* – «*Ist ja irre. Wie sind Sie denn an Bord gekommen?»*

«Das kann nicht wahr sein. Marten, das haben Sie getürkt ...», sagte Bernstein leise, ohne seine Ohren vom Diktiergerät abzuwenden.

«*Sind Sie vom Personal?»* – «*Fenster putzen!»* – «*Heute Abend noch?»* – «*Ja!»*

«*Bei der Eiseskälte?»* – «*Ja! Kto pracuje, ten se nie zaluje. Jaka praca, taka píaca. Gute Arbeit, gutes Geld!»*

Marten kannte die Stimme. Er kannte den Spruch. Er kannte das schlecht betonte Deutsch. Ihm wurde übel.

«*Erzählen Sie keinen Quatsch! Ich tu Ihnen nichts. Ich werde kein Wort über Sie erzählen, aber ich möchte gern von Ihnen wissen, was Sie hier wollen!»* – «*Nein!»* – «*Warum nicht?»* – «*Nein!»* – «*Dann werde ich jetzt wieder da reingehen. Dort sitzen all die wichtigen Herrschaften und trinken Champagner. Sie werden sich mit Sicherheit sehr dafür interessieren, dass auf der Herrentoilette ein Fensterputzer versteckt ist!»* – «*Bitte tun Sie es nicht!»*

Man hörte wieder Schritte. Dann ein bittendes Rufen:

«*Tun Sie es nicht! Ich sage Ihnen, was ist los!»* – «*Machen Sie sich keine Sorgen, wenn Sie nicht gerade eine größere Straftat begangen haben, sehe ich mich nicht veranlasst, Sie zu verraten!»* – «*Ich haben nicht Mord begangen, aber Schmidt-Katter!»* – «*Wie?»* – «*Er und seine Leute haben meine Tochter umgebracht!»* – «*Sie machen Witze!»* – «*Wie können Sie sagen, ich mache Witze, wenn ich Ihnen sage, meine Tochter ist tot!»* – «*Sie haben Recht, Entschuldigung! So habe ich es nicht gemeint. Ich war nur so ...»* – «*Meine Tochter war schwer krank, und keiner ist gekommen, weil sie ist nicht so wichtig wie deutscher Arbeiter.»*

Robert Adamek war ebenfalls hier an Bord. Vielleicht war er ihm gefolgt, vielleicht auch auf eigene Faust hier. In seiner Kluft als Fensterputzer hatte er sich an Bord begeben. Vielleicht war er es gewesen, der heute Morgen diese Zigarette im Rettungsboot geraucht hatte. Vielleicht war er es gewesen, der Wolfgang Grees ...

«Wollen Sie mir davon erzählen? Wenn das wahr ist, was Sie eben angedeutet haben, dann sollte die Öffentlichkeit davon erfahren!» – «Ich möchte es lieber nicht. Ich habe Angst, dass wir dann alle nicht mehr arbeiten dürfen!» – «Ist Ihnen das wichtiger als der Tod Ihrer Tochter?» – «Wir sind über fünfzig Arbeiter! Fast alle ohne Papiere. Es gibt Ärger ...» – «Und?» – «Alle müssen sie dann nach Hause fahren, und zu Hause ist kein Geld, keine Arbeit. Und ich bin daran schuld, wenn alle meine Freunde dann sind arm.» – «Wollen wir uns in eine stille Ecke setzen, und Sie erzählen mir alles? Und ich verspreche Ihnen, dass mir bis morgen früh etwas einfallen wird, damit Sie und Ihre Freunde keinen Ärger bekommen werden.»

Eine kurze Weile schwiegen der Journalist und Robert Adamek. Bernstein schaute den Mann mit dem Diktiergerät fragend an. «Nee, da kommt noch mehr, Chef. Noch fünf Minuten Spielzeit.»

Nach einem kurzen Rascheln begann der Journalist erneut:

«Ich weiß nicht, ob Sie das Magazin kennen, für das ich arbeite, aber ich versichere Ihnen, dass wir sehr gute Kontakte haben und unseren Informanten bislang immer die Möglichkeit geben konnten, unerkannt zu bleiben.» – «Es geht um Svetlana. Um meine Tochter. Sie war doch erst vierundzwanzig.»

Dann erzählte Robert Adamek die Geschichte, die Marten schon viel zu gut kannte. Er beschrieb Svetlana, die sich hier in Deutschland das Studium finanzieren wollte. Er berichtete von ihren schlimmen Magenkrämpfen, die sie erst auf die Pizza schieben wollte, die sie mit einem Bekannten gegessen hatte. Er wurde langsamer und leiser, als er erzählte, wie die Schmerzen immer schlimmer wurden und er einige Male vergeblich bei der Telefonnummer angerufen hatte. Als er beschrieb, wie Svetlana gestorben war, konnte man ihn kaum noch verstehen. Robert Adamek ließ Martens Namen aus dem Spiel. Er verkaufte die Nachforschungen, die schließlich zu Perl, Wolfgang Grees und die verbotene Poolparty führten, als seine eigene Recherche. Der Journalist unterbrach seine Rede kein einziges Mal. Erst als Adamek eine ganze Weile geschwiegen hatte, sprach er ruhig auf ihn ein.

«Das ist eine sehr traurige Geschichte. Die Werft hat Ihnen und Ihrer Familie Schreckliches angetan. Ich werde mich darum kümmern, hören Sie? Kommen Sie bitte nicht auf die Idee, Selbstjustiz zu üben, das würde alles nur noch schlimmer machen. Wissen Sie, was Selbstjustiz ist?» – *«Ja, ich weiß es. Und ich habe daran gedacht...»* – *«Tun Sie es nicht! Ich habe eine wunderbare Kollegin hier an Bord, sie ist Fotografin. Ich werde ihr von der Geschichte erzählen, und ich bin mir sicher, sie wird mit mir gemeinsam eine sehr gute Reportage erarbeiten. Auf diese Weise können Sie Schmidt-Katter und seinen Kollegen viel mehr Schaden zufügen, als mit irgendwelchen Racheaktionen, durch die Sie selbst kriminell werden. Verstehen Sie das?»* – *«Ich verstehe es.»* – *«Eine alte Schulfreundin von mir arbeitet hier als Stewardess. Vielleicht kann sie mir noch ein wenig über diese Geschichte erzählen.»* – *«Aber sie gehören hier alle zusammen. Sie sind eine große Gruppe.»* – *«Aber nicht, wenn es um fahrlässige Tötung geht.»* – *«Um was?»* – *«Wenn ein Arzt sich weigert, einen Schwerkranken zu behandeln, und dieser Schwerkranke dann stirbt, redet man von fahrlässiger Tötung. Fast wie Mord.»* – *«Es ist*

Mord.» – «*Im Grunde haben Sie Recht. Hören Sie, wir treffen uns morgen früh. Um sechs Uhr legt das Schiff ab. Um halb neun sollten wir uns treffen. Bis dahin habe ich sicherlich alles so weit organisiert und kann Ihnen mehr darüber berichten, was wir unternehmen werden. Sie können sich auf mich verlassen.»* – «*Wo sollen wir uns treffen?»* – «*Wo halten Sie sich denn versteckt?»* – «*Ich kann ins Atrium kommen. Wissen Sie, ich kenne gut die Leitern von außen für Fenster und Fassade putzen. Und ich komme am besten rein ins Atrium. Fast ganz oben. Deck 10.»* – «*Das ist eine gute Idee. Ich werde da sein. Halb neun! Sie können sich auf mich verlassen. Ich bin froh, dass wir uns hier getroffen haben!»*

Die Aufnahme war zu Ende. Ihr folgte lediglich eine unwichtige Testaufnahme der Fotografin. Der Sicherheitsmann reichte Bernstein das Diktiergerät. Sie schwiegen. Bernsteins Zigarettenschachtel war leer. Wütend knüllte er die Packung zusammen und warf sie in die Ecke. «Und Leif Minnesang ist nicht gekommen. Er konnte gar nicht kommen. Dieser Mann hat vergeblich gewartet. Um halb neun auf Deck 10.»

«Wann ist der Mord passiert?», fragte einer der Jungs.

«Wer sagt, dass es Mord war? Wolfgang Grees kann auch aus Versehen ...» Bernstein hielt inne. «Es war gegen neun.»

«Robert Adamek hat eine halbe Stunde oder länger dort gewartet», sagte Marten.

«Sie kennen den Mann?»

«Ich habe Ihnen gesagt, ich war mit Svetlana, na ja, verlobt. Er war ihr Vater.»

«Ist er gefährlich?»

Marten dachte nach. War Robert Adamek gefährlich? Der unscheinbare Mann mit den dunklen Augenbrauen, der immer nur an seine Arbeit dachte, der nicht auffallen wollte. Mit Sicherheit hatte er um halb neun auf den Journalisten gewartet. Das Angebot, als Informant vor Repressalien geschützt zu werden, musste ihm als rettende Lösung erschienen sein. Und dann war dieser Leif Minnesang nicht erschienen. Stattdessen war ihm wahrscheinlich Wolfgang Grees über den Weg gelaufen. Vielleicht hatte er in diesem Moment sogar daran geglaubt, dass der Reporter ihn verraten hatte. Und dann? «Ja, ich denke, er ist gefährlich.»

«Aber was hat das alles zu bedeuten? Wer hat die Luke geöffnet? Wer hat Doktor Perl befreit? Und warum hat Leif Minnesang sein Diktiergerät ausgerechnet hier versteckt?»

«Es kann nicht Leif Minnesang gewesen sein», entgegnete Marten.

«Wie kommen Sie darauf?»

«Die letzte Aufnahme. Dieses komische ‹Test, Test›, Sie wissen, was ich meine ...»

«Die Fotografin hatte das Gerät zuletzt.»

«Und sie hat es dort in Sicherheit gebracht, als sie nach unten geklettert ist, um Perl zu retten.» Marten hatte so etwas wie einen Beweis erbracht. Vielleicht würden Roger Bernstein und seine Leute ihr Versprechen wahr machen und ihn einfach gehen lassen. Es fühlte sich trotzdem nicht erleichtert. Die Tatsache, dass Robert Adamek an Bord war, ließ ihn nicht aufatmen. Alles war schlüssig, alles erklärbar. Doch neue Fragen ergaben sich aus alledem: Wenn Carolin Spinnaker den Arzt befreit hatte, warum war sie dann nicht mehr aufgetaucht? Warum hatte sie das ihr scheinbar so wichtige Diktiergerät nicht wieder eingesteckt?

Es gab auch darauf eine Antwort: Robert Adamek.

Carolin

Doktor Perl zitterte. Es war kein Wunder. Seine Kleidung war noch immer feucht von seinem stundenlangen Aufenthalt im Tank. Und hier oben, in vierzig Meter Höhe, bekam man den Sturm in seiner vollen Wucht zu spüren. Dazu kam noch der Regen.

Sie hatten den gelben Schornstein im Rücken, und wenn man in die Tiefe schaute, breitete sich tief unter ihnen der türkise Deckpool aus. Dort hatte der Schweißer auf sie warten wollen, um ihr zu sagen, was mit Leif Minnesang geschehen war. Doch sie sah niemanden am Pool stehen. Er war wahrscheinlich wieder gegangen. Wenn er überhaupt dort gewartet hatte.

Auch Carolin fror. Doch sie zitterte nicht mehr. Seit der Fremde sie auf dem Gerüst nach oben gezogen hatte, hatte sie mit dem Zittern aufgehört. Sie war wie erstarrt.

Selbst wenn jemand nach ihnen suchen würde, selbst wenn jemand das ganze Schiff wegen ihr oder Doktor Perl durchkämmen würde, hier draußen würde niemand nachsehen. Und die Passanten? Es standen trotz des miserablen Wetters Hunderte am Deich und winkten. In zweihundert Meter Entfernung waren die Pfeiler des Dollartsperrwerkes zu erkennen. Die *Poseidonna* wartete bereits seit einer halben Stunde, dass sie die Ems verlassen durfte. Bald würde sie durch das Sperrwerk fahren und in den Dollart gelangen, das Mündungsdelta des Flusses. Dort standen sicherlich noch weit mehr Schaulustige. Sicher würden sie zu ihnen hinaufschauen. Sicher würden sich einige wundern, warum drei Gestalten bei dem Wetter am höchsten Punkt des Schiffes, am gelben Schornstein hingen. Doch alles Schreien und um Hilfe rufen würde gar nichts nutzen. Es war zu stürmisch. Es war zu weit weg. Die Menschen dort unten würden denken, dass Carolin nur eine Passagierin mit extravaganten Reisewünschen war, die von dort oben lautstark auf sich aufmerksam machen wollte.

Zum Glück litt sie nicht an Höhenangst und hatte einen ausgeprägten Gleichgewichtssinn. Sonst würde sie hier oben die Nerven verlieren.

Bei jeder stärkeren Windböe schaukelten sie hin und her.

«Ich verstehe Sie nicht. Warum retten Sie uns erst aus dem Tank und bringen uns dann an diesen Ort?», rief sie dem Fensterputzer zu. Er saß nur einen guten Meter von ihr entfernt auf dem schmalen Brett, Perl kauerte zwischen ihnen. Der Sturm war so laut, dass man schreien musste.

Der Mann antwortete nicht. In seiner Hand hielt er den Schalter, mit dem sich die Seile am Flaschenzug auf und ab bewegen ließen. Er schaute in die Weite. Sein Gesicht war vom Regen nass. Er sah nicht böse aus, sondern traurig.

«Was haben wir Ihnen denn getan? Ich habe Sie doch noch nie gesehen. Warum tun Sie uns das an?» Carolin konnte nicht verhindern, dass ihre Stimme einen flehenden Unterton annahm.

«Er hat seine Tochter verloren», stotterte Doktor Perl.

«Aber was haben wir damit zu tun?» Carolin schaute eindringlich zum Fensterputzer hinüber.

Der zeigte abermals keine Reaktion. Wohin blickte er nur?

Die *Poseidonna* musste noch einen kurzen Augenblick pausieren, bis das breite Tor des Sperrwerkes komplett geöffnet und der Weg in den Dollart frei war. Von dort waren es nur noch wenige Kilometer bis zur Nordsee, bis nach Eemshaven. Nur noch wenige Kilometer bis zum Ende der Reise. Wie lange würden sie hier sitzen müssen? Wie lange könnten sie die Kraft aufbringen, sich hier oben zu halten?

Carolin folgte dem Blick des Fensterputzers. Er sah ins Nichts.

Dann wandte er sich mit einem Mal in Carolins Richtung. «Machen Sie ein Foto von mir? Sie sind doch die Fotografin!»

«Ich habe keine Kamera dabei!»

«Aber ich habe.» Er streckte ihr einen kleinen, schwarzen Fotoapparat entgegen. Eine billige Digitalkamera. «Sie gehörte Grees.» Er zuckte die Schultern und schaute wieder weg. «Er hat gesagt, er wollte Atrium fotografieren, weil er wusste, dass jemand das Wasser von Brunnen anstellt. Ich habe ihn da gesehen. Wir haben so gestritten. Ich war so böse, weil Ihr Kollege nicht gekommen. Er hat versprochen. Und dann kommt nur diese Grees, ausgerechnet diese Schwein. Ihr Kollege hat mich verraten. Warum hat er das getan?»

«Ich habe keine Ahnung. Woher soll ich es wissen. Ich habe Leif Minnesang heute noch nicht gesehen.» Carolin verstand nicht viel von dem, was der Mann im grauen Overall erzählte. Doch sie verstand immerhin schon mehr als noch vor einer Stunde. Auf dem Weg vom Ballasttank hierher, als Adamek ihr mehr vorsichtig als brutal ein Messer an den Hals gehalten hatte, hatte sich kurz die Gelegenheit ergeben, dass Perl ihr schildern konnte, was seiner Meinung nach hinter der Sache steckte. Es hatte vor einigen Wochen ein Missverständnis gegeben. Ein tödliches Missverständnis. Doktor Perl war nicht informiert worden, als eine der illegalen Mitarbeiterinnen aus Polen an einer Blinddarmentzündung erkrankt war, weil er genau zu diesem Zeitpunkt Wolfgang Grees' Arm nach einem Unfall versorgt hatte. Den Notruf des polnischen Vaters hatte man vom Büro aus gar nicht erst zu ihm durchgestellt. Vom Tod des jungen Mädchens hatte Perl erst viel später und auch erst durch seine

Frau erfahren. Der polnische Vater hatte in seiner Verzweiflung privat bei Schmidt-Katter angerufen, und so wurde der tragische Fall bekannt. Es hatte einen Streit deswegen gegeben. Während Frau Perl die Sache wieder gutmachen wollte, sofern dies überhaupt jemals möglich gewesen wäre, hatten Schmidt-Katter und seine Frau darauf bestanden, im Interesse der Werft alles zu vertuschen. Aus diesem Grunde hatten sich die beiden Schwestern beim Champagnerempfang wohl auch so unterkühlt angesehen. Dies alles leuchtete Carolin ein.

Sie war jedoch noch nicht dazu gekommen, sich die Tragweite dieser Geschichte vor Augen zu führen. Wie denn auch? Sie saß mit zwei Männern auf einem Holzbrett, welches ganz nah am Himmel baumelte. Wer sollte da einen klaren Gedanken fassen?

«Was wollen Sie denn?» Carolin wurde langsam ungeduldig, ungeduldig vor Angst.

«Machen Sie Foto von mir! Ihr Kollege hat gesagt, ich bekomme Sicherheit von Ihrer Zeitung, wenn ich Geschichte erzähle. Also machen Sie Foto und ich erzähle.»

«Aber bei Mord gewähren wir keine Sicherheit!» Er erwiderte nichts. «Waren Sie heute Morgen mit Leif Minnesang verabredet? Um halb neun?»

«Ja.»

«Mein Kollege hat es mir erzählt, er wollte kommen, ganz bestimmt. Aber es ist ihm etwas passiert.»

«Was ist passiert?»

«Ich weiß nicht, ich denke, er ist tot. Ich habe ihn gesehen, er hatte ein Tuch über dem Gesicht.»

«Warum hat er diesen Grees geschickt?»

«Das hat er nicht, ganz sicher. Es war ein dummer Zufall. Der Amerikaner wollte mir das Atrium zeigen, und Grees musste gewusst haben, dass man dafür so gegen neun den

Brunnen anstellt. Bestimmt wollte er wirklich nur fotografieren.»

«Ich habe Grees getötet. Er ist heruntergefallen, weil wir uns gestritten haben. Jetzt ist er tot. Genau wie meine Tochter.» Der Mann hielt sich am Brett fest.

«Und? Geht es Ihnen jetzt besser? Tut es jetzt weniger weh, dass Ihre Tochter gestorben ist?»

«Nein. Es geht mir genauso schlecht. Es war keine gute Idee. Ein zweiter Tod teilt nicht den Schmerz in zwei Stücke. Aber ich habe es ja auch nicht geplant. Nicht richtig. Ich war an Bord, weil ich irgendwie wollte Rache. Aber dass er dann gefallen ist, war nur der Moment.»

«Der falsche Moment», sagte Carolin, zu leise, als dass er es bei dem Sturm verstehen könnte.

Das Tor des Sperrwerkes war in den braunen Fluss getaucht. Sobald das gestaute Wasser das Hindernis überwinden konnte, floss es über den Wall. Rings um die *Poseidonna* setzte eine reißende Strömung ein. Sie mussten noch einen Moment warten, bis die Wassermassen einen kontinuierlichen Weg durch die Öffnung verfolgten und bis sich die verschiedenen Seiten des Sperrwerkes in der Höhe angeglichen hatten, bevor das Schiff durch die schmale Durchfahrt manövriert würde.

«Aber warum hören Sie nicht auf? Warum haben Sie uns erst im Tank eingesperrt und dann gerettet? Nur, um uns dann zu zwingen, auf dieses Brett zu steigen?»

«Ich wollte, dass Sie hier dabei sind!»

«Was sind Sie eigentlich für ein Mensch?», rief Carolin.

«Ich bin Robert Adamek. Ich war ein stolzer Mann, der viel gearbeitet hat, damit Geld für die Familie kommt. Immer gute Arbeit.»

«Und wer sind Sie jetzt?»

«Ich bin ein dummer Mann. Ich habe geglaubt an die falschen Menschen, und darum ist Svetlana tot. Ich bin selbst ein Verbrecher geworden. Und ich möchte, dass Sie jetzt endlich ein Foto von mir machen, von dem Robert Adamek, der ich jetzt bin.»

Sie hielt die Kamera hoch. Also dafür war sie hier. Die Fotografin. Sie sollte einen Moment festhalten. Das Ding machte beim Einschalten ein albernes Geräusch. Es gab keinen richtigen Sucher, man musste das Motiv auf einem wackeligen Display einfangen. Robert Adamek schaute zu ihr. Seine Haare klebten nass an der Stirn, einige Tropfen hingen in den Augenbrauen. Er lächelte in die Kamera.

«Und dann?», fragte Carolin.

«Nun drücken Sie den Knopf dort oben!»

«Das weiß ich auch, Herr Adamek. Aber was machen Sie dann? Wenn ich abgedrückt habe?»

Das Schiff fuhr weiter. Man konnte spüren, wie die Strömung die riesige *Poseidonna* mit sich riss und auf den engen Durchgang des Sperrwerkes zuschob. Die Leute an Land jubelten wieder, einige hatten Signalhörner dabei und tuteten wie im Fußballstadion. Die *Poseidonna* antwortete mit einem ausgedehnten Dröhnen des Nebelhorns.

In Carolins Rücken vibrierte der Schornstein.

Es war klar. Er wollte springen. Es blieb ihm keine andere Möglichkeit. Perl schien nichts mehr zu registrieren, er hatte bereits aufgehört zu zittern. Vielleicht war er vor Kälte eingeschlafen. Er hatte sich halb an Adamek gelehnt.

«Doktor Perl!», schrie Carolin. Sie zerrte an seinem Hemd. Langsam hob er die Augenlider. «Nicht schlafen, Herr Perl, ich brauche Sie!»

Adamek lächelte nicht mehr. Er packte Carolins Arm. Das Brett schwang durch die heftige Bewegung nach vorn, und Carolin musste mit der freien Hand nach dem Seil greifen, um nicht rückwärts zu kippen.

«Machen Sie endlich das Foto!»

«Aber Sie werden …»

«Natürlich werde ich springen. Es ist alles nur noch ohne Wert. Was sollen meine Kinder zu Hause sagen über ihren Vater? Wie soll ich denn weiterleben? Ich muss springen.»

«Und warum müssen wir dabei sein?»

«Ich will, dass Sie zeigen meine Familie das Bild und dass Sie sagen der Zeitung, was ist passiert. Und ich will, dass Sie sind Zeuge, ich war ein Mann, der genau wusste, was er tun muss.»

«Sie müssen es nicht tun!»

«Wenn ich springe, dann sehen es alle Leute. Schauen Sie doch: tausend Menschen. Und dann kann niemand mehr ein Geheimnis machen von Familie Adamek.» Er warf das Kabel, an dem der Aufzugschalter angebracht war, nach unten. Nun gab es keine Möglichkeit mehr, auf normalem Wege hinabzukommen. Sie mussten auf Hilfe warten.

Perl war wieder eingenickt. Carolin stieß ihm heftig in die Seite. «Halten Sie ihn fest!», sagte sie laut und hoffte, dass der Wind die Worte nicht zu Adamek hinüberwehte. «Halten Sie ihn verdammt nochmal fest!»

Endlich schien Perl zu begreifen. Er packte Adamek von hinten.

«Lassen Sie das. Ich werde Sie mit hinunterreißen!»

Carolin erfasste die Szene mit dem Display der Kamera. Adamek schaute zu ihr. Wieder dieses Lächeln. Als würden sie ein Passfoto knipsen. Sie drückte den Auslöser. Der Apparat gab ein künstliches Kameraklacken von sich. Kurz hielt sich das eben aufgenommene Foto auf dem Bildschirm. Robert Adamek sah traurig aus. Die Pfeiler des Sperrwerkes waren hinter ihnen sichtbar. Sie hatten das Hindernis passiert. Sie hatten die Ems hinter sich gelassen. Vor ihnen lag der Dollart.

«Springen Sie nicht!», sagte Carolin, die versuchte, beruhigend zu klingen.

Doch es hatte keinen Sinn. Adamek stellte sich aufrecht hin. Das Brett wackelte gefährlich hin und her. Dann stand er freihändig.

«Perl, fassen Sie sein Bein!», schrie Carolin.

«Er wird mich mit nach unten reißen, wenn er springt!», rief Doktor Perl zurück. Gott sei Dank war er nun hellwach.

«Himmel nochmal. Ich habe heute auch schon verdammt viel für Sie riskiert!» Carolin warf sich hinter Perls Rücken und umfasste mit beiden Händen Adameks linken Fuß. Sie selbst keilte sich mit den Beinen an der Seilwinde fest, so gut es ging. Perl packte mit zu, er nahm den anderen Fuß. Endlich hatte er verstanden, dass sie es nur gemeinsam schaffen konnten.

Doch Adamek sprang. Er breitete die Arme aus und ließ sich nach vorn kippen.

«Achtung», schrie Perl nur kurz. Sie bekamen ihn zu fassen. Jeder ein Bein. Nur Sekunden später fühlte Carolin, wie viel Kraft es kostete, Adamek zu halten. Lange würde es nicht gehen. Sie hörte Schreie vom Deich her. Gott sei Dank, man schien sie bemerkt zu haben. Trotzdem würde es nicht reichen. Bis tatsächlich Hilfe da war, würde es ewig dauern. Adamek rutschte ein ganzes Stück tiefer. Carolin spürte seinen Knöchel an ihren Daumen. Sein Fuß war nass. Er würde weiter rutschen.

«Es geht nicht!», schrie Perl.

«Es muss gehen! Lassen Sie ihn nicht los!»

Adamek schrie auch, doch sie konnten ihn nicht verstehen, denn er schrie in seiner Muttersprache.

«Wir halten Sie, keine Angst!» Doch wieder verlor sie ein paar Zentimeter von ihm.

«Nimm das Bein da raus, Carolin», hörte sie eine Stimme von ganz weit unten. Wer war das?

Mit einem Mal setzte sich die Seilwinde in Bewegung. Sie musste sich beeilen, ihr festgekeiltes Knie herauszuschieben, sonst würde es gegen das Brett geklemmt. Sie musste sich irgendwo festhalten. Dazu brauchte sie die eine Hand. Wenn sie die jedoch zurückzog, würde Adamek fallen.

«Nimm endlich dein Bein raus, wir werden euch runterholen», kam es wieder von unten. Warum war so schnell Hilfe gekommen? Die Schaulustigen hatten doch eben, vor wenigen Sekunden erst, geschrien. Wer war da? Sie konnte nicht nach unten schauen. Es ging nicht anders, sie ließ Adamek mit der einen Hand los, griff schnell nach einem Eisenbügel und zog das Knie nach vorn. Adamek schrie lauter. Gott sei Dank hatte sie ihn noch. Nicht mehr viel, nicht mehr sicher, aber immerhin noch eine Hälfte des Schuhs. Perl schrie ebenfalls. Er war kurz davor, das Gleichgewicht zu verlieren. Doch das Brett bewegte sich abwärts, langsam und gleichmäßig.

«Ihr seid gleich unten!», hörte sie wieder die Stimme. Es war Pieter, kein Zweifel. Es musste Pieter sein.

«Welcome back to earth!» Das war Sinclair Bess. Was machten die beiden dort unten? Ausgerechnet Pieter und der Millionär.

Festhalten, noch zwei Meter, sie konnte schon den Boden sehen. Dann spürte sie einen leichten Ruck, Adameks Schuh löste sich, sie wollte nachfassen, doch es ging nicht mehr, der Fuß rutschte aus dem kurzen Stiefel. Kurz hing Adamek an einem Bein, weil Perl ein wenig länger durchhielt, dann fiel er kopfüber hinab. Sie schaute hinterher. Gott sei Dank, es war nicht mehr tief. Adamek lag dort unten auf dem Boden, schien seine Arme verletzt zu haben, weil er damit zuerst aufgekommen sein musste. Doch er lebte. Sie hatten es geschafft. Erleichtert blickte Carolin zu Doktor Perl, der völlig erschöpft nickte, bevor er den Kopf auf das Brett fallen ließ.

Dann erreichten sie den Boden. Kein Schwanken mehr. Keine Gefahr.

Eine Hand legte sich auf ihren Rücken. «Aufgestanden, wir sind gleich da!»

Sie blickte hoch. Pieter kniete neben ihr. Er hatte noch immer den Schalter in der Hand, mit dem er den Flaschenzug heruntergeholt hatte.

«Wie bist du so schnell hierher gekommen?», fragte sie. Es war nicht mehr viel Stimme übrig, das Schreien in der Kälte hatte sie heiser gemacht.

«Ich habe einen Tipp bekommen.»

«Von Sinclair Bess? Aber woher ...»

Er zog sein kariertes Hemd aus und legte es Carolin über die nassen Schultern. «Nein, nicht von ihm. Jemand sagte mir, ich solle nach einem Fensterputzer suchen. Aber wo, vielleicht hast du schon bemerkt, die *Poseidonna* ist nicht gerade übersichtlich.»

«Das habe ich schon öfter bemerkt ...»

«Also, kurz überlegt, wo verstecken sich Menschen am ehesten? Wo sie sich auskennen. Ich selbst habe mich auch im Casino versteckt, weil ich dort mehrere Wochen gearbeitet hatte. Und wo arbeitet ein Fensterputzer?»

«Draußen?», fragte Carolin schwach.

«Genau! Euer Glück, dass wir uns entschieden haben, die Suche ganz oben an Deck zu beginnen.»

«Aber wer hat dir das mit dem Fensterputzer gesagt?»

«Leif Minnesang. Er lässt dich grüßen.»

Sie waren zu viert im kleinen Krankenzimmer. Doktor Perl schlief erschöpft, Pieter saß schweigend daneben und schien tief in seine Gedanken versunken zu sein. Nur Leif und Carolin waren so weit, ein paar Worte zu wechseln. Es war zu viel geschehen. Nur vierundzwanzig Stunden und ein paar Kilometer Fahrt flussabwärts waren sie unterwegs gewesen. Und doch war alles anders.

Carolin war froh, dass Leif am Leben war. Immer wieder schaute sie zu ihm hinüber. Er sah müde aus, und mehrere Versuche, sich vom Krankenbett aufzurichten, waren fehlgeschlagen. Sie hatte irgendwann nach seiner Hand gegriffen. Mehr aus einem spontanen Gefühl heraus, weil sie ihre Erleichterung sonst nicht zu fassen kriegte. Und obwohl er sich so anstrengte, den alten, unerschütterlichen Leif Minnesang zu markieren, hatte er ihre Finger noch nicht wieder losgelassen.

«Das wird schon wieder. Mein Körper kennt sich aus mit dem Zeug», sagte er und nahm einen Schluck Wasser aus der Schnabeltasse.

«Ich habe die Medikamente in deiner Kabine gesehen, als ich auf der Suche nach dir war. Aber ich habe nicht näher nachgeschaut, was das genau für Tabletten waren.»

«Ach, Convulsofin, im Grunde genommen harmlos. Ich habe jetzt schon so lange mit Epilepsie zu tun und nehme die Pillen, damit ich keine Anfälle kriege. Hat sich alles prima eingespielt. Oder hast du etwas davon mitbekommen?»

«Nein, ich dachte immer, du wärst von uns allen der Gesündeste.»

«Bin ich ja auch. Wenn nicht gerade eine ehemalige Schülerliebe von mir beschließt, mich mit Valium ruhig zu stellen.»

Carolin schaute zu Pieter. Er hatte das Gespräch mit angehört und lächelte schief. «Meine Tante hat immer mehr

Beruhigungsmittel in den Champagner gegeben. Sie war ganz verwirrt, weil es scheinbar keine Wirkung zeigte. Sie waren trotzdem noch immer fit und munter. In jeder Beziehung ...»

Leif verzog das Gesicht. «Ach, das hat sie Ihnen auch erzählt? Man sollte keine alten Liebschaften aufwärmen ... Na ja, aber einen Unterschied zu früher wird sie schon bemerkt haben.»

Carolin dachte verlegen an die angebrochene Kondompackung, die sie bei der Durchsuchung von Leifs Badezimmer gesehen hatte. Sie wechselte schnell das Thema. «Zum Glück hattest du gestern Abend die Flasche fallen lassen, so habe ich nur einen kleinen Schluck von dem Zeug genommen. Und selbst der hat mir heute Nacht schon einen komaartigen Dämmerzustand verpasst.»

Leif nahm schon wieder einen großen Schluck Wasser. Er war durstig, dies sei eine der Nebenwirkungen, wenn man regelmäßig Valium zu sich nehme, hatte er erklärt. Und dass er am vorherigen Abend Alkohol getrunken hatte, war nicht eine seiner besten Entscheidungen gewesen. Doch so richtig aus der Bahn geworfen hatte ihn weder der Champagner noch das Valium von Ebba John, sondern die Tablette, die er gewohnheitsmäßig am nächsten Morgen eingenommen hatte. Sie war seine Überdosis gewesen. Auf der Treppe nach oben war er schließlich zusammengebrochen.

Was dann genau geschehen war, konnte Carolin bislang noch nicht so recht konstruieren. Sie wusste nur, dass Ebba John und eine Truppe um den Sicherheitschef Roger Bernstein sich um Leif gekümmert und ihn auf Deck 5 gebracht hatten. Wo er in dem leer stehenden Weinlager in einem komaähnlichen Zustand vor sich hin gedämmert hatte, bis fast zwölf Stunden später Pieter und Sinclair Bess, ausgestattet mit dem Generalschlüssel, dort angelangt waren. Just in dem Moment, wo Leif das erste Mal wieder in der Lage war, die Augenlider leicht anzuheben.

«Wie gut, dass du genau rechtzeitig wieder zu dir gekommen bist», sagte Carolin. Ihr war noch immer ganz flau, wenn sie daran dachte, wie knapp die Rettung für sie und die beiden Männer auf dem schmalen Brett gekommen war.

«Und das Erste, was ich sehe, ist ein magerer weißer Rastamann neben einem dicken Schwarzen in Schlips und Kragen, die sich über mein Gesicht beugen. Da dachte ich für einen Moment: Das war's, alter Knabe, jetzt bist du wirklich im Jenseits gelandet!»

Alle lachten. Auch wenn keinem von ihnen wirklich heiter zumute war. Immerhin hatte es hier an Bord einen Toten gegeben. Und Adamek hatte schwer verletzt mit dem Hubschrauber abgeholt werden müssen. Er hatte sich beide Arme gebrochen. Doch ohne Pieters Einsatz wäre sein Sturz mit Sicherheit tödlich gewesen. Ob es dem armen Mann vielleicht tatsächlich lieber gewesen wäre? Adamek hatte auf der Krankenliege immer und immer wieder erzählt, wie es zum tragischen Zwischenfall im Atrium gekommen war. Grees hätte ihn festgehalten, er hätte sich gewehrt, und dann wären beide zu nah an das Geländer gekommen. Adamek hatte immer wieder betont, dass es nicht seine Absicht gewesen wäre, den Mechaniker über die Balustrade zu stoßen. Carolin wollte ihm glauben. Vielleicht würde sie ihn in ein paar Wochen einmal im Krankenhaus besuchen. Denn sie wusste, auch wenn sie nun mit der *Poseidonna* im Hafen angekommen waren, dass die Geschichte dieser Überführung für sie noch nicht zu Ende war.

Mit einem kaum merklichen Ruck legte die *Poseidonna* an, kurz darauf verstummte das Brummen des Motors. Die Fahrt war zu Ende.

Es war Zeit, von Bord zu gehen.

«Was wird jetzt wohl passieren?», fragte Carolin mehr sich selbst als die anderen.

«Kommst du mit nach oben an Deck?», fragte Pieter.

Eemshaven ist nicht Venedig, nicht Amsterdam und auch nicht Hamburg. Eemshaven hat eine hässliche Silhouette, ein Chemiewerk und viel zu viele Windkraftanlagen.

Aber an diesem Abend sah Eemshaven schön aus.

Obwohl das Wetter sein Bestes gab, ihnen die Ankunft zu versauen: Regen und Sturm und tiefe, dicke Wolken. Und die Nordsee sah aus, als hätte sie mal eine Wäsche nötig.

Trotzdem, die kurze Zeit, die Carolin nun an Deck verbracht hatte, war beeindruckend gewesen. Die Lichter des Industriehafens glänzten vor dem grauen Abend, und begeisterte Holländer hatten ein kleines Willkommensfeuerwerk gezündet. Knallrote Leuchtkugeln färbten den Himmel über dem Schiff.

Sie stand neben Pieter an der Reling. Beide hatten die Arme vor dem Körper verschränkt, beide schauten nach oben. Der Regen hatte noch immer nicht aufgehört, und die Nässe kroch ihr bereits in den Hemdkragen.

Er zog seinen Tabak hervor und begann, eine Zigarette zu drehen. Sie kannte ihn erst so kurze Zeit, und doch wusste sie, dass er dies immer tat, wenn er ein wenig verlegen war.

«Carolin, du hast vorhin im Krankenzimmer gefragt, was nun wohl passieren wird.»

«Hab ich das?» Mehr brachte sie nicht heraus. Sie wusste, dass er gleich verschwinden würde und es keine Gelegenheit mehr gab, einige Dinge auszusprechen, die zwischen ihnen standen. Und dieser Gedanke schnürte ihr die Kehle zu.

«Ich werde mich gleich vom Acker machen», sagte er, ohne sie anzublicken.

«Aber sie werden dich suchen, meinst du nicht?»

«Na, ich denke, zuerst müssen Schmidt-Katter und seine Leute ihre eigene Suppe auslöffeln. Die Sache mit dem Mädchen aus Polen ist weitaus krimineller als mein Vergehen.»

«Aber sie werden die Sache nicht auf sich beruhen lassen. Immerhin hast du die Passagiere und das Schiff mit deinen Aktionen in Gefahr gebracht. Schmidt-Katter wird nicht lockerlassen, bis er dich hat.» Sie betrachtete ihn von der Seite. Er sah keineswegs beunruhigt aus.

«Vielleicht habe ich ja Sinclair Bess auf meiner Seite. Er war empört über die Dinge, die er von mir und Adamek über die Werft erfahren hat. Ich denke, er wird mir vielleicht ein wenig Deckung geben, wenn es so weit ist.»

«Na, dann ...»

Er zündete die Zigarette an. «Wirst du etwas schreiben?»

«Vielleicht. Wenn Leif mir dabei hilft.»

«Und wenn ich dir zur Hand gehe?» Er lächelte sie an. In seinen Augen spiegelten sich die roten Lichter der aufsteigenden Signallampen.

«Wie denn? Du gehst doch jetzt, oder?»

«Ja, aber ich werde nicht untertauchen. Das ist es nicht, was ich hier erreichen wollte. Ich möchte, dass du einen Bericht über diese Überführung schreibst und die Öffentlichkeit endlich die Wahrheit erfährt. Das ist mir wichtiger als alles andere. Nur die nächsten Tage werde ich von der Bildfläche verschwinden. Und dann ...»

«Ja?»

«Wenn du willst, treffen wir uns. In Hamburg vielleicht. Wir könnten den Bericht gemeinsam machen.»

«Aber dann werden sie dich sicher bald kriegen.»

«Dann müssen wir beide uns eben ranhalten.» Er legte den Arm um ihre Schultern und zog sie an sich.

Der Druck in der Kehle war verschwunden. Endlich atmete sie durch. Am liebsten hätte sie noch einige Stunden so mit ihm im Regen gestanden. Doch dann hörten sie Stimmen von unten her, und zwei Gestalten trugen ein langes Brett in ihre Richtung.

«Das sind meine Leute. Ich werde jetzt gehen.» Er zog den Arm wieder zurück.

«Dann sagen wir: in einer Woche? In Hamburg? Ich werde um zwölf am Ufer der Kennedybrücke stehen und Fotos machen.»

«Das klingt gut!» Er warf seine aufgerauchte Zigarette über Bord und wandte sich ab. Mit langsamen Schritten ging er in die Richtung, wo die zwei Männer etwas abseits das schmale Brett wie einen Steg zum Schiff geschoben hatten. Pieter balancierte an Land und begrüßte die beiden Unbekannten mit Handschlag und kurzem Schulterklopfen, dann verschwanden sie zu dritt zwischen unübersichtlich aufgetürmten Containern.

In einer Woche, dachte Carolin.

Jetzt war es Zeit, den Seesack zu packen. Sie ging an der Reling entlang zur Zwischentreppe und überlegte. Was hatte sie eigentlich groß einzupacken? Die Fotoausrüstung hatte sie bereits wieder zurückbekommen, nachdem sie sich Ebba John richtig vorgenommen hatte. Die Nikon baumelte wieder wie gewohnt in der Fototasche an ihrem Hals. Doch die Filme waren alle vernichtet worden. Sie hatte also nichts in den Händen, kein einziges Bild. Mit leeren Händen würde sie ihrem Chef in der Bildredaktion gegenübertreten. Aber es war egal. Sie wusste, dass sie trotzdem eine hervorragende Arbeit geleistet hatte. Besser als alles zuvor.

Sie wollte gerade die Stufen hinabsteigen und den Seesack aus der Kabine holen, da sah sie den Mann. Sie erkannte den Schweißer sofort, auch wenn er nun die blaue Uniform der Security trug. Er schlich sich an Deck in Richtung Brett, das noch immer gegen die Bordwand gelehnt war.

Er fing ihren Blick auf. Sie schauten sich einen sonderbaren Moment lang an.

Carolin hob die Kamera zum Auge.

Dieser Mann hatte Perl im Tank eingesperrt. Er hatte dem Arzt etwas Schreckliches angetan. Und trotzdem war er kein Monster. Inzwischen kannte Carolin ein wenig von seiner Geschichte. Er musste verzweifelt gewesen sein. Sein Mädchen war einen sinnlosen Tod gestorben.

Er schaute noch immer zu ihr hinüber und verlangsamte für einen Moment den Schritt. Kein Zweifel, er wollte über den kleinen Steg flüchten. Und er wusste, dass Carolin dies verhindern könnte.

Sie ließ die Kamera sinken.

Warum sollte sie ihn verraten? Aus welchem Grund?

Es war ohnehin schon zu dunkel, um sein Gesicht auf einem Foto zu erkennen. Und als eine Leuchtrakete mit ihrem warmen, roten Licht die Szene am Hafen beleuchtete, hatte der Mann ihr bereits wieder den Rücken zugewandt.

Reif für die Insel

Mord an idyllischen Gestaden

Pål Gerhard Olsen
Das Mädchen aus Oslo
3-499-23668-0
Eine todkranke Frau möchte ihren früheren Liebhaber noch einmal sehen. Als sie den Privatdetektiv Aaron Ask um Hilfe bittet, spürt er den Mann auch recht schnell auf. Doch dann muss er feststellen, dass Björn Aarhus nicht nur ein notorischer Frauenheld, sondern auch ein – offensichtlich hoch begabter – Prostituierter ist. Wenig später findet er den Mann mit zertrümmertem Schädel auf einer Insel im Oslofjord. Und ganze Scharen von Frauen aus Oslo haben ein Motiv ...

Leenders/Bay/Leenders
Die Schanz
3-499-23280-4

Laurie R. King
Die Insel der flüsternden Stimmen
3-499-23449-1

Sandra Lüpkes
Das Hagebutten-Mädchen
3-499-23599-4

Andreas Albes
Die Insel
Ein spannender Psychothriller, der den Leser bis zur letzten Seite in seinen Bann schlägt.

3-499-23457-1

Weitere Informationen in der Rowohlt Revue oder unter www.rororo.de

Mörderisches Deutschland

Eisbein & Sauerkraut, Gartenzwerg & Reihenhaus, Mord & Totschlag

Boris Meyn
Die rote Stadt
Ein historischer Kriminalroman
3-499-23407-6

Elke Loewe
Herbstprinz
Valerie Blooms zweites Jahr in Augustenfleth. 3-499-23396-7

Petra Hammesfahr
Das letzte Opfer
Roman. 3-499-23454-8

Renate Kampmann
Die Macht der Bilder
Roman. 3-499-23413-0

Sandra Lüpkes
Fischer, wie tief ist das Wasser
Ein Küsten-Krimi. 3-499-23416-5

Leenders/Bay/Leenders
Augenzeugen
Roman. 3-499-23281-2

Petra Oelker
Der Klosterwald
Roman. 3-499-23431-9

Carlo Schäfer
Der Keltenkreis
Roman
Eine unheimliche Serie von Morden versetzt Heidelberg in Angst und Schrecken. Der zweite Fall für Kommissar Theuer und sein ungewöhnliches Team.

3-499-23414-9

Weitere Informationen in der Rowohlt Revue oder unter www.rororo.de